हेनरी जेम्स
की
लोकप्रिय कहानियाँ

हेनरी जेम्स (1843–1916) का जन्म न्यूयॉर्क शहर (यू.एस.) में हुआ। साहित्यिक कृतियों में 'द यूरोपियन', 'डेजी मिलर', 'वाशिंगटन स्क्वायर', 'द बोस्टोनियन' और 'द टर्न ऑफ द स्क्रू' प्रमुख हैं। जेम्स ने अपने समय के कई अमेरिकी और यूरोपीय साहित्यकारों से भेंट और पत्र व्यवहार किया। उनमें से इवान तुर्गनेव, जोसेफ कॉनराड, ऑस्कर वाइल्ड, रॉबर्ट लुईस स्टीवेन्सन, एडिथ व्हार्टन और स्टीफन क्रेन ने उनकी साहित्यिक शैली और उनकी मान्यताओं को प्रभावित किया। 73 वर्ष की आयु में उनका निधन हुआ।

'लोकप्रिय कहानियाँ' शृंखला के सम्मानित कथाकार

• अवध नारायण मुद्‌गल • अज्ञेय • आचार्य चतुरसेन • आनंद प्रकाश जैन
• आर.के. नारायण • उर्मिला शिरीष • उषा किरण खान • ऋता शुक्ल
• कमल कुमार • कमलेश्वर • कुसुम अंसल • कुसुम खेमानी • केशव
• गंगाप्रसाद विमल • गिरिराज किशोर • गुरुदत्त • गोविंद मिश्र • चंद्रकांता
• चित्रा मुद्‌गल • जयशंकर प्रसाद • जैनेंद्र कुमार • ज्योत्स्ना मिलन
• दामोदर दत्त दीक्षित • देवेंद्र सत्यार्थी • धर्मवीर भारती • नरेंद्र कोहली
• नासिरा शर्मा • निर्मल वर्मा • पद्‌मा सचदेव • पांडेय बेचन शर्मा 'उग्र'
• प्रकाश मनु • प्रेमचंद • बलराम • बिमल मित्र • भगवान अटलानी
• मनु शर्मा • मन्नू भंडारी • महीप सिंह • मालती जोशी • मीरा सीकरी
• मृदुला बिहारी • मृदुला सिन्हा • मेहरुन्निसा परवेज • रमेशचंद्र शाह
• मृदुला गर्ग • रमेश पोखरियाल 'निशंक' • रवींद्रनाथ टैगोर • रस्किन बॉण्ड
• राजी सेठ • राजेंद्र मोहन भटनागर • राजेंद्र राव • रामदरश मिश्र
• रामधारी सिंह दिवाकर • रूपसिंह चंदेल • विजयदान देथा
• विद्या विंदु सिंह • विवेकी राय • विश्वंभरनाथ शर्मा कौशिक
• विष्णु प्रभाकर • वृंदावनलाल वर्मा • शंकरदयाल सिंह • शरतचंद्र चटर्जी
• शिवप्रसाद सिंह • शैलेश मटियानी • श्रीलाल शुक्ल • संतोष गोयल
• सच्चिदानंद जोशी • सत्यजित रे • सिम्मी हर्षिता • सीतेश आलोक
• सुधा मूर्ति • सुनीता जैन • सुभद्रा कुमारी चौहान • सुशील कुमार फुल्ल
• सूर्यबाला • से.रा. यात्री • स्वयं प्रकाश • हिमांशु जोशी

भारतीय भाषाओं की कहानियाँ

• डोगरी-कश्मीरी • ओड़िया • कन्नड़ • गुजराती
• तमिल • तेलुगु • पंजाबी • मराठी • मलयालम
• असमीया • बांग्ला • सिंधी • कोंकणी • उर्दू

विदेशों की कहानियाँ

• अमेरिका • इंगलैंड • जर्मनी • फ्रांस • यूरोप • रूस • स्पेन

हेनरी जेम्स
की
लोकप्रिय कहानियाँ

हेनरी जेम्स

प्रकाशक

प्रभात पेपरबैक्स

प्रभात प्रकाशन प्रा. लि. का उपक्रम

4/19 आसफ अली रोड, नई दिल्ली–110002

फोन : 23289777 • हेल्पलाइन नं. : 7827007777

इ–मेल : prabhatbooks@gmail.com ❖ वेब ठिकाना : www.prabhatbooks.com

संस्करण

प्रथम, 2022

मूल्य

तीन सौ रुपए

अनुवाद

आनंद अभय

मुद्रक

आर–टेक ऑफसेट प्रिंटर्स, दिल्ली

HENRY JAMES KI LOKPRIYA KAHANIYAN

Published by **PRABHAT PAPERBACKS**

An imprint of Prabhat Prakashan Pvt. Ltd.

4/19 Asaf Ali Road, New Delhi-110002

ISBN 978-93-5521-217-7

₹ 300.00

अनुक्रम

ब्रुकस्मिथ

स्वर्ग सिधार चुके मिस्टर ओलिवर ऑफॉर्ड के हम सारे दोस्त अब बिछड़ गए हैं, लेकिन जब भी हमें मिलने का मौका मिलता है तो मुझे लगता है, एक-दूसरे के प्रति हमारे मन में एक प्रकार का छिपा हुआ सम्मान जरूर रहता है। "अरे हाँ, तुम भी तो आर्केडिया में थे न!" जैसी चिढ़ पैदा करनेवाली बातें हम नहीं करते। मैं मैन्सफील्ड स्ट्रीट से जब भी गुजरता हूँ तो याद आ ही जाता है कि आर्केडिया वहीं हुआ करता था। पता नहीं, अब उसका मालिक कौन है और मैं जानना भी नहीं चाहता। मेरे लिए इतना समझना ही काफी है कि अगर मैं जाऊँ और घंटी बजा दूँ तो संभव नहीं कि अपना वही ब्रुकस्मिथ दरवाजा खोल दे। मिस्टर ऑफॉर्ड, जो सबसे दिलचस्प और कुँवारे लोगों के साथ बेहद घुलने-मिलनेवाले व्यक्ति थे, एक सेवानिवृत्त राजनयिक थे और अपनी पेंशन के अलावा थोड़ी-बहुत इधर-उधर की कमाई से अपना जीवन बिता रहे थे। अपनी बीमारी की वजह से उनका जीवन एक दायरे में सिमटा था और पूरे साल किसी भी दिन दोपहर में पाँच बजे के बाद वे घर में आग जलने की जगह पर बैठे मिल जाते थे। यहीं पर वे मिलने-जुलनेवालों से मिला करते थे, बशर्ते ब्रुकस्मिथ बाहर से आनेवालों को अंदर आने की इजाजत दे दे। ब्रुकस्मिथ उनका बटलर और सबसे जिगरी दोस्त था। उसके सामने हम सभी इस प्रकार खड़े रहते थे या कहूँ कि बैठते थे, जैसे हमारी हैसियत कुछ हद तक वैसी ही थी, जैसी इस देश की प्रजा की यहाँ के प्रधानमंत्री के सामने होती है। मिस्टर ऑफॉर्ड बाहरी मुल्कों में कई साल बिता चुके थे और उनके जितना मजेदार अंग्रेज शायद ही कभी किसी ने देखा हो। मेरी राय में उन्होंने अपने देश

की उत्कृष्ट सेवा की, लेकिन उन्हें कुछ ज्यादा ही पसंद किया गया, यहाँ तक कि उन लोगों के द्वारा भी, जो ऐसा करना नहीं चाहते थे। इसलिए उनकी तरह के लोगों को उन भयंकर चीजों के लिए न कभी कोई पदवी मिलती है, न धन-संपत्ति, जिन्हें उन्होंने किया ही नहीं, तो उनके लिए बड़ा सम्मान यही था कि हम उनसे मिलने जाया करते थे।

और हाँ, हम नियमित रूप से जाते थे, फिर भी उन्हें इस विशेष सम्मान से कोई खुशी नहीं होती हो तो इसमें भला हमारी क्या गलती? वैसे, जो भी एक बार उनसे मिलने आता, वह दोबारा जरूर आता था। मैं यकीन के साथ कह सकता हूँ कि जब पहली बार कोई मिलने आता, तब वह उन्हें तुच्छ व्यक्ति ही समझता होगा, जिसे हलके में लिया जा सकता था। इस वजह से उनकी मंडली ऐसी थी, जिसमें अकसर आने-जानेवाले शामिल थे, जो एक-दूसरे से और उनसे मिलने के आदी हो चुके थे। कुछ वैसे ही, जैसे नाई की दुकान पर मजे से गप लड़ानेवाले लोग जुटा करते हैं। आज भी उस जगह की चीजें मेरे दिमाग में आईने की तरह साफ हैं। घर के सामने लंदननुमा भूरे-भूरे मकान, जो ऊँची-ऊँची खिड़कियों पर टँगे सफेद परदों के बीच से दिखते थे और वह नियत जगह, जहाँ किसी दोपहर मैंने अपनी चाय की प्याली रखी थी, जिसे ब्रुकस्मिथ ने पलक झपकते ही ऐसे उठाया था, जैसे डाली से फूल तोड़े जाते हैं। बेशक, मिस्टर ऑफॉर्ड का ड्राइंग-रूम ब्रुकस्मिथ का बगीचा था, जिसकी क्यारियों में इनसानों की कटाई-छँटाई और देखभाल होती थी। अगर कहूँ कि हम सभी अपनी-अपनी जगह पर फले-फूले तो इसका श्रेय काफी हद तक उसकी देखभाल को ही जाता है।

हम नियमित रूप से जाते थे, फिर भी उन्हें इस विशेष सम्मान से कोई खुशी नहीं होती हो तो इसमें भला हमारी क्या गलती? वैसे, जो भी एक बार उनसे मिलने आता, वह दोबारा जरूर आता था। मैं यकीन के साथ कह सकता हूँ कि जब पहली बार कोई मिलने आता, तब वह उन्हें तुच्छ व्यक्ति ही समझता होगा, जिसे हलके में लिया जा सकता था।

कितने ही लोगों ने सैलून के इस लोकप्रिय संस्थान के बारे में बहुत कुछ सुन रखा है। इसमें शक नहीं कि ज्यादा लोगों ने इसे देखा न हो और कई लोग जब यह जानते हैं कि जहाँ कहीं भी अंग्रेजी भाषा बोली जाती है, वहाँ सामाजिक जीवन का यह सबसे सुंदर फूल खिलने से इनकार कर देता है तो वे घोर निराशा में डूब जाते हैं। इसके लिए अकसर यही दलील दी जाती है कि इसे आगे बढ़ाने का कौशल हमारी महिलाओं में है ही नहीं। वह कला, जो मुसकराती धरती से, इशारा करनेवाले तटों से होकर टेढ़े-मेढ़े रास्तों से बातचीत के सिलसिले को आगे बढ़ाए। मिस्टर ऑफॉर्ड से जुड़ी मेरी स्नेह से भरी निश्छल स्मृतियाँ इस दावे को खंडित तो करती हैं, लेकिन मैं कह सकता हूँ कि उतने ही घातक रूप से इसकी पुष्टि भी करती हैं। उन्होंने अपने जीवन के अंतिम वर्षों का एक बड़ा हिस्सा जिस फीके और कुछ हद तक धुएँ से काला पड़ चुके उस ड्राइंग-रूम में बिताया था, उसे एक सम्मानजनक नाम तो मिलना ही चाहिए। वहीं दूसरी तरफ, यह किसी भी तरह नहीं कहा जा सकता था कि इस पर इस बात की स्पष्ट छाप थी कि मिसेज ऑफॉर्ड जैसी वहाँ कोई नहीं थी। उस प्यारे व्यक्ति में इस तरह के त्याग करने की पूरी-पूरी क्षमता थी, जिसके लिए स्त्रियों को ही उपयुक्त समझा जाता है। उन्होंने इस बात को समझ लिया था और कुछ हद तक इस कारण, जो सच भी था कि वे शरीर से लाचार थे कि यदि आप चाहते हैं कि लोग आपसे आकर घर पर मिल सकें तो आपको किसी भी तरह घर पर ही मौजूद रहना होगा। संक्षेप में कहें तो उन्होंने उस सच्चाई को स्वीकार कर लिया था, जिसे सामाजिक कला के कई खिलाड़ी समझने में देरी कर देते हैं कि आपको हर हाल में एक दिशा लेनी होगी, जैसा कि लोग कहते भी हैं और अब तक घर पर होने का एक ही तरीका

कितने ही लोगों ने सैलून के इस लोकप्रिय संस्थान के बारे में बहुत कुछ सुन रखा है। इसमें शक नहीं कि ज्यादा लोगों ने इसे देखा न हो और कई लोग जब यह जानते हैं कि जहाँ कहीं भी अंग्रेजी भाषा बोली जाती है, वहाँ सामाजिक जीवन का यह सबसे सुंदर फूल खिलने से इनकार कर देता है तो वे घोर निराशा में डूब जाते हैं।

ईजाद हो सकता है कि आप सच में घर पर ही रहें। आखिरकार उनका अग्नि स्थान उनकी आदतों का एक सार बन गया था। वैसे भी वे इसे छोड़ते क्यों? खासकर जब लंदन में कुख्यात रूप से यह सबसे सुखद, पूरी तरह से मन मोह लेनेवाला जमावड़ा (घटते-घटते इत्तफाक से जुड़े जोड़ों में बदल जाता) था, जो बीती सदी की बेहतरीन चिमनी के चारों ओर लगा करता था, जो उल्लेखनीय लघु चित्रों को छोड़ दें तो उस जगह की सबसे अच्छी चीज थी। मिस्टर ऑफॉर्ड अमीर नहीं थे। उनके पास उनकी पेंशन और कुछ हद तक रिटायर हो चुके घर के जीवन के सिवाय कुछ भी नहीं था।

> ***मुझे जब याद आता है कि वर्तमान में हमें किस तरह की दिक्कतों का सामना करना पड़ता है, तब लगता है कि वहाँ हम सबका खयाल कितनी अच्छी तरह से रखा जाता था। मैं एक बार फिर खुद से सवाल करता हूँ कि इस पूर्णता का रहस्य क्या था? उस समय तो हमने इसे अपना अधिकार मान लिया था, जबकि जो कुछ हद से ज्यादा अच्छा होता है, वह स्वीकार किए जाने से कहीं अधिक आश्चर्यचकित करता है।***

मुझे जब याद आता है कि वर्तमान में हमें किस तरह की दिक्कतों का सामना करना पड़ता है, तब लगता है कि वहाँ हम सबका खयाल कितनी अच्छी तरह से रखा जाता था। मैं एक बार फिर खुद से सवाल करता हूँ कि इस पूर्णता का रहस्य क्या था? उस समय तो हमने इसे अपना अधिकार मान लिया था, जबकि जो कुछ हद से ज्यादा अच्छा होता है, वह स्वीकार किए जाने से कहीं अधिक आश्चर्यचकित करता है। मुझे लगता है कि हम सब खुश थे, लेकिन मैंने कभी सोचा भी नहीं था कि हमारी खुशी कैसे तय की जाती थी और इसके बाद भी सवाल थे, जो पूछे जाते थे, ऐसे सवाल, जो मुझे खासतौर पर कचोटते हैं, क्योंकि उनका जवाब देनेवाला अब कोई रहा नहीं। मिस्टर ऑफॉर्ड ने असाध्य को भी सुलझाया था। किसी स्त्री की मदद के बिना ही एक संगोष्ठी स्थापित की थी, लेकिन यह भी सच है कि महिलाएँ उनसे मिलने के लिए बेचैन रहती थीं और उन्होंने उनमें से कई की जान भी बचाई थी। हालाँकि मैंने यह अंदाजा लगा लिया

था कि उनके पागलपन का भी एक तरीका था, उनकी सफलता का भी एक नियम था। यह अंधे के हाथ में बटेर लगने जैसा नहीं था। इन सारी बातों में एक कला थी तथा यह कला इतनी छिपी हुई कैसे थी और यदि ऐसा था तो वह छिपा हुआ कलाकार कौन था? एक दिन इन सवालों के जवाब तलाश करते-करते मुझे जवाब का एक सिरा मिल गया। ऐसी परिस्थितियाँ भी पैदा हुईं, जिन्होंने मेरी मदद की। वे उतनी ही स्वाभाविक थीं, जैसे सुहाने मौसम में धूप खिली रहती है।

आखिर ऐसा कैसे होता था कि हम कभी भीड़ का हिस्सा नहीं थे, न बहुत ज्यादा न कम, हमेशा सही लोग सही लोगों के साथ, एक भी गलत आदमी नहीं रहा होगा। हमेशा लोग आते-जाते रहते थे, कभी चिपकते नहीं थे, न ही बहुत ज्यादा देर तक रुकते थे, इसके बावजूद जान-पहचान की अभद्रता से कभी आते या जाते नहीं थे। यह कैसे होता था कि हम जहाँ चाहते, वहीं बैठते और आते-जाते थे? कैसे जिससे मिलना चाहते थे, उससे मिलते थे और जिनसे बचना चाहते थे बच जाते थे? इच्छा के मुताबिक जुड़ते थे, कभी समान विचारवाली मंडली में या फिर किसी आरामदेह सोफा पर एक व्यक्ति के साथ अकेले में बातचीत करते थे? कैसे सारे सोफे इतने आरामदेह, मुलाकातें खुश करने वाली, बातचीत करनेवाले इतने तैयार, सुननेवाले इतने आतुर और बातचीत के विषय आपके सामने इस क्रम में रखे जाते थे, मानो रात के खाने के व्यंजन क्रम में परोसे जा रहे हों? विषय की कमी उसी तरह अनसुनी सी बात थी, जैसे सेवा में व्यवधान पड़ने की बात। इस तरह की अटकलों से मैं उस मौलिक सत्य को नहीं भुला सकता कि इस रहस्य के पीछे कहीं-न-कहीं ब्रुकस्मिथ जरूर था। भले ही उसने इस संगोष्ठी की नींव न रखी हो, लेकिन उसने इसे आगे जरूर बढ़ाया था। संक्षेप में कहूँ तो

आखिर ऐसा कैसे होता था कि हम कभी भीड़ का हिस्सा नहीं थे, न बहुत ज्यादा न कम, हमेशा सही लोग सही लोगों के साथ, एक भी गलत आदमी नहीं रहा होगा। हमेशा लोग आते-जाते रहते थे, कभी चिपकते नहीं थे, न ही बहुत ज्यादा देर तक रुकते थे, इसके बावजूद जान-पहचान की अभद्रता से कभी आते या जाते नहीं थे।

वह कलाकार ब्रुकस्मिथ ही था।

भले ही हम कहते न हों, लेकिन कभी-कभी अंदर-ही-अंदर हमें लगता था और एक व्यवस्थित तथा खुशहाल समुदाय की तरह हम इस बात को समझते भी थे कि वह सभी के साथ न्याय करता था और वह उस चापलूसी से एकदम परे था। उसमें लेशमात्र भी फूहड़ता नहीं थी उसका अंदाज बेहतरीन था। मैंने इस विनम्रता को पहली ही नजर में भाँप लिया था, जब मैंने सड़क की हलकी रोशनी में उसे घर का दरवाजा खोलते देखा था और फिर यही एहसास बार-बार होता रहा। मैं वहीं समझ गया था कि उसने अच्छी-खासी पढ़ाई कर रखी है, लेकिन उसमें कोई अहंकार नहीं था। वह सभ्य और मानवीय बना रहा। मिस्टर ऑफॉर्ड उसे हँसी-मजाक में ल इकोले ऐंग्लैस कहा करते थे और उसके बारे में जब भी बातचीत होती, तब अकसर वे इसी नाम का इस्तेमाल किया करते थे, लेकिन मुझे याद है कि मैंने मिस्टर ऑफॉर्ड पर आरोप लगाया था कि उन्होंने उसके साथ न्याय नहीं किया। मेरे पुराने मित्र ने स्वीकार किया था कि शिक्षा के लिहाज से वह कोई महान् व्यक्ति नहीं था। ऑफॉर्ड उसे अच्छी तरह जानते थे और मैं कह सकता हूँ कि उसके प्रति समर्पित भी थे। ऐसा उस बेचारे ब्रुकस्मिथ को भी लगता था, लेकिन उसे इसकी कीमत भी चुकानी पड़ी, जब बाजार में उसका सही मोल लगाया गया था। उसके वर्ग में आमतौर पर उपयोगिता के लिए फुट और इंच का पैमाना इस्तेमाल किया जाता है और बेचारे ब्रुकस्मिथ के पास दिखाने के लिए पाँच फीट तीन इंच का ही कद था। वह भी इस कमी को स्वीकार कर चुका था और मुझे यकीन है कि वह इस बात को मान चुका था कि सेवा और कद के बीच हमेशा से ही एक गहरा संबंध रहा है। यदि वह मिस्टर ऑफॉर्ड होता तो निश्चित रूप से ब्रुकस्मिथ में कमियाँ निकालता और यह पक्की बात है कि इस मामले

भले ही हम कहते न हों, लेकिन कभी-कभी अंदर-ही-अंदर हमें लगता था और एक व्यवस्थित तथा खुशहाल समुदाय की तरह हम इस बात को समझते भी थे कि वह सभी के साथ न्याय करता था और वह उस चापलूसी से एकदम परे था। उसमें लेशमात्र भी फूहड़ता नहीं थी उसका अंदाज बेहतरीन था।

में उसका मालिक कई अन्य बातों के साथ ही बेहद लापरवाह था, जिसके लिए उसने उन्हें माफ कर दिया था और खुशी-खुशी अपने आप को उसका अभ्यस्त बना लिया था।

मुझे याद है कि एक बार उस बुजुर्ग ने मुझसे कहा था, "अरे, मेरे नौकर, अगर वे पंद्रह दिनों के लिए मेरे साथ रह जाएँ तो मेरे साथ हमेशा के लिए रह जाएँगे, लेकिन पहले पंद्रह दिन उनके लिए चुनौती की तरह होते हैं।" उदाहरण के लिए पहले पंद्रह दिनों में ही ब्रुकस्मिथ ने सीखा था कि उसे 'मेरे प्यारे साथी' और 'बेचारा मेरा बच्चा' कहकर संबोधित किया जाएगा। इस तरह की आजमाइश उसके लिए जरूर गहरी एवं विचित्र रही होगी तथा इसमें शक नहीं कि वह इससे निखरकर और शुद्ध होकर निकला। कुछ हद तक यह उसके भेष से, तेजी से काम करनेवाले छोटे कदवाले व्यक्तित्व से, भावशून्य सफेद चेहरे और कुछ ज्यादा ही चमकनेवाले बालों से झलकता था। ये सब उस जिम्मेदारी के बारे में बताते थे। वह ऐसा दिखता था, मानो उसे इसी उच्च स्तर को उस प्लेट की तरह साफ-सुथरा बनाए रखना है। उसकी छोटी और चिंता की झलक दिखानेवाली साफ आँखें, उसकी ठुड्डी का गुच्छा, जिसकी इजाजत तो थी, लेकिन उसे सराहा नहीं जाता था। "वह मुझे पागल समझता है, लेकिन मैंने उसे साध लिया है और अब उसे यह जगह अच्छी लगती है, वह इस मंडली को पसंद करता है।" उस बुजुर्ग ने कहा। मेरी समझ में यह बात पूरी तरह से तब आई, जब मुझे पता चला कि ब्रुकस्मिथ का सबसे बड़ा गुण यह था कि वह एक गंभीर और शर्मीला व्यक्ति है। हालाँकि मुझे याद है कि जब एक बार मिस्टर ऑफॉर्ड ने कहा, "उसे बातें करना, बातचीत में मशगूल होना अच्छा

मुझे याद है कि एक बार उस बुजुर्ग ने मुझसे कहा था, "अरे, मेरे नौकर, अगर वे पंद्रह दिनों के लिए मेरे साथ रह जाएँ तो मेरे साथ हमेशा के लिए रह जाएँगे, लेकिन पहले पंद्रह दिन उनके लिए चुनौती की तरह होते हैं।" उदाहरण के लिए पहले पंद्रह दिनों में ही ब्रुकस्मिथ ने सीखा था कि उसे 'मेरे प्यारे साथी' और 'बेचारा मेरा बच्चा' कहकर संबोधित किया जाएगा।

लगता है," तो मैं हैरान रह गया था। मैं जानता था और मैंने देखा भी था कि ब्रुकस्मिथ कभी खुद को इतनी आजादी नहीं देता था, लेकिन मैंने यही अंदाजा लगाया कि शायद मिस्टर ऑफॉर्ड का इशारा इस ओर था कि वह जितनी गहराई से जुड़ता था, वह किसी बातचीत से ज्यादा अहम थी। इसका मतलब यह हुआ कि वह सैकड़ों बहाने ढूँढ़कर छोटे-मोटे काम जरूरतों के बहाने मँडराता रहता था और आलोचना के माहौल को भाँप लेता था; उस आलोचना को, जो इस जीवन का अंग है। एक दिन उसने मुझे सीढ़ियों के नीचे मेरे बाहर जाने के लिए दरवाजा खोलते हुए कहा था, "यह भी एक शिक्षा है, सर। क्यों, हैं। न सर?" मुझे उसके शब्द और उसके सुर हमेशा याद रहे, जो बेचारे ब्रुकस्मिथ की तकदीर की विडंबना को बताते थे। बेशक यह एक शिक्षा थी, लेकिन गुलामी कर रहे पैंतीस साल के उस संवेदनशील व्यक्ति के लिए यह किस तरह की शिक्षा थी?

व्यावहारिक और अपरिहार्य रूप से अपने समय में साथियों के लिए निरंतर रूप से, यहाँ तक कि बढ़ा-चढ़ाकर दिए जानेवाले संदर्भों और अपने जीवन एवं अपनी दुर्बलता के कारण लाचार बना दिए जानेवाले व्यक्ति का आकर्षण तथा हमेशा उस लत में डूबे रहनेवाले व्यक्ति के लिए यह अतिशयोक्ति थी कि वह अपने लिए आपको कुछ करने का अवसर देकर खुशी देता था।

व्यावहारिक और अपरिहार्य रूप से अपने समय में साथियों के लिए निरंतर रूप से, यहाँ तक कि बढ़ा-चढ़ाकर दिए जानेवाले संदर्भों और अपने जीवन एवं अपनी दुर्बलता के कारण लाचार बना दिए जानेवाले व्यक्ति का आकर्षण तथा हमेशा उस लत में डूबे रहनेवाले व्यक्ति के लिए यह अतिशयोक्ति थी कि वह अपने लिए आपको कुछ करने का अवसर देकर खुशी देता था। मिस्टर ऑफॉर्ड ऐसा दिखाने में माहिर थे कि आप जो कर रहे हैं, उसे वे पसंद करते हैं, जबकि वे उसे पसंद भी नहीं करते थे। इससे मेरा मतलब है कि अगर आपको वह अच्छा लगता हो। अगर ऐसा हुआ कि आपको भी वह अच्छा नहीं लगता हो, जो विरले ही होता है, फिर भी यदि ऐसा है तो बेशक इसके और फिर कई उद्देश्य होंगे, लेकिन ब्रुकस्मिथ वहाँ मौजूद रहता

था कि बात बहुत आगे न बढ़े। बिल्कुल इसी तरह वह संचालक की भूमिका निभाता था। वह गलतफहमी को रोकता था या दूर कर देता था। यह विचित्र लग सकता है, लेकिन वह इतना सक्षम था कि उसने इस काम के लिए फ्रेंच भाषा का ज्ञान हासिल कर लिया था, जिसका इस्तेमाल अकसर मिस्टर ऑफॉर्ड के घर पर होता था। इसका कारण यह था कि अधिकांश विदेशी इसी भाषा का इस्तेमाल करते थे और वहाँ आनेवाले ऐसे लोगों की संख्या कोई कम नहीं थी, जो अकसर धमक जाते या किसी ऐसी चिट्ठी को लेकर आते थे, जिस पर विचार करना चिंता का विषय होता था। ब्रुकस्मिथ भी इसको समझ लिया करता था और उसके मालिक के घर में यह मुख्य भाषा का रूप ले चुकी थी। मैं नहीं जानता कि सारी गलतफहमियाँ फ्रेंच में ही हुआ करती थीं या नहीं, लेकिन सारी सफाई उसी में होती थी और उन्हें समझने में ब्रुकस्मिथ को कहीं कोई दिक्कत नहीं होती थी। मैं जानता हूँ कि मिस्टर ऑफॉर्ड उसे मोन्टेन और सेंट-साइमन के पैसेज पढ़कर सुनाया करते थे। अकसर तब, जब वे दोनों ही अकेले रहते थे और ब्रुकस्मिथ हमेशा उनके पास होता था। शायद आप कहेंगे कि इसमें हैरत नहीं, क्योंकि मि़स्टर ऑफॉर्ड का बटलर उन्हें 'कुछ-कुछ पागल' मानता था। हालाँकि मैं निश्चित तौर पर नहीं कह सकता कि वह मोनटेन के बारे में क्या सोचता था, लेकिन सेंट-साइमन का वह प्रशंसक था। अपने मालिक की किताबों के रखरखाव मात्र से उसे अक्षरों का थोड़ा ज्ञान हासिल हो गया था, जिन किताबों को वह अकसर लाता-ले जाता और वापस अपनी जगह पर रखता रहता था।

मैं नहीं जानता कि सारी गलतफहमियाँ फ्रेंच में ही हुआ करती थीं या नहीं, लेकिन सारी सफाई उसी में होती थी और उन्हें समझने में ब्रुकस्मिथ को कहीं कोई दिक्कत नहीं होती थी। मैं जानता हूँ कि मिस्टर ऑफॉर्ड उसे मोन्टेन और सेंट-साइमन के पैसेज पढ़कर सुनाया करते थे।

मैंने अकसर देखा था कि गरमागरम चर्चा के दौरान कोई कहानी या किसी कथन पर बहस छिड़ जाती थी तो वह अँगीठी ठीक करने में व्यस्त होता या परदे व्यवस्थित करने में, लैंप जलाने या फिर चाय बनाने में, कोई-न-कोई बहाना

बनाकर वह तब तक कमरे में बना रहता था, जब तक कि उस पर फैसला न हो जाए। अगर वह इसे समझने के मकसद से आया है तो आप उसे रोक नहीं सकते, पर यदि आपने उसे जाने को कह दिया तो आप अमानवीय हो जाते और मैं उस कठोर दृष्टि को भूल नहीं सकता, जिस पर एक दिन मेरी नजर पड़ी थी, जब उस कमरे में कई लोग बैठे थे, तब वह उस वरदीधारी नौकर के साथ चिपककर खड़ा था, जो सर्विस में उसकी मदद कर रहा था और जिसने दबे स्वर में उससे कुछ बेतुके सवाल पूछे थे। ब्रुकस्मिथ में कठोरता का मैंने इकलौता यही रूप देखा था और मैं सोच रहा था कि मामला क्या है? फिर मैं इस बात को लेकर सजग हो गया कि मिस्टर ऑफॉर्ड एक उत्सुकता बढ़ानेवाली कहानी कह रहे थे, जिसे शायद कभी सार्वजनिक नहीं किया गया था और उसे उस घटना के चश्मदीद ने उन्हें सुनाया था, जिसका प्रभाव इटली के लॉर्ड बायरन के जीवन पर पड़ा था। इसका कोई कारण नहीं कि मैं उसे यहाँ सुनाऊँ, लेकिन ब्रुकस्मिथ को इससे नुकसान का खतरा है। अगर मैंने उसे कभी सुना दिया तो मुझे इस बात का अफसोस होगा कि मैंने अपनी अंतरात्मा की आवाज को नकार दिया।

वह पहला दिन था, जब मिस्टर ऑफॉर्ड का दरवाजा बंद था और समकालीन इतिहास की वजह काली तारीख थी। भारी बारिश हो रही थी और मेरा छाता गीला था, लेकिन ब्रुकस्मिथ ने इसे मुझसे उसी प्रकार लिया, जैसे ऊपर जाने की यह पहली आवश्यकता थी।

वह पहला दिन था, जब मिस्टर ऑफॉर्ड का दरवाजा बंद था और समकालीन इतिहास की वजह काली तारीख थी। भारी बारिश हो रही थी और मेरा छाता गीला था, लेकिन ब्रुकस्मिथ ने इसे मुझसे उसी प्रकार लिया, जैसे ऊपर जाने की यह पहली आवश्यकता थी। हालाँकि मैंने देखा कि उसे दूर ले जाने की बजाय उसे लटकाकर दरी के ऊपर पानी को टपकने दिया और फिर मुझे एहसास हुआ कि वह मेरी तरफ गहरी और मान-सम्मान देने की नजर से देख रहा था। इससे उसकी बड़ी जिम्मेदारी का एहसास हुआ। मैं तुरंत समझ गया कि किसी तरह के सवाल-जवाब की जरूरत नहीं थी। मैं जब समझ गया कि हमारे

प्रिय साथी ने पहली बार सबकुछ भुला दिया था, भले ही उस समय मैंने दुःख के साथ कहा, "इससे क्या फर्क पड़ जाएगा और कितने लोगों पर!"

"मैं भी उनके जैसा ही हो जाऊँगा, सर!" ब्रुकस्मिथ ने कहा और बातचीत शुरू होने से पहले ही खत्म हो गई।

मिस्टर ऑफॉर्ड फिर से नीचे आए, लेकिन प्रभाव समाप्त हो गया था। यह इस बात का बड़ा संकेत था कि पहली बार बातचीत सीधी नहीं थी। यह भटकती और लड़खड़ाती रही, थोड़ा भयभीत, जैसे कोई गुमशुदा बच्चा हो। इसने नर्स से हाथ छुड़ा लिया था। "सबसे बुरी बात यह है कि अब हम सब मेरे स्वास्थ्य को लेकर बात करेंगे, यह सबकुछ का अंत है।" मिस्टर ऑफॉर्ड जब दोबारा लौटे, तब कहा और तब जाकर मैंने समझा कि इससे कितना बड़ा बदलाव हो सकता है, क्योंकि उन्होंने कभी इतनी प्रांतीय चीज को बरदाश्त नहीं किया था। हमने हर दिन के मौसम की तरह ही 'झटपट' एक-दूसरे की सेहत के बारे में बात की। बातचीत हम सबके बीच की हो गई। एक शब्द में कहूँ तो उनकी नहीं और हम सबके साथ भी अगर वे बोलते तो वह केवल तुच्छ ही होती। इस रूप में यह ब्रुकस्मिथ के लिए एक संकट था, जिसका ध्यान इससे पूरी तरह से हट चुका था: उसे अपने मालिक की अंदरूनी स्थिति को लेकर इतनी जानकारी थी कि हमारी बातें सतही लग रही थीं। कुछ देर बाद माहौल हलका हुआ और वह बार-बार कमरे में आने-जाने लगा, लेकिन मैं देख सकता था कि वह हमारे इस महान् संस्थान की गिरावट, जो लगभग पतन के समान थी, उसे भाँप चुका था। ऐसा लगा, जैसे वह इस बारे में मेरी सलाह चाहता है, ताकि किसी-न-किसी रूप में वह जिम्मेदारी का एहसास कर सके। पहला दौर कई दिनों तक चला। जब

> *मिस्टर ऑफॉर्ड फिर से नीचे आए, लेकिन प्रभाव समाप्त हो गया था। यह इस बात का बड़ा संकेत था कि पहली बार बातचीत सीधी नहीं थी। यह भटकती और लड़खड़ाती रही, थोड़ा भयभीत, जैसे कोई गुमशुदा बच्चा हो। इसने नर्स से हाथ छुड़ा लिया था। "सबसे बुरी बात यह है कि अब हम सब मेरे स्वास्थ्य को लेकर बात करेंगे, यह सबकुछ का अंत है।"*

दूसरा शुरू हुआ, तब उसने मुझसे कहा कि उसके मालिक को नहीं मिला, मैं उम्मीद कर ही रहा था कि पल भर बाद वह कहेगा, “क्या आपको नहीं लगता, सर कि उनकी जगह मुझे होना चाहिए था?”—जैसा कि वह शरद के लौटने के साथ मुझसे पूछ सकता था, अगर मैं यह सोचता कि वह ड्राइंग-रूम की अँगीठी को ही पहले जला देता।

उसके भीतर इस बात को लेकर निराशावादी दार्शनिक भावना थी कि उसके मेहमानों को, जिन्हें अपने बीच की बातचीत में मैं हमारे मेहमान कहता था, क्या चाहिए होगा! उसका मानना था कि वह अपने आप को मिस्टर ऑफॉर्ड के विकल्प के रूप में स्वीकृत नहीं करता, लेकिन आदत के धर्म से वह इतना लाचार था कि उसमें देवत्व के लिए वह हमारे दोस्तों के लिए जरूरी बलि भी चढ़ा देता। वह उन्हें कुछ देर तक और आगे ले जाता, जब तक कि वे उसकी तरफ देखने न लग जाएँ। मुझे लगता है कि मैंने भी उसे अपने जीवन में पहली बार आए उस अवसर से जूझते देखा है, जब उसकी कुछ अपनी ही मौन इच्छा, सहानुभूति की सीमा, संभावना की छँटाई करते हुए पवित्र अवस्था तक लाती दिखती हैं। यह बात मैं भी जानता था कि उसे लगता था कि हमारे मेजबान के कॅरियर के आखिर में थोड़ी लापरवाही आ गई थी।

उसके भीतर इस बात को लेकर निराशावादी दार्शनिक भावना थी कि उसके मेहमानों को, जिन्हें अपने बीच की बातचीत में मैं हमारे मेहमान कहता था, क्या चाहिए होगा! उसका मानना था कि वह अपने आप को मिस्टर ऑफॉर्ड के विकल्प के रूप में स्वीकृत नहीं करता, लेकिन आदत के धर्म से वह इतना लाचार था कि उसमें देवत्व के लिए वह हमारे दोस्तों के लिए जरूरी बलि भी चढ़ा देता।

आखिर में ऐसी स्थिति आ गई कि हम सभी को खुले दरवाजे की बजाय बंद दरवाजे ही मिलते थे, लेकिन जब वह बंद भी रहता था, तब भी ब्रुकस्मिथ मेरे लिए हलकी सी दरार बना दिया करता था, ताकि मैं अंदर झाँक सकूँ। इस तरह देखा जाए तो मैं वहाँ से मिले बिना कभी नहीं लौटा। अंतर पर यही था कि

वह मुलाकात ब्रुकस्मिथ से होती थी। यह मुलाकात हॉल में सीढ़ियों के नीचे की जानी-पहचानी जगह पर होती थी और हम कभी बैठते नहीं थे। कम-से-कम ब्रुकस्मिथ तो नहीं ही बैठता था। यही नहीं, इसमें केवल एक ही विषय पर बात होती थी और हमेशा ही इसके समाप्त हो जाने का माहौल रहता था। कहा जाए तो अंत के लिए ही शुरुआत होती थी, लेकिन यह हमेशा दिलचस्प होती थी, इससे हमेशा ही कुछ सोचने का अवसर मिला। यह सच है कि मेरी बातचीत का विषय एक ही रहता था, "बाकी सब तो ठीक है, लेकिन ब्रुकस्मिथ का क्या होगा?" यहाँ तक कि मैं भी इसका जो जवाब देता था, उससे संतुष्ट नहीं था। बेशक मिस्टर ऑफॉर्ड उसके लिए कुछ छोड़ जाएँगे, लेकिन वे क्या देकर जाएँगे? यह सवाल बड़ा था। समाज वे दे नहीं सकते थे, जबकि समाज ब्रुकस्मिथ के स्वभाव की जरूरत बन चुका था। एक बात मैं जरूर कहना चाहूँगा कि उसमें एक लक्षण कभी नहीं दिखा, जिसे मैं कहूँ तो भयंकर अकेलापन, जबकि उसकी मानूँ तो घबराहट। वह काफी हद तक उग्र और अंदर तक गंभीर था, जैसा उस आदमी के बिल्कुल उपयुक्त होता है, जिसकी आँखों के सामने से वह वक्त गुजर रहा होता है, जिसके बारे में कहते हैं, "वे भी क्या कमाल के दिन थे।" उसके अंदर किसी ऐसे व्यक्ति के जैसी गंभीरता थी, जो हताश करनेवाली परिस्थितियों के आगे अपने बसे-बसाए और मशहूर काम-धंधे को समेटने लग जाता है। वह एक प्रकार का सामाजिक कार्यपालक या किसी प्रभावित पक्ष को उसका हक दिलानेवाला था, लेकिन उसके तौर-तरीके बताते थे कि वह सिर्फ और सिर्फ हमारे अनिश्चित भविष्य का साक्षी था। उन दिनों मेरे पास इतने पैसे नहीं थे कि

यहाँ तक कि मैं भी इसका जो जवाब देता था, उससे संतुष्ट नहीं था। बेशक मिस्टर ऑफॉर्ड उसके लिए कुछ छोड़ जाएँगे, लेकिन वे क्या देकर जाएँगे? यह सवाल बड़ा था। समाज वे दे नहीं सकते थे, जबकि समाज ब्रुकस्मिथ के स्वभाव की जरूरत बन चुका था। एक बात मैं जरूर कहना चाहूँगा कि उसमें एक लक्षण कभी नहीं दिखा, जिसे मैं कहूँ तो भयंकर अकेलापन, जबकि उसकी मानूँ तो घबराहट।

मैं इन सबका खर्च उठाता। मैं जर्मिन स्ट्रीट पर दो कमरे के मकान में रहता था और मेरे पास कोई 'आदमी' नहीं था। इसके बाद भी अगर मेरी जेब इजाजत देती, तब भी मैं ब्रुकस्मिथ से यह कहने का (मिस्टर ऑफॉर्ड की नकल करते हुए) साहस नहीं जुटा सकता था कि मेरे दोस्त, मैं तुम्हारे साथ खड़ा रहूँगा। हमारे बीच बातचीत का नतीजा यही निकलता था कि असल मैं ही था, जिसे अब उसकी जरूरत थी। निश्चित तौर पर ब्रुकस्मिथ के पूरे रवैये में एक मौन आश्वासन था कि वह मेरे बारे में सोचेगा।

हमारी मंडली की सबसे मेहनती सदस्य थीं लेडी केन्योन; और मुझे याद है कि उसने मुझे बताया था कि यह महिला अपनी बीमारी के बावजूद, जो कुछ दिनों में काफी बढ़ गई थी, हालचाल पूछती रहती थी। इसके जवाब में मैंने कहा कि उन्हें इसका एहसास किसी के भी मुकाबले ज्यादा होता होगा।

हमारी मंडली की सबसे मेहनती सदस्य थीं लेडी केन्योन; और मुझे याद है कि उसने मुझे बताया था कि यह महिला अपनी बीमारी के बावजूद, जो कुछ दिनों में काफी बढ़ गई थी, हालचाल पूछती रहती थी। इसके जवाब में मैंने कहा कि उन्हें इसका एहसास किसी के भी मुकाबले ज्यादा होता होगा। ब्रुकस्मिथ ने जो कहा, उससे पहले थोड़ी देर के लिए रुका, फिर ऐसे अंदाज में बोला, जिसकी नकल करना आसान नहीं है, "मैं जाऊँगा और उनसे मिलकर आऊँगा।" मैं उनसे खुद मिलने गया तो पता चला कि वह उनकी हर जरूरत पूरी करता था। लेकिन मैंने जब-जब उनसे एक तरह के मजाक के तौर पर, किंतु दिल से कहा कि जब सबकुछ हो जाए तो हममें से कुछ को मिल-जुलकर ब्रुकस्मिथ को अपने पैरों पर खड़ा करना होगा, तब उन्होंने अजीब सी निराशा के साथ कहा, "तुम्हारा मतलब कि है किसी सार्वजनिक स्थल पर?" मैंने उनकी तरफ इस नजर से देखा, जिसकी मुझे लगता है कि ब्रुकस्मिथ भी इजाजत दे देता और फिर मैं जवाब दिया, "हाँ, द ऑफॉर्ड आर्म्स।" बेशक मेरा मतलब यह था कि कला के प्रति प्रेम की खातिर लगा कि हमें यह समझना चाहिए कि इतना विशेष व्यक्ति और इतना सारा अनुभव बेकार नहीं जाना चाहिए। मुझे

सच में लगता है कि अगर हमने कुछ काले किनारेवाले कार्ड छाँटे और बँटवाए होते, जिनमें लिखा होता—मिस्टर ब्रुकस्मिथ, पुराने स्थानों पर चार से सात लोग आपके स्वागत में मौजूद रहेंगे, और बदलावों के दौरान काम सामान्य तरीके से चलेगा, तो हम से ज्यादातर लोग वहाँ जुट जाते।

न जाने कितनी बार वह मुझे सीढ़ियों से ऊपर लेकर गया, हमेशा अपने ही कहने पर और हमारे प्यारे बुजुर्ग साथी, जो बिस्तर पर थे (एक दिलचस्प फूलदार और बेल-बूटेवाले ढीले कपड़े में, माथे पर बाँधे गए रूमाल को साथ मिलाने पर, मेरी कल्पना के मुताबिक मरते वॉल्टेयर के जैसे दिखते थे), दस मिनट के लिए अस्त-व्यस्त और दुर्भाग्य से एक छोटे से कमरे में आते थे। हर बार मुझे लगता था, जैसे किसी सामाजिक रूप से श्रेष्ठ व्यक्ति के आखिरी सूर्यास्त में शामिल हो रहे हों। वे अपने कष्ट को लेकर राजशाही सनक रखते थे और उन्हें इसकी जरा भी चिंता नहीं थी, कुछ वैसे ही, जैसे संविधान ने उनका उत्तराधिकारी घोषित कर रखा हो। वे बड़े प्यार से हमारी तकलीफों को सुनते और कभी ऐसा नहीं होता था कि उनका कोई मजाक हमारे ऊपर रहा हो, जबकि यह काफी सरल था और यह तटस्थता बहादुरी से भरी थी। और आज एक बार फिर से मैं स्वीकार करता हूँ कि एक मजाक ब्रुकस्मित को लेकर था, लेकिन वे मन को छू लेनेवाले मिलनसार अंदाज में मेरी तरफ ऐसे देखते थे, मानो कह रहे हों, "मुझसे नजर मिलाओ, नहीं तो मैं बरदाश्त नहीं कर सकूँगा।" वह उस बात को बरदाश्त नहीं कर सकता था, जो मिस्टर ऑफॉर्ड ने उसके बारे में कही थी, बल्कि उसे जो वह कह नहीं सकता था। अपने बारे में बातचीत को लेकर उसकी सोच ऐसी थी कि आप उससे

न जाने कितनी बार वह मुझे सीढ़ियों से ऊपर लेकर गया, हमेशा अपने ही कहने पर और हमारे प्यारे बुजुर्ग साथी, जो बिस्तर पर थे (एक दिलचस्प फूलदार और बेल-बूटेवाले ढीले कपड़े में, माथे पर बाँधे गए रूमाल को साथ मिलाने पर, मेरी कल्पना के मुताबिक मरते वॉल्टेयर के जैसे दिखते थे), दस मिनट के लिए अस्त-व्यस्त और दुर्भाग्य से एक छोटे से कमरे में आते थे।

बात कर सकते थे और जब वह लेकी केन्यॉन से 'मिलने' गया तो अपने साथ उनके लिए अपनी ग्रहणशील चुप्पी का उपहार लेकर गया। अगर उपयुक्त सेवा आवाज का रूप ले सकती थी तो उसकी बोली कितनी अच्छी हो सकती थी! उस स्थिति में मौलिक अंतर को उनके मूक रहने से दिखाना पड़ता और उनमें से कई बेकार चीजें उस प्रावधान के बिना ही मूक रहतीं। ब्रुकस्मिथ उस मौलिक अंतर को बनाए रखने में बराबर दिलचस्पी रखता था। यह ऐसी बात थी, जो उसके अंतर्मन में सबसे ज्यादा थी।

हालाँकि जब मिस्टर ऑफॉर्ड किसी भी तुच्छ व्यक्ति की तरह इस दुनिया को अलविदा कह जाते, तब क्या उसकी स्थिति अनंत काल तक ऊपर की मंजिल पर सुध-बुध खो बैठनेवाले बटलर की होनेवाली थी?

अगर उपयुक्त सेवा आवाज का रूप ले सकती थी तो उसकी बोली कितनी अच्छी हो सकती थी! उस स्थिति में मौलिक अंतर को उनके मूक रहने से दिखाना पड़ता और उनमें से कई बेकार चीजें उस प्रावधान के बिना ही मूक रहतीं। ब्रुकस्मिथ उस मौलिक अंतर को बनाए रखने में बराबर दिलचस्पी रखता था। यह ऐसी बात थी, जो उसके अंतर्मन में सबसे ज्यादा थी।

उसे ध्यान में रखकर सोचें तो उस घटना के कई दिनों बाद तक उसकी स्थिति की कल्पना की जा सकती है। वह कई चीजों की अंतिम विदाई पर कुछ नहीं बोला। जब सारे काम खत्म हो गए और उस दिन शाम के वक्त मैंने मातम में डूबे घर के दरवाजे पर दस्तक दी, जैसा कि मैं पहले कई बार कर चुका था। मैं फिर कभी मिस्टर ऑफॉर्ड से नहीं मिल सकता था, लेकिन सचमुच मैं ब्रुकस्मिथ से मिलने गया था। मैं उससे पूछना चाहता था कि मैं उसकी किस प्रकार से सहायता कर सकता हूँ। मेरी बातों में स्पष्टता नहीं थी, जैसा ऐसे मौके पर बातचीत के दौरान होता है। मैंने उसे अपनी सेवा में लेने का जो सपना पहले देख लिया था, वह दम तोड़ चुका था। मेरी सेवा इस काबिल नहीं थी कि मैं उसे अपने साथ ले सकूँ। मैं बस इतना कर सकता हूँ कि उसे कोई दूसरी जगह दिला दूँ और इसमें भी एक बेअदबी होती कि मैं यह मानकर चलूँ कि उसका मन

किसी दूसरी जगह पर नहीं टिका होगा। मुझे उम्मीद थी कि वह अपने जीवन को एक अलग रूप दे सकेगा, भले ही वह रूप नहीं, जो अकसर किसी के निधन के बाद सामने आता है, जैसे अपनी ही एक छोटी सी दुकान खोल लेना। यह तो बड़ा भयंकर होगा, क्योंकि वह किसी भी काम की शुरुआत करता तो उसमें आगे आकर मदद करने की मेरी इच्छा होनी चाहिए थी, लेकिन मैं यह कैसे सोच सकता था कि काउंटर पर जाकर उसे शिलिंग दे दूँ और वापसी में कुछ पैसे लूँ? तो फिर मेरा मिलने जाना बस हाल-चाल तक ही सीमित था। उसने भी इसे उसी रूप में लिया, बड़ी महानता और इस संसार में उसने जितनी व्यावहारिकता सीखी थी उसके साथ। वह जानता था कि मैं उसकी मदद नहीं कर सकता और मैं यह जानता था कि वह जानता है कि मैं इस काबिल नहीं, लेकिन हमने उस स्थिति पर तमाम इधर-उधर की बातों के साथ चर्चा की। पहले सीढ़ियों के नीचे, फिर उस हॉल में, जो तोड़ा जा चुका था और जहाँ मैंने उससे कई बार हालातों पर बात की थी, वसूली करनेवालों का कब्जा हो चुका था तथा यह बात तब और साफ हो गई, जब उसने मुझे कुछ देर के लिए डाइनिंग-रूम में चलने को कहा, जहाँ कई चीजों को हटाए जाने से पहले बाँधा जा चुका था।

उसने भी इसे उसी रूप में लिया, बड़ी महानता और इस संसार में उसने जितनी व्यावहारिकता सीखी थी उसके साथ। वह जानता था कि मैं उसकी मदद नहीं कर सकता और मैं यह जानता था कि वह जानता है कि मैं इस काबिल नहीं, लेकिन हमने उस स्थिति पर तमाम इधर-उधर की बातों के साथ चर्चा की।

हालाँकि दो पक्की बातें थीं, जो उसे मुझे बतानी थी। एक यह कि उस रात (कोई रहस्य ही है शायद कि नौकर-चाकर रात को ही कहीं जाते हैं) उसे इस घर को हमेशा के लिए छोड़ देना होगा और दूसरी, जिसे उसने आखिर में और हिचकिचाहट के साथ कहा कि उसके दिवंगत मालिक उसके नाम अस्सी पाउंड की विरासत छोड़ गए हैं।

"मुझे बेहद खुशी है।" मैंने कहा और ब्रुकस्मिथ भी यही सोच रहा था, 'वे

मेरे बारे में बहुत सोचते थे।' इस मुद्दे पर हम दोनों के बीच इतनी ही बातचीत हुई और मिस्टर ऑफॉर्ड की निशानी पर उसका सोच क्या था, उस बारे में मैं कुछ नहीं जानता। अस्सी पाउंड हमेशा अस्सी पाउंड ही होते हैं और मेरे लिए कभी कोई इतने पैसे नहीं छोड़ गया, लेकिन इसके साथ ही मैं ब्रुकस्मिथ को लेकर काफी निराश था। मैं नहीं जानता कि मैं क्या उम्मीद कर रहा था, लेकिन यह किसी सदमे से कम नहीं था। अस्सी पाउंड में एक छोटी सी दुकान आ सकती है, काफी छोटी सी, लेकिन मैं फिर से कहता हूँ कि मैं उस बारे में सोच नहीं सकता था। मैंने अपने दोस्त से पूछा कि क्या वह कुछ पैसा बचा सकता है तो उसका जवाब था, "नहीं सर, मुझे कई काम थे।" मैंने पूछा नहीं कि कौन से काम, क्योंकि वह सब उसका मामला था और मैंने उसकी बात को इस तरह मान लिया, जैसे उसकी महानता उसे किसी प्राचीन घर की देखभाल से मिली है, खासतौर पर जब उसके तौर-तरीके से लग रहा था कि वह और भी त्याग करनेवाला है।

मैंने अपने दोस्त से पूछा कि क्या वह कुछ पैसा बचा सकता है तो उसका जवाब था, "नहीं सर, मुझे कई काम थे।" मैंने पूछा नहीं कि कौन से काम, क्योंकि वह सब उसका मामला था और मैंने उसकी बात को इस तरह मान लिया, जैसे उसकी महानता उसे किसी प्राचीन घर की देखभाल से मिली है, खासतौर पर जब उसके तौर-तरीके से लग रहा था कि वह और भी त्याग करनेवाला है।

"मुझे थोड़ा बदलना होगा, सर, मुझे अपने बारे में सोचना होगा," उसने कहा और फिर दयालुता, महानता के साथ कहा, "अगर आपको कहीं मेरे लायक कोई..."

मैं इस हालत में नहीं था कि उसे उसकी बात पूरी करने देता। सच कहूँ तो यह अपने आप में काफी उदार तौर-तरीका था।

अच्छा होता कि मैं उसे अपने दिमाग से निकाल पाता, ताकि यह ढोंग न करना पड़े कि मैं उसके लिए कोई अच्छी जगह ढूँढ़ सकता था और इसमें वह मेरी मदद करना चाहता था, क्योंकि मुझे इस झूठ के साथ जीते देखना

उसके लिए तकलीफदेह था। मैंने बीच में कुछ बातचीत की, जिसका मतलब यही था कि मैं अच्छी तरह जानता था कि वह जहाँ भी जाएगा, चाहे कुछ भी करेगा, उसे हमारे पुराने दोस्त की याद बहुत आएगी, मुझ से भी ज्यादा आएगी, क्योंकि उनके साथ वह इतने दिनों तक रहा था। इसके बाद उसने जो भाषण दिया, उसका एक-एक शब्द मुझे आज भी याद है।

वे सबकुछ थे, आप तो समझ ही सकते हैं, सर। आपके साथ तो कई लोग हैं, सर, हालाँकि उनके बारे में मुझे ऐसा नहीं कहना चाहिए था, क्योंकि आप मुझे गलत समझेंगे, लेकिन आपके पास समाज की खुशियाँ हैं, सर। सर, अगर उनके बारे में बस अच्छी-अच्छी बातें ही करनी हैं, जैसा कि आप सब खुलकर करते हैं और उनमें तमाम सज्जन और देवियाँ शामिल हैं तो उनकी सुनहरी यादें भी मुझे डराती हैं।

"अरे सर, आपके लिए दुःख की बात है, बड़े दुःख की बात है और कई महान् सज्जनों व देवियों के लिए कि ऐसा हो गया है, लेकिन मेरी बात जहाँ तक है तो यह उससे भी कहीं दुःखदायी है। यह किसी ऐसी चीज को खो देना है, जो सबकुछ था। मेरी बात जहाँ तक है, सर," वह तेजी से बहते आँसुओं के साथ कहता गया, "वे सबकुछ थे, आप तो समझ ही सकते हैं, सर। आपके साथ तो कई लोग हैं, सर, हालाँकि उनके बारे में मुझे ऐसा नहीं कहना चाहिए था, क्योंकि आप मुझे गलत समझेंगे, लेकिन आपके पास समाज की खुशियाँ हैं, सर। सर, अगर उनके बारे में बस अच्छी-अच्छी बातें ही करनी हैं, जैसा कि आप सब खुलकर करते हैं और उनमें तमाम सज्जन और देवियाँ शामिल हैं तो उनकी सुनहरी यादें भी मुझे डराती हैं। मैं ऐसा नहीं कर सकता, सर और मुझे अपनी संगत अपने तक ही रखनी है। मिस्टर ऑफॉर्ड मेरा समाज थे और अब आप देख सकते हैं कि मेरा कोई नहीं है। आप तो फिर भी बातचीत में जुट जाएँगे, सर और मैं अपनी जगह चला जाऊँगा।" ब्रुकस्मिथ की आवाज थरथराने लगी, जिसमें न दिखावा था न नाटकीय कड़वाहट, बल्कि सपाट सच था और उसका हाथ सड़क पर खुलनेवाले दरवाजे के मुट्ठे पर था।

उसने मेरे बाहर जाने के लिए उसे घुमाया और फिर कहा, "मै फिर से नीचे जा रहा हूँ, सर और फिर यहीं आ जाऊँगा।"

"मेरा बच्चा," मैंने भावुक होते हुए एकदम वैसे ही कहा, जैसे मिस्टर ऑफॉर्ड कहा करते थे, "मेरे प्यारे दोस्त, मुझ पर छोड़ दो। हम तुम्हारी देखभाल करेंगे, हम सब तुम्हारे लिए कुछ-न-कुछ करेंगे।"

"ओह अगर देना ही है तो कोई उनके जैसा दे दो! लेकिन इस संसार में वैसी दो चीजें नहीं हैं।" जुदा होते समय ब्रुकस्मिथ ने कहा।

उसने मुझे अपना पता दिया उस जगह का, जहाँ उससे जाकर मिला जा सकता था। लंबे समय तक मुझे उस जानकारी का इस्तेमाल करने का मौका नहीं मिला। करीब से जाना तो पता चला कि वह थोड़ा ढीठ है। जो लोग उसे जानते थे और जिनकी जान-पहचान मिस्टर ऑफॉर्ड से थी, वे उसे रखना नहीं चाहते थे। इसके बाद भी मैं उसे अनजान लोगों पर थोपना नहीं चाहता था, जो उसके अतीत से अनजान थे और वर्तमान से भी। मैंने अपने सारे पुराने दोस्तों से उसके बारे में बात की और देखा कि उन सबके मन में तरह-तरह की बातें थीं, जिन्हें मैं भी जानता था, साथ ही यह भी कहा कि उन्हें शक है कि वह बिगड़ चुका है, जिसके चलते, मुझे भी अब उससे कोई मतलब नहीं रखना चाहिए। साफ शब्दों में कहें तो जब उन्होंने घर के छोटे-छोटे काम में लगाने के बारे में सोचा तो थोड़ी शर्मिंदगी थी, थोड़ी समझ आने लायक असहजता। समाज में वे उससे कई बार मिल चुके थे। उनमें से कई उससे यह कह सकते थे और कहा भी, या मुझसे कहा कि मैं उससे कहूँ कि वह उनसे आकर मिले। लेकिन मैं नहीं चाहता था कि बात केवल मिलनेवाली एक लिस्ट बनने तक रह जाए। वह उन लोगों के लिए काफी छोटे कद का था,

उसने मुझे अपना पता दिया उस जगह का, जहाँ उससे जाकर मिला जा सकता था। लंबे समय तक मुझे उस जानकारी का इस्तेमाल करने का मौका नहीं मिला। करीब से जाना तो पता चला कि वह थोड़ा ढीठ है। जो लोग उसे जानते थे और जिनकी जान-पहचान मिस्टर ऑफॉर्ड से थी, वे उसे रखना नहीं चाहते थे।

जो काफी खास थे। खैर, मुझे पता चला कि किसी कूटनीतिज्ञ के घर में एक जगह खाली है, जिसके बाद मैंने एक नोट लिखा, हालाँकि मैं बहुत कुछ नहीं, पर थोड़ी मानवीयता की तलाश कर रहा था। पाँच दिन बाद मुझे उनका जवाब मिला। सेक्रेटरी की पत्नी ने उन्हें इतने दिनों तक इंतजार करवाने के बाद कहा कि वह किसी ऐसे घर के नौकर को अपने यहाँ नहीं रख सकती, जहाँ कोई महिला कभी थी ही नहीं। उस नोट में एक नोट लिखा था, "सर, वह अच्छी जगह पर काम कर रहा था, पर काश वहाँ कोई महिला भी होती।"

एक हफ्ते बाद वह मुझसे मिलने आया और मुझे बताया कि वह पसंद कर लिया गया है और कुछ बेहद सम्मानित लोगों को जबान देनी है। वे शहर के बहुत बड़े लोग थे, जो पार्क बेसवाटर साइड में रहते हैं। उसने स्वीकार किया, "मैं कहना चाहता हूँ कि यह काफी खराब होगा, लेकिन मैंने आतिशबाजी देखी है, है न सर? हर रात आतिशबाजी नहीं हो सकती। मैंसफील्ड स्ट्रीट के बाद मेरे पास ज्यादा विकल्प नहीं हैं।" हालाँकि ऐसा लगा कि जगह थोड़ी अच्छी थी। वैसे भी अगले साल मैं दूर की एक बहन से मिलने गया, जो थोड़ी उम्रदराज थी और शहर में अपनी कुछ सहेलियों के साथ पंद्रह दिनों के लिए आई थी। मैं उस परिवार को नहीं जानता था, जो चेस्टर स्क्वायर में रहता था। उस घर का दरवाजा जब खुला तो मैं ब्रुकस्मिथ को साक्षात् देखकर हैरान भी हुआ और खुशी भी मिली। मैं जब बाहर आया तो मेरी उसके साथ थोड़ी बातचीत हुई, जिससे मुझे पता चला कि उस शहर के बड़े लोग इतने सुस्त थे कि वहाँ ज्यादा दिन रहना मुश्किल था और मैंने अंदाजा लगाया, जबकि उसने

एक हफ्ते बाद वह मुझसे मिलने आया और मुझे बताया कि वह पसंद कर लिया गया है और कुछ बेहद सम्मानित लोगों को जबान देनी है। वे शहर के बहुत बड़े लोग थे, जो पार्क बेसवाटर साइड में रहते हैं। उसने स्वीकार किया, "मैं कहना चाहता हूँ कि यह काफी खराब होगा, लेकिन मैंने आतिशबाजी देखी है, है न सर? हर रात आतिशबाजी नहीं हो सकती। मैंसफील्ड स्ट्रीट के बाद मेरे पास ज्यादा विकल्प नहीं हैं।"

बताया नहीं कि वे लोग अश्लील भी थे। मैं नहीं जानता कि अपने असली मालिकों के बारे में वह क्या कहता, अगर मेरी रिश्तेदार उनकी दोस्त नहीं होती, क्योंकि संबंध का खयाल रखते हुए उसने कुछ भी नहीं कहा।

हालाँकि ऐसा जरूरी नहीं, लेकिन इससे पहले कि वह महिला अपने दौरे को समाप्त करती, उन लोगों ने मुझे रात के खाने का निमंत्रण दिया, जिसे मैंने स्वीकार कर लिया। उस मौके पर बहुत बड़ी पार्टी दी गई थी, लेकिन मैं कबूल करता हूँ कि वहाँ बैठे लोगों से ज्यादा मैं ब्रुकस्मिथ के बारे में सोच रहा था। उन पर ज्यादा ध्यान देने की जरूरत नहीं थी। उन सभी को आप ऐसे कभी न सुधरनेवाले लोग कह सकते हैं, जो ऐसे आयोजनों में शामिल होने से चूकते नहीं। यह आमतौर पर दिखनेवाले खुशमिजाज और अपनी कुलीनता को लेकर सजग तथा समृद्ध लोगों की दुनिया थी, जिनमें भौतिकता कूट-कूट कर भरी थी, वीभत्स दिखावे का आवरण और ताम-झाम के बीच फीकी बातचीत। बायरन, यहाँ तक कि किसी छोटे-मोटे कवि के बारे में भी एक शब्द नहीं कहा गया। दावत के दौरान कोई भी ताकत मुझे ब्रुकस्मिथ की तरफ देखने के लिए मजबूर नहीं कर सकती थी और मुझे यकीन था कि अगर मैं शराब को गिरा देता तो भी वह मुझसे नजर नहीं मिलाता। हम बौद्धिक सहानुभूति की दशा में थे, हम एक-दूसरे के प्रति कुछ हद तक सामाजिक दायित्व को महसूस करते थे। संक्षेप में हम आर्केडिय में साथ थे और हम दोनों इस हाल में हैं। आश्चर्य नहीं कि हम आमना-सामना करने पर शर्मिंदा थे। मैं जब जा रहा था और उसने कोट पहनने में मेरी मदद की तो मैंसफील्ड स्ट्रीट के दिनों के बाद पहली बार हम खामोशी के बीच एक-दूसरे से अलग हुए। मुझे लगा कि वह दुबला और कमजोर दिख रहा था और मैंने अनुमान लगाया कि

हालाँकि ऐसा जरूरी नहीं, लेकिन इससे पहले कि वह महिला अपने दौरे को समाप्त करती, उन लोगों ने मुझे रात के खाने का निमंत्रण दिया, जिसे मैंने स्वीकार कर लिया। उस मौके पर बहुत बड़ी पार्टी दी गई थी, लेकिन मैं कबूल करता हूँ कि वहाँ बैठे लोगों से ज्यादा मैं ब्रुकस्मिथ के बारे में सोच रहा था।

उसकी नई जगह पिछली से ज्यादा 'मानवीय' नहीं थी। बीफ और बीयर की कमी नहीं थी, लेकिन कोई पूछनेवाला नहीं था। इस काम को स्वीकार करने से पहले उसने जो सवाल पूछा होगा, वह यह नहीं होगा कि "कितने नौकर रखे जाते हैं?" बल्कि यह कि "कितनी कल्पना की जाती है?" मैं जब अगली बार उस घर में गया और मैं मानता हूँ कि बहुत जल्दी नहीं गया तो मैंने उसके उत्तराधिकारी को पाया, एक ऐसा व्यक्ति, जिसका भाग्य अच्छा था और उसने कभी अपने स्वभाव को नहीं छोड़ा था। क्या इससे बेहतर कुछ हो सकता है? वह यही सवाल तीन नौकरों और कुछ मेहमानों के बीच भी पूछता लग रहा था। उसने मुझे ऐसा एहसास कराया, जैसे ब्रुकस्मिथ मर चुका हो, लेकिन पूछने की मेरी हिम्मत नहीं पड़ी। मैं यह नहीं सुन सकता था कि "मुझे जरा सी भी जानकारी नहीं, सर।" मिस्टर ऑफॉर्ड की मौत के बाद उसने मुझे जो पता दिया था, उस पर मैंने एक नोट भेजा, लेकिन कोई जवाब नहीं मिला। हालाँकि छह महीने बाद एक उदास नाटे कद की बुजुर्ग महिला का मेरे घर आना हुआ, जिसने मुझे अपना परिचय ब्रुकस्मिथ की मौसी के रूप में दिया और उनसे मुझे पता चला कि उसके पास कोई काम नहीं है और उसकी तबीयत भी खराब है। उसने ही अपनी मौसी को मेरे पास यह कहने के लिए भेजा था कि अगर मैं उससे मिलने के लिए आधे घंटे का वक्त निकाल लूँ तो उस पर असाधारण मेहरबानी होगी।

मैं जब अगली बार उस घर में गया और मैं मानता हूँ कि बहुत जल्दी नहीं गया तो मैंने उसके उत्तराधिकारी को पाया, एक ऐसा व्यक्ति, जिसका भाग्य अच्छा था और उसने कभी अपने स्वभाव को नहीं छोड़ा था। क्या इससे बेहतर कुछ हो सकता है? वह यही सवाल तीन नौकरों और कुछ मेहमानों के बीच भी पूछता लग रहा था। उसने मुझे ऐसा एहसास कराया, जैसे ब्रुकस्मिथ मर चुका हो, लेकिन पूछने की मेरी हिम्मत नहीं पड़ी।

मैं अगले दिन ही गया, उसके संदेशवाहक ने मुझे एक नया पता दिया था और मैंने अपने दोस्त को मेरिलबोन की एक तंग व गंदी गली में रहते हुए

पाया, जो लंदन के उन कोनों में से एक है, जिनमें बीमार कर देनेवाली ओछी मानसिकता की झलक मिलती है। मुझे जो कमरा दिखाया गया, वह एक रंगरेज और सफाई करनेवाले की छोटी सी दुकान के ऊपर था, जिसके पास फैले हुए दस्ताने थे और दुकान के सामने बदरंग शॉल टँगी थी। उस जगह पर चारों ओर किसी तरह गुजर–बसर करने के पर्याप्त निशान मौजूद थे और एक गरम नमी से भरी महक अंदर से आ रही थी, जो शायद 'उबाले' जा रहे गंदे कपड़े की थी। ब्रुकस्मिथ अपने पैरों पर कंबल रखे एक साफ छोटी खिड़की के पास बैठा था। नीले–सफेद कड़े परदों के पीछे से वह एक बनिए, एक टीनकार और एक छोटे से तेल से सने होटल को देख रहा था। वह किसी बीमारी से होकर गुजरा था और अब स्वस्थ हो रहा था तथा उसकी माँ और मौसी उसके पास खड़ी थीं। मैंने उसके उन रिश्तेदारों को पसंद किया, जो उसके ज्यादा करीब थीं, जो नरम और बेहद विनम्र थीं, लेकिन दूर के रिश्तेदार पर मुझे शक था, जिन्हें मैंने अन्यायपूर्ण ढंग से सामने के होटल से जोड़ दिया, क्योंकि उनमें उसी तेल की छाप दिख रही थी, जैसी सामने के होटल पर थी और जिनकी चोर नजर बार–बार मेरे हाथों के हिलने–डुलने पर जा रही थी, मानो पूछ रही हों कि वे मेरी जेब में क्यों नहीं जातीं। उसने वह रास्ता नहीं लिया, मैं बिन माँगे अपने आप को ब्रुकस्मिथ के साथ इस सहजता में नहीं ला सकता था। कई बार कमरे का दरवाजा खुला और रहस्यमयी बूढ़ी महिला ने झाँका और फिर पीछे हट गई। मैं नहीं जानता कि वे कौन थीं। बेचारा ब्रुकस्मिथ पीली गिद्ध दृष्टि वाली अजीब–सी महिलाओं से घिरा लग रहा था।

मुझे जो कमरा दिखाया गया, वह एक रंगरेज और सफाई करनेवाले की छोटी सी दुकान के ऊपर था, जिसके पास फैले हुए दस्ताने थे और दुकान के सामने बदरंग शॉल टँगी थी। उस जगह पर चारों ओर किसी तरह गुजर–बसर करने के पर्याप्त निशान मौजूद थे और एक गरम नमी से भरी महक अंदर से आ रही थी, जो शायद 'उबाले' जा रहे गंदे कपड़े की थी।

वह खुद भी उलझा-सा लग रहा था और स्पष्ट रूप से कमजोर और काफी शर्मसार भी तथा हमने मैंसफील्ड स्ट्रीट को लेकर कोई भी बात नहीं की, हालाँकि मेरे दिमाग में उस सैलून की तसवीरें इस स्थिति की तुलना करते हुए काफी हद तक घूम रही थीं, जिसका वह एक रत्न था। उसने मुझे आश्वस्त किया कि वह सच में स्वस्थ हो रहा है और उसकी माँ ने कहा कि अगर वह अपना उत्साह बढ़ा ले, तभी ठीक हो सकता है। मौसी की राय भी यही थी और अब मुझे यकीन हो गया था कि जहाँ तक उनकी बात थी तो उन्हें पता था कि इस मकसद से कहाँ जाना चाहिए। मुझे लगता है कि मैं अपने पुराने मित्र को लेकर थोड़ा कमजोर था, क्योंकि मैंने उसे फटकार लगाने का अच्छा मौका गँवा दिया कि उसके छिछोरेपन की वजह से ही कई अच्छी नौकरियाँ उसके हाथ से निकल गईं—एकदम स्थिर और शानदार नौकरी, जो बेजवाटर और बेलग्राविया में थीं, जिनमें से मेरी जानकारी के मुताबिक उनमें से एक में सुबह की प्रार्थना का समय भी मिलता था। काफी हद तक उसके बहाने अपमानजनक और भावुक थे। उसे सुबह की प्रार्थना अच्छी नहीं लगती थी। वह किसी का प्यारा बंदा बनना चाहता था, लेकिन मैं उसे फटकार नहीं लगाना चाहता था। उसने इन घटनाओं को दरकिनार कर दिया। मैंने देखा कि वह इन पर बात करने को तैयार नहीं था। मैंने यह भी गौर किया और वह भी विचित्र ढंग से कि अगली बार मुझसे मिलने की खुशी उसे नहीं होगी। उसे अब मेरी क्षमता पर शक था कि मैं उसकी गलतियों को माफ कर दूँगा। वह सफाई नहीं देना चाहता था और भविष्य में उसका व्यवहार ऐसा होनेवाला था कि सफाई देनी पड़ सकती थी। मैंने जब उससे मिल कर जाने लगा तो उसने मेरी तरफ इस नजर से देखा, जिसने सबकुछ कह दिया, "मैं उन बेहद यादगार वर्षों की बात इस जगह पर इन लोगों के सामने कैसे कर सकता हूँ, जहाँ बूढ़ी

वह खुद भी उलझा-सा लग रहा था और स्पष्ट रूप से कमजोर और काफी शर्मसार भी तथा हमने मैंसफील्ड स्ट्रीट को लेकर कोई भी बात नहीं की, हालाँकि मेरे दिमाग में उस सैलून की तसवीरें इस स्थिति की तुलना करते हुए काफी हद तक घूम रही थीं, जिसका वह एक रत्न था।

औरतें अपना सिर घुसेड़े रहती हैं? बहुत अच्छा लगा कि आप आए। मैं नहीं चाहता था, वह आपको लेकर आई है। हमने सबकुछ कह दिया है। सब खत्म हो गया। आप मेरे साथ अपना सारा धैर्य खो देंगे और मैं यही कहूँगा कि बाकी चीजें आपको देखनी नहीं चाहिए।" अगले दिन मैंने एक चिट्ठी में उसे कुछ पैसे भेजे, लेकिन बाकी बातों को निष्फल प्रयास के लिहाज से ही देखा।

उससे मिलने के एक साल बाद मुझे एक बार बाहर खाना खाने के दौरान एहसास हुआ कि ब्रुकस्मिथ उन तमाम नौकरों में से एक था, जो हमारी कुरसियों के पास मँडराता रहता था। उसने मेरे लिए घर का दरवाजा नहीं खोला था, न ही मैंने हॉल में तमाम नौकर-चाकरों के बीच उसे पहचाना था। मैंने उससे नजर मिलानी चाही, लेकिन उसने मुझे इसका मौका नहीं दिया और जब उसने मुझे कुछ खाने को दिया तो मैंने इतना ध्यान रखा कि मैं उसे ऊँची आवाज में शुक्रिया कह सकूँ। बेशक मैंने न चाहते हुए भी दो स्नैक्स ले लिये, जिन्हें लेकर मुझे शक था, जो यकीन में बदल गया, ताकि उसे बुरा न लगे। वह पूरी तरह स्वस्थ दिख रहा था, लेकिन काफी उम्रदराज और उसने अंग्रेज घरेलू नौकरों की तरह ही असाधारण रूप से चमकदार और भावशून्य भंगिमा बना रखी थी। मैं विस्मय से देख रहा था, अगर मैं उसे पहले से नहीं जान रहा होता तो उसने जो विनम्रता दिखाई, उसे बेवजह की और दिखावे की चापलूसी समझ लेता। मैंने मन-ही-मन कहा कि वह उलटे रास्ते चलनेवाला आदमी बन गया है, कमाऊ-खाऊ हो गया है, अपने आप को धर्म के हवाले कर दिया है, अपने 'पद' का धर्म, जैसे विदेशी महिला अपने घर लौट आती है। वैसे भी मुझे लगा कि उसे शाम तक के लिए ही रखा गया था। वह महज एक वेटर बन चुका था, सफेद पोशाकवालों के समूह का हिस्सा, जो 'बाहर जाते' हैं। इस सच्चाई में एक दयनीय स्थिति छिपी थी, यह

उससे मिलने के एक साल बाद मुझे एक बार बाहर खाना खाने के दौरान एहसास हुआ कि ब्रुकस्मिथ उन तमाम नौकरों में से एक था, जो हमारी कुरसियों के पास मँडराता रहता था। उसने मेरे लिए घर का दरवाजा नहीं खोला था, न ही मैंने हॉल में तमाम नौकर-चाकरों के बीच उसे पहचाना था।

ब्रुकस्मिथ का भयंकर अशोभनीय रूप था। यह किराए की चाकरी की कहानी थी। उसने कविता के लिए संघर्ष करना छोड़ दिया था। अगर उसे अनन्यता की कमी खल रही थी तो यहाँ अनन्यता कहाँ है ? केवल शराब के गिलास की पेंदी में और पाँच शिलिंग में, या जो भी उन्होंने मिलता है, जिन्हें एक तय आदमी थमा देता है। हालाँकि मुझे लगता है कि उसने अपने पेशे को ज्यादा जोखिम भरे रास्ते को चुना, क्योंकि इससे उसे बार-बार नीचे जाने की जरूरत कम पड़ती थी। लंदन की सोसाइटी से उसके संबंध दिखावे भर के थे, लेकिन इसमें शक नहीं कि वे काफी विविध थे। इस बार जब मैं जाने लगा तो मैंने पूरे दिल से उसे उन चार या पाँच बैरों के बीच ढूँढ़ा, जो दीवार के किनारे लाइन लगाए मीठी-मीठी बोली बोलते खड़े थे, जिनका ऐसा करना बताता है कि अब जाने का समय आ गया है, लेकिन वह ड्यूटी पर नहीं था। मैंने उनमें से ही एक से पूछा कि क्या वह वहाँ नहीं है और तुरंत जवाब मिला, "बस, अभी-अभी निकला है, सर। मैं आपकी कोई मदद कर सकता हूँ, सर ?" मैं कहना चाहता था कि कृपया उसे मेरी ओर से सम्मान दे दीजिएगा, लेकिन मैंने ऐसा नहीं किया। मैं उसे मुश्किल में नहीं डालना चाहता था और फिर कभी उससे मेरी मुलाकात नहीं हुई।

मैंने उनमें से ही एक से पूछा कि क्या वह वहाँ नहीं है और तुरंत जवाब मिला, "बस, अभी-अभी निकला है, सर। मैं आपकी कोई मदद कर सकता हूँ, सर ?" मैं कहना चाहता था कि कृपया उसे मेरी ओर से सम्मान दे दीजिएगा, लेकिन मैंने ऐसा नहीं किया। मैं उसे मुश्किल में नहीं डालना चाहता था और फिर कभी उससे मेरी मुलाकात नहीं हुई।

अकसर और कई बार बाहर भोजन करने के दौरान मैंने उसे ढूँढ़ा, कभी-कभी इस वजह से भी निमंत्रणों को स्वीकार किया कि शायद उससे मिलने का मौका मिल जाए। लेकिन हर बार यह कोशिश बेकार साबित हुई तो फिर मैंने दिहाड़ी पर काम करनेवालों से बार-बार बात की और तब मुझे यह लगने लगा कि वह पहले ही आनेवाले मेहमानों की सूची देख लेता था और उन दावतों से खुद को अलग कर लेता था, जहाँ उसे मेरे आने की संभावना की जानकारी मिल

जाती थी। आखिर में मैंने उम्मीद करना छोड़ दिया और एक दिन लगभग तीस साल की समाप्ति पर एक बार फिर उसकी मौसी मुझसे मिलने आई। वह और भी निराश और मैली-कुचैली, लगभग घिनौनी सी हो गई थी और भारी दुःख तथा जरूरत की स्थिति में थी। उसकी बहन मिसेज ब्रुकस्मिथ की मौत एक साल पहले हो चुकी थी और तीन महीने बाद उसका भानजा गायब हो गया था। उसकी मुश्किल दिनों में वह उसकी थोड़ी-बहुत मदद कर दिया करता था। मैं जानता कि उसकी मुश्किलें क्या थीं और अब उसके पास गिरवी रखने के लिए पेटीकोट के सिवाय कुछ बचा नहीं था। उसकी एक भानजी भी थी, जिसके लिए उसने अपने मुश्किल दिनों से पहले सबकुछ किया था, लेकिन उसकी भानजी ने उसके साथ शर्मनाक व्यवहार किया। इतनी सारी बातें थीं।

सबसे महान् और रोमांचक तथ्य अपनी किस्मत से ब्रुकस्मिथ के आखिरकार भाग खड़ा होने की सच्चाई थी। एक दिन वेटर का काम करने के लिए शाम को वह सफेद पोशाक पहनकर गया था, जिसे उसकी मौसी ने अपने हाथों से सिला था। केनिंग्सटन-वे पर एक बहुत बड़ी पार्टी हो रही थी, लेकिन उसके बाद वह कभी घर नहीं लौटा, न ही उस बड़ी पार्टी में गया था, न ही किसी दूसरी पार्टी में, जहाँ उसके होने का पता चल सके।

सबसे महान् और रोमांचक तथ्य अपनी किस्मत से ब्रुकस्मिथ के आखिरकार भाग खड़ा होने की सच्चाई थी। एक दिन वेटर का काम करने के लिए शाम को वह सफेद पोशाक पहनकर गया था, जिसे उसकी मौसी ने अपने हाथों से सिला था। केनिंग्सटन-वे पर एक बहुत बड़ी पार्टी हो रही थी, लेकिन उसके बाद वह कभी घर नहीं लौटा, न ही उस बड़ी पार्टी में गया था, न ही किसी दूसरी पार्टी में, जहाँ उसके होने का पता चल सके। उसके लापता होने की बात सामने आ चुकी थी, उसके सफेद कोट से भी गायब होने के रहस्य पर कोई रोशनी नहीं पड़ रही थी। यह खबर मेरे लिए एक गहरा सदमा थी, क्योंकि उसकी सच्ची मंजिल को लेकर मेरी अपनी ही सोच थी। उसकी बुजुर्ग रिश्तेदार ने बहुत बड़ी अनहोनी की

आशंका जता दी। न जाने कैसे और क्यों, लेकिन वह पूरी तरह से रास्ते से भटक गया था और मुझे अब यकीन हो चला है कि अपने चिर-परिचित अंदाज में वह अमर देवताओं की प्लेट बदल रहा होगा। जैसा कि मेरी हताश-निराश मेहमान ने कहा, उसका जोश कभी बढ़ नहीं सका। मेरी किस्मत अच्छी थी कि मैंने उन्हें थोड़ी बेहतर स्थिति में विदा किया, लेकिन बेचारे ब्रुकस्मिथ का एक धुँधला-सा भूत मुझे आज भी दिखाई पड़ता है। बेशक वह बिगड़ चुका था।

□

असली बात

घंटी बजने पर अकसर दरवाजा खोलनेवाली दरबान की पत्नी ने कहा, "एक सज्जन और एक महिला हैं, सर।" तो उन दिनों मेरे दिमाग में एक ही बात चलती थी और मुझे लगा कि शायद तसवीर बनवानेवाले आए होंगे। इस बार भी मेरे मेहमान बैठकर चित्र बनवानेवाले ही थे, लेकिन उस तरह से नहीं, जैसा मैं चाहता था, हालाँकि शुरुआत में कहीं से ऐसा नहीं लगा कि वे चित्र बनवाने नहीं आए होंगे। सज्जन पुरुष पचास साल के, काफी लंबे और तने, हलकी सफेद मूँछें और गहरा भूरा टहलनेवाला कोट प्रशंसनीय ढंग से फिट आ रहा था। दोनों ही चीजों को मैंने पेशेवर ढंग से देखा। मेरा मतलब नाई या टेलर की तरह नहीं, लेकिन मैं उन्हें सेलिब्रिटी समझ बैठता, अगर सेलिब्रिटी अकसर इतने अनोखे होते। यह एक सच्चाई थी, जिसे मैं कुछ समय से मानने लगा था कि कोई ऐसा व्यक्ति, जिसके सामने का हिस्सा अच्छा था, वह कहा जाए तो कभी सरकारी संस्थान का नहीं होता। उस महिला पर एक नजर डालते ही मुझे इस विरोधाभासी नियम की याद आ गई, वह इतनी खास लग रही थी कि 'हस्ती' नहीं कह सकते थे। वैसे भी शायद ही कभी कोई दो अलग-अलग किस्म के लोगों को एक साथ देखता है।

उस जोड़े में से किसी ने तुरंत बोलना शुरू नहीं किया। उन्होंने शुरुआती देखा-देखी में काफी समय लगा दिया, जिससे लगा कि वे एक-दूसरे को बोलने का मौका देना चाहते हैं। देखने से वे शर्मीले लग रहे थे। वे वहीं खड़े रहे, ताकि मैं उन्हें अंदर लेकर आ सकूँ, जो मुझे बाद में समझ आया कि उनके लिए सबसे व्यावहारिक कदम था। इस प्रकार उनकी झिझक से उनको फायदा ही हुआ। मैंने

ऐसे लोगों को देखा है, जिनमें अपने आप को कैनवास पर देखने की इच्छा बड़ी मुश्किल से होती है, लेकिन मेरे नए दोस्तों की शंका का तो जैसे कोई ओर-छोर ही नहीं दिख रहा था। फिर भी उस सज्जन ने कहा होता, "मैं अपनी पत्नी की तसवीर बनवाना चाहता हूँ," और वह स्त्री कहती, "मैं अपने पति की तसवीर बनवाना चाहूँगी।" शायद वे पति-पत्नी नहीं थे, इससे मामला और नाजुक हो जाता है। शायद वे दोनों अपनी तसवीर साथ-साथ बनवाना चाहते थे, तो उस मामले में दोनों को इस खबर को सुनाने के लिए तीसरे व्यक्ति को लेकर आना चाहिए था।

"हम मिस्टर रिवेट के यहाँ से आए हैं," आखिरकार उस महिला ने हलकी सी मुसकान के साथ कहा, जिसमें किसी गीली पेंटिंग पर नमीवाले स्पंज के साथ-ही-साथ लुप्त सुंदरता के प्रति एक अस्पष्ट संकेत का असर था। वह अपने साथी, जो लंबी व तनी हुई थी और उसकी उम्र दस साल कम लग रही थी। वह किसी उदास महिला की तरह दिख रही थी, जिसके चेहरे के हावभाव जोश से भरे नहीं थे। उसका रँगा हुआ चेहरा उसी तरह गंदगी को दिखा रहा था, जैसे खुली सतह पर घर्षण दिखता है। समय के हाथों ने उस पर खुलकर वार किए थे, लेकिन उसका असर उम्र कम करने वाला ही था। वह पतली-दुबली व सख्त थी और काफी अच्छे कपड़े पहने थी। गहरी नीली ड्रेस, जिसके साथ फ्लैप, पॉकेट और बटन थे, जिससे साफ हो गया था कि उसका एवं उसके पति का टेलर एक ही था। दंपती को देखकर लग रहा था कि वे समृद्धि के प्रवाह में गोते लगा रहे थे, जो बता रहा था कि उन्हें अपने पैसे के कारण काफी ऐशो-आराम मिल रहा है। अगर मैं भी उन ऐशो-आरामों में से एक था तो मुझे अपनी शर्तों पर विचार करना चाहिए।

"हम मिस्टर रिवेट के यहाँ से आए हैं," आखिरकार उस महिला ने हलकी सी मुसकान के साथ कहा, जिसमें किसी गीली पेंटिंग पर नमीवाले स्पंज के साथ-ही-साथ लुप्त सुंदरता के प्रति एक अस्पष्ट संकेत का असर था। वह अपने साथी, जो लंबी व तनी हुई थी और उसकी उम्र दस साल कम लग रही थी।

"अच्छा तो क्लाउड रिवेट ने मेरी सिफारिश की है?" मैंने ऊँची आवाज

में कहा और यह भी जोड़ा कि मैं उसका शुक्रगुजार हूँ, भले ही मैं यह दिखा रहा था कि वह केवल प्रकृति की तसवीरें बनाता है, इसलिए उसने कोई एहसान नहीं किया।

उस महिला ने सज्जन की तरफ घूरकर देखा और सज्जन कमरे के हर तरफ निहार रहे थे। फिर एक पल के लिए फर्श को देखते हुए और अपनी मूँछों को ताव देते हुए उन्होंने अपनी प्यारी आँखों को मुझ पर टिकाया और बोले, "उसने कहा कि आप सही व्यक्ति हैं।"

"कोशिश करता हूँ, जब लोग बैठना चाहते हैं।"

उस महिला ने सज्जन की तरफ घूरकर देखा और सज्जन कमरे के हर तरफ निहार रहे थे। फिर एक पल के लिए फर्श को देखते हुए और अपनी मूँछों को ताव देते हुए उन्होंने अपनी प्यारी आँखों को मुझ पर टिकाया और बोले, "उसने कहा कि आप सही व्यक्ति हैं।" "कोशिश करता हूँ, जब लोग बैठना चाहते हैं।"

"हाँ, हम बैठना चाहेंगे," उस महिला ने चिंता के साथ कहा, "आपका मतलब है एक साथ?"

मेरे मेहमानों ने एक-दूसरे की तरफ देखा। "अगर आप मेरा भी बनाएँ तो मुझे लगता है दोगुना होगा!"

"हाँ, स्वाभाविक रूप से एक की बजाय दो लोगों की तसवीर के पैसे ज्यादा लगते हैं।"

"हम अदा करने की कोशिश करेंगे।" पति ने स्वीकार किया।

"आप दोनों का धन्यवाद!" मैंने जवाब दिया और असाधारण सी सहानुभूति की प्रशंसा, क्योंकि मुझे लगा कि वे कलाकार को पैसे अदा करने की बात कर रहे थे।

उस महिला पर एक विचित्र सा एहसास होता दिखा। "हमारा मतलब है चित्र के लिए, मिस्टर रिवेट ने कहा कि आप एक को अंदर डालेंगे।"

"अंदर डालेंगे, एक चित्र?" मैं भी उतनी ही उलझन में पड़ गया था।

"आप इनकी तसवीर बनाइए।" सज्जन ने समझाते हुए कहा।

तब जाकर मुझे समझ आया कि क्लाउड रिवेट ने मेरी क्या सेवा की है।

उसने उन्हें बताया था कि मैं पत्रिकाओं, कहानी की किताबों, जन-जीवन के स्केच के लिए ब्लैक एंड व्हाइट में काम करता हूँ और उस कारण मेरे पास मॉडलों के लिए काफी काम था।

ऐसी बातें सही थीं, लेकिन चीजें कम सच भी नहीं थीं। मैं अब यह कबूल करना चाहता हूँ कि चाहे इच्छा के कारण सबकुछ होता हो या नहीं, यह मैं पाठकों के अंदाजा लगाने के लिए छोड़ देता हूँ। यह सच है कि मुझे पैसों की बात छोड़िए, वह सम्मान भी नहीं मिला, जो मिलना चाहिए था, जबकि मेरे दिमाग में महान् चित्रकार होने की बात बैठी थी। मेरे 'चित्र' फटाफट कमाई के लिए घटिया दर्जे के थे। मैं कला की अलग शाखा को देख रहा था, जो सबसे दिलचस्प कला से कोसों दूर थी और वह हमेशा ही मेरी ख्याति को बढ़ाती दिख रही थी। अपनी कमाई के लिहाज से ऐसा करने में मुझे कोई शर्म भी नहीं थी, लेकिन यह कमाई भी उस समय कुछ नहीं रह जाती थी, जब मेरे पास आनेवाले बिना पैसे दिए ही अपना काम करा लेना चाहते थे। मैं निराश था, क्योंकि तसवीर के लिहाज से मैंने तुरंत उन्हें देख लिया था। मैंने उनकी किस्म को समझ लिया था, मैंने पहले तय कर लिया था कि मैं क्या करूँगा! जो उन्हें समझ नहीं आया होगा, मैंने बाद में बताया।

ऐसी बातें सही थीं, लेकिन चीजें कम सच भी नहीं थीं। मैं अब यह कबूल करना चाहता हूँ कि चाहे इच्छा के कारण सबकुछ होता हो या नहीं, यह मैं पाठकों के अंदाजा लगाने के लिए छोड़ देता हूँ। यह सच है कि मुझे पैसों की बात छोड़िए, वह सम्मान भी नहीं मिला, जो मिलना चाहिए था, जबकि मेरे दिमाग में महान् चित्रकार होने की बात बैठी थी। मेरे 'चित्र' फटाफट कमाई के लिए घटिया दर्जे के थे।

"अच्छा तो आप, आप एक ?" मैंने जैसे ही अपने आश्चर्य पर काबू पाया, अपनी बात रखनी शुरू कर दी। मैं 'मॉडल्स' के गंदे शब्द का इस्तेमाल नहीं कर सकता था, इस मामले में वह काफी बेतुका लग रहा था।

"हमें ज्यादा अभ्यास नहीं है।" महिला ने कहा।

"हमें कुछ-न-कुछ करना होगा और हमने सोचा कि आपकी लाइन का कोई कलाकार शायद हमसे कोई काम ले ले।" उसके पति ने अब खुलकर कह दिया। उसने यह भी कहा कि वे ज्यादा कलाकारों को नहीं जानते थे और वे पहले मिस्टर रिवेट के पास गए, जबकि वे जानते थे कि वे दृश्यों को पेंट करते हैं, लेकिन कभी-कभी उनमें किसी की तसवीर को भी डाल दिया करते थे। मिस्टर रिवेट से उनकी मुलाकात नोरफोक में किसी जगह पर कुछ साल पहले हुई थी, जहाँ वे स्केच कर रहे थे।

"हमें कुछ-न-कुछ करना होगा और हमने सोचा कि आपकी लाइन का कोई कलाकार शायद हमसे कोई काम ले ले।" उसके पति ने अब खुलकर कह दिया। उसने यह भी कहा कि वे ज्यादा कलाकारों को नहीं जानते थे और वे पहले मिस्टर रिवेट के पास गए, जबकि वे जानते थे कि वे दृश्यों को पेंट करते हैं, लेकिन कभी-कभी उनमें किसी की तसवीर को भी डाल दिया करते थे।

"थोड़ा-बहुत स्केच हम भी कर लिया करते थे।" उस महिला ने कहा।

"यह काफी अजीब है, लेकिन हमें कुछ-न-कुछ जरूर करना होगा।" उसके पति ने कहा।

"बेशक हम इतने जवान नहीं हैं।" उस महिला ने एक फीकी मुसकान के साथ कहा।

इस बात को सुनने के बाद मैं उनके बारे में थोड़ा और जानना चाहता था और तब उसके पति ने मुझे एक कार्ड दिखाया, जो किसी नई पॉकेट बुक से निकाला गया था। उनका साजो-सामान एकदम ताजातरीन था और उस पर लिखा था—'मेजर मोनोर्क'। ये शब्द काफी प्रभावशाली थे, लेकिन उनसे मेरी जानकारी ज्यादा नहीं बढ़ी। मेरे मेहमान ने कहा, "मैंने सेना की नौकरी छोड़ दी और बदकिस्मती से हमने सारे पैसे गँवा दिए। सच कहूँ तो हमारे पास कमाई का जरिया नहीं के बराबर है।"

"बड़ी मुसीबत है, जो आए दिन मुश्किल पैदा करती रहती है।" मिसेज मोनार्क ने कहा।

साफ तौर पर वे कम ही बोलना चाहते थे और इस बात का खयाल रख रहे थे कि डींग न हाँकें, क्योंकि वे अच्छे लोग थे। मैंने महसूस किया कि वे इसे एक कमी की तरह देख रहे थे और उसके साथ ही मैंने यह भी अनुमान लगाया कि विपरीत परिस्थितियों में भी उन्हें इस बात का संतोष था कि उनके पास कुछ तो है। बेशक उनके पास था, लेकिन इस तरह के फायदे मुझे कुछ ज्यादा ही सामाजिक लगे। उदाहरण के लिए वे बैठक के कमरे को सुंदर बना सकते थे। हालाँकि किसी ड्राइंग-रूम में अकसर कोई-न-कोई तसवीर होनी चाहिए। अपनी पत्नी की ओर से दोनों की उम्र को लेकर जो कहा गया, उस पर मेजर मोनार्क ने कहा, "स्वाभाविक रूप से हमने फिगर की वजह से ही आने का मन बनाया। हम अब भी अपने आप को पेश कर सकते हैं।" उसी पल मैंने देखा कि बेशक उनका फिगर उनका मजबूत पहलू है। उसका 'स्वाभाविक' कहना बेकार में नहीं था, लेकिन एक प्रश्न खड़ा हो गया। "इसकी फिगर सबसे अच्छी है।" उसने अपनी बात को जारी रखा और अपनी पत्नी की तरफ इस तरह हामी भरते हुए देखा, जैसे आनंद से भरे डिनर के बाद ज्यादा बोलने की इच्छा नहीं होती। मैं बस यही जवाब दे सकता था, मानो हम अपने-अपने जाम लेकर बैठे हों कि इससे उनके काफी अच्छा होने से इनकार नहीं किया जा सकता, जिसके जवाब में उन्होंने कहा, "हमें लगा कि अगर आपको कभी हमारे जैसे लोगों के साथ काम करना पड़ा तो हम उसके काबिल होंगे, खासकर वह, किसी किताब में जैसे एक स्त्री होती है।"

साफ तौर पर वे कम ही बोलना चाहते थे और इस बात का खयाल रख रहे थे कि डींग न हाँकें, क्योंकि वे अच्छे लोग थे। मैंने महसूस किया कि वे इसे एक कमी की तरह देख रहे थे और उसके साथ ही मैंने यह भी अनुमान लगाया कि विपरीत परिस्थितियों में भी उन्हें इस बात का संतोष था कि उनके पास कुछ तो है।

मुझे उनसे मिलकर इतना अच्छा लगा कि और जानने के लिए मैंने उनकी राय ली। भले ही इस बात को लेकर मैं झेंप रहा था कि मैं शारीरिक तोल-मोल कर रहा था, जैसे कि वे भाड़े के जानवर हों या काम के काले लोग, जिनके

एक जोड़े से मुझे केवल एक ही सिलसिले में मिलना था, जिसकी दबे स्वर से आलोचना होती है। मैंने मिसेज मोनार्क की तरफ इतने न्यायपूर्ण ढंग से देखा कि पल भर बाद मुझे दावे के साथ कहना पड़ा, "अरे हाँ, किताब की एक स्त्री!" वह किसी खराब तसवीर के जैसी थी।

"अगर आप चाहें तो हम खड़े हो जाते हैं।" मेजर ने कहा और वह मेरे सामने सच में रोब के साथ खड़ा हो गया।

मैं एक नजर में ही उसे नाप सकता था, उसकी लंबाई छह फीट दो इंच थी और वह एक पक्का जेंटलमैन था। कोई भी क्लब, जो बनाया जा रहा हो और जिसे एक पहचान की जरूरत थी, वह मुख्य खिड़की पर खड़ा करने के लिए उसे वेतन पर रख सकता था। मेरे दिमाग में जो बात फौरन आई, वह यह थी कि मेरे पास आकर वे अपना पेशा भूल गए थे। उनके लिए विज्ञापन का काम कहीं ज्यादा अच्छा होता। बेशक मैं विस्तार में नहीं जा सकता था, लेकिन मैं देख पा रहा था कि वे किसी की किस्मत चमका सकते थे और मेरा मतलब है खुद अपनी नहीं। उनमें कुछ तो था, एक कोट बनानेवाला, होटल की देखरेख करनेवाला या साबुन बेचनेवाला। मैं कल्पना कर रहा था कि उनके हृदय पर प्रभाव जमाने के लिए टँगा होगा, इसे हम हमेशा इस्तेमाल करते हैं। मैं देख रहा था कि वे बेहतरीन ढंग से मेजबानी कर सकते थे।

मैं एक नजर में ही उसे नाप सकता था, उसकी लंबाई छह फीट दो इंच थी और वह एक पक्का जेंटलमैन था। कोई भी क्लब, जो बनाया जा रहा हो और जिसे एक पहचान की जरूरत थी, वह मुख्य खिड़की पर खड़ा करने के लिए उसे वेतन पर रख सकता था। मेरे दिमाग में जो बात फौरन आई, वह यह थी कि मेरे पास आकर वे अपना पेशा भूल गए थे।

मिसेज मोनार्क स्थिर बैठी थी, गर्व से नहीं, शर्म से और तभी उसके पति ने उससे कहा, "खड़ी हो जाओ, डियर और दिखा दो कि तुम कितनी स्मार्ट हो।" उसने आज्ञा का पालन किया, लेकिन उसे दिखाने के लिए खड़ा होने की जरूरत नहीं थी। वह स्टूडियो के आखिरी छोर तक चलकर गई और फिर शर्म

से लाल होकर लौट आई। उसकी फड़कती आँखें उसके आकर्षण को और बढ़ा रही थीं। मुझे एक घटना याद आई, जिसे पेरिस में संयोग से ही मुझे देखने का मौका मिला था, जहाँ मैं एक दोस्त के साथ गया था। रंगमंच का कलाकार नाटक प्रस्तुत करनेवाला था। जब एक अदाकारा उसके पास आई और कहा कि वह उसे कोई रोल दे दे। उसने उसके सामने चलकर दिखाया, उसी तरह चलकर गई और आई, जैसा मिसेज मोनार्क कर रही थीं। मिसेज मोनार्क ने भी उतना ही अच्छा किया, लेकिन मैंने तारीफ करने से खुद को रोक लिया। यह बड़ा अजीब था कि इस तरह के लोग इतने कम पैसेवाले काम को करना चाह रहे थे। वह इस तरह की दिख रही थी, जैसे साल में दस हजार की आमदनी हो। उसके पति ने जिस शब्द का इस्तेमाल किया था, वह उसके बारे में बता रहा था। वह उस लंदन में थी, जहाँ की मौजूदा शब्दावली में 'स्मार्ट' शब्द जरूरी भी था और खास भी। विचारों की उसी कड़ी के लिहाज से उसकी काया स्पष्ट और अपरिवर्तनीय रूप से अच्छी थी। उसकी उम्र की महिला के हिसाब से उसकी कमर आश्चर्यजनक रूप से पतली थी। उसकी कोहनी परंपरागत रूप से घुमावदार थी। वह अपने सिर को पारंपरिक कोण पर रखती थी, लेकिन वह मेरे पास क्यों आई थी? उसे किसी बड़ी दुकान में कोट पहनकर देखना चाहिए था। मुझे डर था कि मेरे मेहमान न केवल बेसहारा थे, बल्कि 'कलात्मक' भी थे, जो बहुत बड़ी जटिलता होगी। वह जब फिर से बैठी तो मैंने उसे धन्यवाद दिया और यह देख रहा था कि जो बात मॉडल में सबसे ज्यादा महत्त्वपूर्ण उसकी चुप्पी मानी जाती थी, वह उसमें थी।

मिसेज मोनार्क ने भी उतना ही अच्छा किया, लेकिन मैंने तारीफ करने से खुद को रोक लिया। यह बड़ा अजीब था कि इस तरह के लोग इतने कम पैसेवाले काम को करना चाह रहे थे। वह इस तरह की दिख रही थी, जैसे साल में दस हजार की आमदनी हो। उसके पति ने जिस शब्द का इस्तेमाल किया था, वह उसके बारे में बता रहा था।

"अरे, वह चुप रह सकती है।" मेजर मोनार्क ने कहा। फिर मजाक के साथ कहा, "मैंने उसे हमेशा चुप रखा है।"

"मैं इतना बुरा नहीं हूँ, नहीं हूँ न?" उसने जिस तरह अपने पति की चौड़ी छाती में अपना सिर छिपा लिया, उसे देखकर मुझे लगा, जैसे मेरे आँसू निकल जाएँगे।

उस खूबसूरती के स्वामी ने मेरे सवाल का जवाब दिया। "शायद यह कहना गलत नहीं होगा, क्योंकि हमें पेशेवर होना चाहिए, है न? कि जब मैंने इससे शादी की, तब इसे सुंदर प्रतिमा के नाम से जाना जाता था।"

"ओ डियर!" मिसेज मोनार्क ने उदास होते हुए कहा।

"बेशक, मुझे थोड़े हाव-भाव की जरूरत होगी।" मैंने बातचीत में शामिल होते हुए कहा।

"मैं इतना बुरा नहीं हूँ, नहीं हूँ न?" उसने जिस तरह अपने पति की चौड़ी छाती में अपना सिर छिपा लिया, उसे देखकर मुझे लगा, जैसे मेरे आँसू निकल जाएँगे। उस खूबसूरती के स्वामी ने मेरे सवाल का जवाब दिया। "शायद यह कहना गलत नहीं होगा, क्योंकि हमें पेशेवर होना चाहिए, है न? कि जब मैंने इससे शादी की, तब इसे सुंदर प्रतिमा के नाम से जाना जाता था।"

"बिल्कुल!" और मैंने इतनी सर्वसम्मति कभी नहीं सुनी थी।

"और फिर मुझे लगता है कि आप बुरी तरह से थक जाएँगे।"

"अरे नहीं, हम कभी नहीं थकते!" उन्होंने पूरे मन से कहा।

"क्या आपने कभी कोई अभ्यास किया है?"

वे हिचकने लगे, एक-दूसरे को देखने लगे। "हमारी तसवीरें बेहिसाब खींची गई हैं।" मिसेज मोनार्क ने कहा।

"वह कहना चाहती है कि लोगों ने खुद हमसे कहा।" मेजर ने जोड़ा।

"अच्छा, क्योंकि आप लोग दिखने में अच्छे हैं।"

"पता नहीं, उन्होंने क्या सोचा; लेकिन वे हमेशा हमारे पीछे पड़े थे।"

"हमें हमेशा ही अपने फोटोग्राफ बिना कुछ दिए ही मिल जाते थे।" मिसेज मोनार्क मुसकराईं।

"प्रिय, हमें कुछ साथ लेकर आना चाहिए था" उसके पति ने कहा।

"मुझे नहीं लगता कि हमारे पास एक भी बचा है। कई तो हमने बाँट दिए।" उसने मुझे समझाया।

"अपने ऑटोग्राफ और वैसी ही चीजों के साथ।" मेजर ने कहा।

"क्या वे दुकानों में मिल जाएँगे?" मैंने दिल्लगी से पूछ लिया।

"अरे हाँ, उसके न मिल जाते थे।"

"अब नहीं मिलते।" मिसेज मोनार्क ने फर्श पर नजरें झुकाए हुए कहा।

(2)

मैं अनुमान लगा सकता था कि अपने फोटोग्राफ्स की प्रेजेंटेशन कॉपी पर वे किस प्रकार की चीजें लिखते होंगे; और मुझे यकीन है कि उन्होंने कुछ अच्छा लिखा होगा। यह अजीब था कि कितनी जल्दी मैं उनसे जुड़ी हर बात पर यकीन करने लगा था। अगर वे आज इतने गरीब हैं कि शिलिंग और पेंस का हिसाब लगाना पड़ रहा है तो उन्हें कभी ज्यादा लाभ नहीं मिला होगा। उनका आकर्षक रूप उनकी पूँजी रहा था और अपनी खुशमिजाजी से अपने पूरे कॅरियर में यही संसाधन उनके काम आया होगा। सबकुछ उनके चेहरे पर लिखा था, वह सूनापन, वह बीस वर्षों तक दूर-दराज के इलाकों में घूमने से मिली गहरी बौद्धिक शांति, जिसने उन्हें सुखद अंदाज दिया था। मैं धूप से रोशन ड्रॉइंग रूम की कल्पना कर सकता था, जहाँ मिसेज मोनार्क लगातार बैठी रहती होंगी, जिसमें ऐसी पत्रिकाएँ बिखरी होंगी, जिन्हें वह पढ़ती नहीं थी। मैं उन गीली झाड़ियों को देख सकता था, जिनसे होकर वह गुजरी होगी। मैं उन लाजवाब कवर की कल्पना कर सकता था, जिन्हें

मैं अनुमान लगा सकता था कि अपने फोटोग्राफ्स की प्रेजेंटेशन कॉपी पर वे किस प्रकार की चीजें लिखते होंगे; और मुझे यकीन है कि उन्होंने कुछ अच्छा लिखा होगा। यह अजीब था कि कितनी जल्दी मैं उनसे जुड़ी हर बात पर यकीन करने लगा था। अगर वे आज इतने गरीब हैं कि शिलिंग और पेंस का हिसाब लगाना पड़ रहा है तो उन्हें कभी ज्यादा लाभ नहीं मिला होगा।

शूट करने में मेजर ने मदद की होगी और उन शानदार पोशाकों की भी, जिन्हें तैयार करने के दौरान देर रात उन पर बात करने के लिए धूम्रपान के कमरे में गए होंगे। मैं उनकी लेगिंग और वाटरप्रूफ की कल्पना कर सकता था, उनकी जाने-पहचाने कंबल और दरी, उनकी छड़ियों के रोल और साज-सामान के खोल तथा साफ छतरियाँ तथा मैं उनके नौकरों की बिल्कुल सही वेश-भूषा का अंदाजा लगा सकता था और उनके सामान की पक्की किस्म का, जो गाँव के स्टेशनों के प्लेटफॉर्म पर रखा गया होगा!

वे टिप में थोड़े पैसे ही देते थे, लेकिन उन्हें पसंद किया जाता था। उन्होंने स्वयं कुछ नहीं किया, फिर भी उनका स्वागत होता था। वे हर जगह इतने अच्छे दिखते थे। उन्हें कद, रूप-रंग एवं आकार के आकर्षण को और भी बढ़ा दिया। वे बेतुकी बातों या अश्लीलता के बिना इसे जानते थे और इस कारण ही वे अपना सम्मान करते थे। वे दिखावटी नहीं थे। वे संपूर्ण थे और खुद को आगे रखते थे। यही उनकी सोच थी। क्रियाकलापों के प्रति ऐसा रुझान रखनेवाले लोगों को कोई दिशा तो रखनी ही पड़ती थी। मैं महसूस कर सकता था कि एक उदास से घर में भी वे जीवन की खुशियाँ ढूँढ़ा करते होंगे। फिलहाल कुछ हुआ था, पर क्या हुआ था, इससे फर्क नहीं पड़ता। उनकी थोड़ी-बहुत आय और कम हो गई थी, सबसे कम हो गई थी तथा उन्हें जेब खर्च के लिए कुछ-न-कुछ करना था। मैंने अनुमान लगाया कि उनके दोस्त उनका सहयोग किए बिना ही उन्हें बस पसंद करते थे। उनके बारे में कुछ तो था, जिससे कर्ज दिखाई देखा था—उनके कपड़े, उनके तौर-तरीके, उनकी किस्म, लेकिन कर्ज अगर बड़ी खाली जेब है, जिसमें कभी-कभी सिक्के खनकते हैं तो वह खनक कम-से-कम सुनाई पड़नी

वे टिप में थोड़े पैसे ही देते थे, लेकिन उन्हें पसंद किया जाता था। उन्होंने स्वयं कुछ नहीं किया, फिर भी उनका स्वागत होता था। वे हर जगह इतने अच्छे दिखते थे। उन्हें कद, रूप-रंग एवं आकार के आकर्षण को और भी बढ़ा दिया। वे बेतुकी बातों या अश्लीलता के बिना इसे जानते थे और इस कारण ही वे अपना सम्मान करते थे। वे दिखावटी नहीं थे।

चाहिए। मुझसे वे इतनी मदद चाहते थे कि यह खनक सुनाई दे सके। किस्मत से उनके बच्चे नहीं थे, जैसा कि मुझे जल्दी ही पता चल गया। वे यह भी चाहते थे कि हमारे संबंध गुप्त रहें। यही कारण था कि यह 'काया के लिए' था, जिसमें चेहरे को नया रूप दिया जाना उन्हें बेनकाब कर देगा।

मुझे वे अच्छे लगे तथा उनके दोस्तों की तरह ही मुझे भी लगा कि वे एकदम सीधे थे और मुझे इस पर कोई आपत्ति नहीं थी कि वे मेरे काम आएँगे, लेकिन उनकी सारी अच्छाइयों के बाद भी मैंने उन पर आसानी से यकीन नहीं किया। वैसे भी वे गैर-पेशेवर थे और मेरे जीवन पर जो हावी था, वह था—अनुभवहीनों से घृणा। इसके साथ ही एक और प्रतिकूलता भी जुड़ी थी—वास्तविक से कहीं अधिक प्राथमिकता प्रतीकात्मक विषय को देने की जन्मजात इच्छा, वास्तविक का दोष इतना उपयुक्त होता था कि उसे प्रस्तुत नहीं किया जा सकता। मैं उन चीजों को पसंद करता था, जो दिखती थी, न कि पक्की थीं। वे थीं या नहीं, यह बाद की बात और अकसर बिना लाभ का प्रश्न था। कुछ और भी बातें थीं, जिनमें से पहली यह थी कि मेरे पास पहले से ही दो या तीन लोग थे, जिनमें से एक बड़ा पैरवाला युवक था, जो किलबर्न का रहनेवाला था और पिछले दो वर्षों से मेरे पास मेरे चित्रों के लिए आया करता था, जिससे मैं शायद मजबूरी में ही संतुष्ट था। मैंने अपने मेहमानों से साफ-साफ बता दिया कि बात क्या है, और उन्होंने मेरी सोच से कहीं अधिक सावधानी बरती थी। उन्होंने अपने अवसर पर तर्क दिया था, क्योंकि क्लाउड रिवेट ने उन्हें हमारे समय के एक लेखक के प्रस्तावित लक्जरी संस्करण के बारे में बताया था, जो उन उपन्यासकारों का दुर्लभतम संस्करण था, जिन्हें विभिन्न प्रकार के अश्लील लोगों ने अनदेखा किया था और उन पारखी

मुझे वे अच्छे लगे तथा उनके दोस्तों की तरह ही मुझे भी लगा कि वे एकदम सीधे थे और मुझे इस पर कोई आपत्ति नहीं थी कि वे मेरे काम आएँगे, लेकिन उनकी सारी अच्छाइयों के बाद भी मैंने उन पर आसानी से यकीन नहीं किया। वैसे भी वे गैर-पेशेवर थे और मेरे जीवन पर जो हावी था, वह था—अनुभवहीनों से घृणा।

लोगों (फिलिप विंसेंट का जिक्र जरूरी है?) ने उसकी प्रशंसा की थी, जिन्हें उसे अपने जीवन की ढलान पर देखने का अवसर मिला था। उस सवेरे को और फिर काफी आलोचना के पूर्ण उजाले को, एक अनुमान, जिसमें जनता का एक हिस्सा सच में प्रायश्चित्त करता दिख रहा था। उस संस्करण को तैयार करना, जिसकी तैयारी एक शौकीन प्रकाशक ने की थी, काफी सुधारवाला काम था। जिस प्रकार की प्रिंटिंग से इसे समृद्ध बनाया जाना था, वह अंग्रेजी अक्षरों के एक सबसे स्वतंत्र प्रतिनिधि की ओर से अंग्रेजी कला के प्रति दी गई श्रद्धांजलि थी। मेजर और मिसेज मोनार्क ने मुझे बताया कि उन्हें उम्मीद थी कि मैं अपने काम में उन्हें शामिल कर सकूँगा। वे जानते थे कि मैं पहली किताब करनेवाला हूँ, 'रूटलैंड रामसे', लेकिन मुझे उन्हें यह स्पष्ट बताना पड़ा कि बाकी के मामलों में मेरी भागीदारी के साथ ही यह पहली किताब एक परीक्षा थी, जिसमें मुझे पूरी संतुष्टि चाहिए थी। अगर यह सही नहीं हुआ तो मुझे नौकरी पर रखनेवाले जिल्लत के साथ बाहर कर देंगे। इसलिए मेरे लिए यह एक संकट था तथा स्वाभाविक रूप से मैं विशेष तैयारी कर रहा था और जरूरत पड़ी तो नए लोगों की तलाश में था एवं सबसे अच्छेवाले को जुटा रहा था, हालाँकि मैंने स्वीकार किया कि मुझे दो या तीन अच्छे मॉडलों को चुनना है, जो सबकुछ कर सकें।

उस संस्करण को तैयार करना, जिसकी तैयारी एक शौकीन प्रकाशक ने की थी, काफी सुधारवाला काम था। जिस प्रकार की प्रिंटिंग से इसे समृद्ध बनाया जाना था, वह अंग्रेजी अक्षरों के एक सबसे स्वतंत्र प्रतिनिधि की ओर से अंग्रेजी कला के प्रति दी गई श्रद्धांजलि थी। मेजर और मिसेज मोनार्क ने मुझे बताया कि उन्हें उम्मीद थी कि मैं अपने काम में उन्हें शामिल कर सकूँगा।

"क्या हमें हमेशा ही विशेष कपड़े पहनने होंगे?" मिसेज मोनार्क ने डरते-डरते पूछा।

"हाँ यार, आधा काम तो उससे ही होता है।"

"और क्या हमें अपने ही कपड़े लेकर आने होंगे?"

"अरे नहीं, मेरे पास काफी हैं। एक पेंटर की मॉडल कुछ भी पहनती या उतारती है, जो उसका पेंटर चाहता है।"

"और आपका मतलब है, वही?"

"वही?"

मिसेज मोनार्क अपने पति की ओर फिर से देखने लगीं।

"अरे, वह बस ऐसे ही पूछ रही थी," उसने समझाया, "पोशाक सामान्य उपयोग में हैं या नहीं!" मुझे यह कहना पड़ेगा और मैंने यह बताया भी कि मेरे पास पिछली सदी की कई पुरानी मैली चीजें हैं, जो सौ साल पहले ही पुरानी पड़ चुकी थीं, जिन्हें जीवित, सांसारिक स्त्री-पुरुषों, उन लोगों पर इस्तेमाल किया जा चुका है, जो अब इस दुनिया में नहीं हैं, जो उनकी तरह के ही थे, क्या! जब राजा नकली बाल लगाया करते थे।

"जो भी फिट होगा, हम उसे पहन लेंगे।" मेजर ने कहा।

"हाँ, मैं इंतजाम कर दूँगा, वे तसवीरों में फिट लगते हैं।"

"मुझे लगता है आधुनिक किताबों के लिए मुझे थोड़ा अच्छा करना चाहिए। आप जैसा कहेंगे, मैं वैसा ही करूँगी।" मिसेज मोनार्क ने कहा। "घर पर उसके पास काफी कपड़े पड़े हैं, वे समकालीन जीवन को दिखाने के काम आ जाएँगे।" उसके पति ने कहा।

"जो भी फिट होगा, हम उसे पहन लेंगे।" मेजर ने कहा।

"हाँ, मैं इंतजाम कर दूँगा, वे तसवीरों में फिट लगते हैं।"

"मुझे लगता है आधुनिक किताबों के लिए मुझे थोड़ा अच्छा करना चाहिए। आप जैसा कहेंगे, मैं वैसा ही करूँगी।" मिसेज मोनार्क ने कहा। "घर पर उसके पास काफी कपड़े पड़े हैं, वे समकालीन जीवन को दिखाने के काम आ जाएँगे।" उसके पति ने कहा।

"हाँ, मैं ऐसी तसवीरों की कल्पना कर सकता हूँ, जिसमें आप एकदम स्वाभाविक दिखेंगे। बेशक मैं पुरानी चीजों के मैले-कुचैले ढंग से पेश किए जाने की कल्पना कर सकता था, उन कहानियों को, जिनकी तसवीरें मैं खीज के बिना पढ़कर बनाया करता था, जिसके रेतीले रास्ते को यह अच्छी महिला

लोगों को दिखा सकती थी, लेकिन मुझे इस तरह के काम के लिए सच्चाई की ओर लौटना पड़ा हर दिन की मशीनी थकान की ओर, जिसके लिए मैं तैयार था। मैं जिन लोगों के साथ काम कर रहा था, वे पूरी तरह पर्याप्त थे।" "हमें बस यही लगा कि हम कुछ किरदारों के जैसे लग सकते हैं।" मिसेज मोनार्क ने खड़े हुए हुए सौम्यता से कहा।

उसका पति भी खड़ा हो गया। वह मेरी तरफ उस हलकी उदासी से देखा, जो एक अच्छे आदमी में छू जाती है। "क्या कभी ऐसी इच्छा नहीं होती कि वह मिले, एक··· ?" वह बीच में ही अटक गया। वह चाहता था कि मैं उसके वाक्य को पूरा कर बताऊँ कि वह क्या कहना चाहता था, लेकिन मैं नहीं कर सका। मैं जानता नहीं था। इसलिए उसने अजीब ढंग से कहा, "एक सच्ची चीज, एक सज्जन, समझे न, या एक महिला!" मैं सामान्य सहमति देने के लिए एकदम तैयार था। मैंने स्वीकार किया कि उनमें दोनों चीजें काफी हैं। इससे उत्साहित होकर मेजर मोनार्क ने स्वाभाविक रूप से अपनी बात को बढ़ाया, "यह अजीब ढंग से कठिन है, हमने सबकुछ आजमाया है।" वह हिचकी बहुत कुछ कहती थी। उसकी पत्नी इसे बरदाश्त नहीं कर सकी। इससे पहले कि मैं देख पाता, मिसेज मोनार्क एक बार फिर दीवान पर धम्म से बैठ गई और रोने लगी। उसका पति उसे साथ बैठा कर उसका एक हाथ अपने हाथ में ले लिया। तो उसने दूसरे हाथ से तुरंत अपने आँसू पोंछे, जबकि उसने मेरी तरफ देखा तो मैं घबरा गया। "कोई भी ऐसी बेकार की नौकरी नहीं होगी, जिसके लिए मैंने अरजी नहीं दी, प्रार्थना नहीं की। आप समझ सकते हैं कि हम पहले काफी बुरी स्थिति में थे। सेक्रेटरी और उस तरह के काम?" आप अमीर बनने को कह सकते हैं। मैं कुछ भी बन सकती

उसका पति भी खड़ा हो गया। वह मेरी तरफ उस हलकी उदासी से देखा, जो एक अच्छे आदमी में छू जाती है। "क्या कभी ऐसी इच्छा नहीं होती कि वह मिले, एक··· ?" वह बीच में ही अटक गया। वह चाहता था कि मैं उसके वाक्य को पूरा कर बताऊँ कि वह क्या कहना चाहता था, लेकिन मैं नहीं कर सका।

हूँ। मैं मजबूत हूँ, एक संदेशवाहक या एक कोयला निकालनेवाली। मैं सुनहरी किनारी वाली टोपी पहनकर फुटकर दुकानों के सामने गाड़ियों के दरवाजे खोला करती थी। मैं किसी स्टेशन पर भटकता रहता था, ताकि किसी का सूटकेस उठा सकूँ। मैं डाकिया बन जाती थी, लेकिन वे आपकी तरफ नहीं देखते। आपके जैसे कितने ही अच्छे लोग हैं। अच्छे लोग, गरीब भिखारी, जो अपनी शराब पी चुके हैं, जिन्होंने अपनी छड़ी रख दी है!"

मैं उन्हें ढाढ़स बँधा रहा था, क्योंकि मैं जानता था कि कैसे करना है और मेरे मेहमान एक बार फिर खड़े हो गए थे। प्रयोग के लिए हम एक घंटे में तैयार हो गए। हम इस पर बात कर रहे थे कि दरवाजा खुला और मिस चुरम गीला छाता लिये अंदर आईं। मिस चुरम को मैडा वेले के लिए बस लेनी पड़ती थी और फिर आधे मील तक पैदल चलना पड़ता था। वे थोड़ा उग्र और पानी झटकती दिख रही थीं। मैंने उन्हें शायद ही कभी अंदर आते देखा था और सोचा था कि यह कितना अजीब है कि अपने आप में सीमित रहकर भी वे दूसरों के लिए कितना कुछ करती थीं। वे मामूली सी, छोटी सी मिस चुरम थीं, लेकिन रोमांच की भरपूर हीरोइन थीं। चेहरे पर झाइयाँ लिये लंदन की रहनेवाली थीं, लेकिन कुछ भी बन सकती थीं, एक जबरदस्त महिला से लेकर गड़ेरिन तक, उनमें यह विशेषता वैसी ही थी, जैसे उनकी सुंदर आवाज या लंबे बाल। वे बता नहीं सकती थीं, लेकिन उन्हें बीयर पसंद थी, हालाँकि उनकी दो या तीन बातें और अभ्यास तथा एक आदत थी, साथ ही माँ जैसी बुद्धि और सनकी संवेदनशीलता। थिएटर के प्रति प्रेम और सात बहनें और किसी के लिए जरा भी सम्मान नहीं, खास तौर पर पति के लिए। मेरे मेहमानों ने पहली चीज देखी कि

मैं उन्हें ढाढ़स बँधा रहा था, क्योंकि मैं जानता था कि कैसे करना है और मेरे मेहमान एक बार फिर खड़े हो गए थे। प्रयोग के लिए हम एक घंटे में तैयार हो गए। हम इस पर बात कर रहे थे कि दरवाजा खुला और मिस चुरम गीला छाता लिये अंदर आईं। मिस चुरम को मैडा वेले के लिए बस लेनी पड़ती थी और फिर आधे मील तक पैदल चलना पड़ता था।

उनका छाता गीला था और अपनी बेदाग सफाई के कारण वे नाक-भौंह सिकोड़ रहे थे। उनके आने के बाद बारिश आ चुकी थी।

"मैं बुरी तरह भीग चुकी हूँ। बस में भारी भीड़ थी। काश, तुम किसी स्टेशन के पास रहते!" मिस चुरम ने कहा। मैंने उनसे आग्रह किया कि वे जल्दी-से-जल्दी तैयार हो जाएँ और वे उस कमरे में चली गईं, जहाँ हमेशा अपने कपड़े बदला करती हैं, लेकिन बाहर जाने से पहले उसने पूछा कि इस बार उन्हें क्या बनना है?

"मैं बुरी तरह भीग चुकी हूँ। बस में भारी भीड़ थी। काश, तुम किसी स्टेशन के पास रहते!" मिस चुरम ने कहा। मैंने उनसे आग्रह किया कि वे जल्दी-से-जल्दी तैयार हो जाएँ और वे उस कमरे में चली गईं, जहाँ हमेशा अपने कपड़े बदला करती हैं, लेकिन बाहर जाने से पहले उसने पूछा कि इस बार उन्हें क्या बनना है?

"रूसी राजकुमारी, तुम्हें पता नहीं?" मैंने कहा, "चीपसाइड में उस लंबी चीज के लिए काले वेलवेट में जिसकी सुनहरी आँखें हैं।"

"सुनहरी आँखें? मैं कहती हूँ!" मिस चुरम ने जोर से कहा, जबकि मेरे साथ बैठे लोगों ने उन्हें जाते-जाते नजरें गड़ाकर देखा। अकसर वह जब भी देरी से आती तो मेरे आने से पहले ही तैयार हो जाया करती थी और मैंने अपने मेहमानों को जान-बूझकर रोक रखा था, ताकि उसे देखकर उन्हें अंदाजा लग जाए कि उनसे क्या उम्मीदें की जाएँगी। मैंने बताया कि वह एक शानदार मॉडल की मेरी धारणा पर खरी उतरती है। वह काफी चालाक थी।

"आपको लगता है कि वह रूसी राजकुमारी के जैसी लगती है?" सिर पर मँडराते खतरे को भाँपते हुए मेजर मोनार्क ने पूछा।

"मैं जब उसकी आँखों को देखता हूँ, तब, हाँ।"

"अच्छा तो आपको देखना पड़ता है!" उसने तर्क दिया, जिसमें दम था।

"इतना तो आप पूछ ही सकते हैं। ऐसे कितने हैं, जो देखने लायक भी नहीं!"

"अच्छा तो यह रही एक लेडी।" और इतना कहते ही उसने बहलानेवाली मुसकान के साथ अपना हाथ अपनी पत्नी के हाथों में दिया और कहा, "जो पहले से ही देखी-दिखाई है!"

"अरे, मैं कोई रूसी राजकुमारी नहीं हूँ।" मिसेज मोनार्क ने थोड़ा उदास होते हुए विरोध किया। मैं समझ रहा था कि वह पहले भी कुछ को देख चुकी है और उसे वे पसंद नहीं थीं। अचानक मुझे एक मुश्किल नजर आने लगी, जिसका डर मिस चुरम के साथ कभी नहीं रहता था।

जवान महिला काले वेलवेट के साथ लौट चुकी थी। गाउन काफी पुराना और उसके छोटे कंधों पर झूल रहा था, वहीं उसके लाल हाथों में जापानी पंखा था। मैंने उसे बताया कि मैं जिस दृश्य पर काम कर रहा हूँ, उसमें उसे किसी के सिर के ऊपर से देखना है। "मैं भूल गया हूँ कि किसका सिर है। तुम बस किसी के सिर के ऊपर से देखना।"

"अरे, मैं कोई रूसी राजकुमारी नहीं हूँ।" मिसेज मोनार्क ने थोड़ा उदास होते हुए विरोध किया। मैं समझ रहा था कि वह पहले भी कुछ को देख चुकी है और उसे वे पसंद नहीं थीं। अचानक मुझे एक मुश्किल नजर आने लगी, जिसका डर मिस चुरम के साथ कभी नहीं रहता था।

"मैं किसी स्टोव के ऊपर से देखना पसंद करूँगी।" मिस चुरम ने कहा और अँगीठी के पास अपनी जगह पर खड़ी हो गई। उसने अपनी पोजिशन ले ली, नाजो-अदा को ओढ़ा, अपने सिर को थोड़ा पीछे गिराया और पंखे को आगे झुकाया तो ऐसे दिख रही थी, जिसे मेरी पक्षपाती भावना विशिष्ट व आकर्षक, पराई और खतरनाक कहेगी। हमने उसे वैसे ही देखते हुए वहाँ छोड़ा और मैं मेजर व मिसेज मोनार्क के साथ नीचे उतर आया।

"मुझे लगता है कि मैं काफी हद तक वैसा कर सकती हूँ।" मिसेज मोनार्क ने कहा।

"तो आपको वह फटेहाल दिख रही है, लेकिन आपको कला की रस-विद्या का भी खयाल होना चाहिए।"

खैर, वे चले गए और उनमें अपने वास्तविक होने के लाभ को लेकर

सुकून का एक उच्च स्तर साफ नजर आ रहा था। मैं सोच रहा था कि वे मिस चुरम को लेकर नाक-भौंह सिकोड़ रहे होंगे। मैं जब लौटा और उसे बताया कि वे क्या चाहते थे तो मिस चुरम ठहाके लगाकर हँस पड़ी।

मिसेज मोनार्क को पहली बार मैंने एक रहस्य को दिखाने के अपने काम के दौरान आजमाया। उनका पति उनके साथ आया, ताकि उसकी कहीं जरूरत पड़े। अब यह बात तय हो गई थी कि सामान्य रूप से वह उसके साथ आना पसंद करेगा। शुरू-शुरू में सोचता था कि कहीं यह संपत्ति की खातिर तो नहीं था।

"अच्छा, अगर वह बैठ सकती है तो मैं बही-खाता लिखने का काम कर लूँगी।" मेरी मॉडल ने कहा।

"वह काफी हद तक स्त्री जैसी है।" मैंने स्वाभाविक क्रोध के साथ कहा।

"यह तुम्हारे लिए और भी बुरी बात है। इसका मतलब है कि वह बदल नहीं सकती।"

"फैशनेबल उपन्यासों में वह चल जाएगी।"

"हाँ, हाँ, वह उनमें चल जाएगी!" मेरी मॉडल ने हँसी उड़ाते हुए कहा। "क्या पहले ही वे काफी बुरी नहीं हैं?" मैंने मिस चुरम के सामने कई बार उनकी निंदा की थी।

(3)

मिसेज मोनार्क को पहली बार मैंने एक रहस्य को दिखाने के अपने काम के दौरान आजमाया। उनका पति उनके साथ आया, ताकि उसकी कहीं जरूरत पड़े। अब यह बात तय हो गई थी कि सामान्य रूप से वह उसके साथ आना पसंद करेगा। शुरू-शुरू में सोचता था कि कहीं यह संपत्ति की खातिर तो नहीं था। कहीं वह ईर्ष्यालु और दखलंदाजी तो नहीं करेगा। ऐसी बात थकाने वाली थी और अगर ऐसा सच में हो जाता तो बहुत जल्दी हमारी जान-पहचान खत्म हो जाती। लेकिन मैंने कुछ ही समय में देख लिया कि ऐसा कुछ भी नहीं है और अगर वह मिस मोनार्क के साथ आता था तो इस बात के अलावा कि उसकी

जरूरत पड़ सकती थी, सीधी सी बात थी कि उसके पास करने को कुछ नहीं था। उनके अलग होते ही वह बेरोजगार हो जाता था और वे कभी अलग नहीं हुए थे। मेरा अनुमान सही था कि उनकी इस विचित्र स्थिति में उनकी आपसी करीबी ही उनका संबल था और इस करीबी में कोई कमजोर कड़ी नहीं थी। यह एक सच्ची शादी थी, हिचकनेवालों के लिए उत्साहवर्धन, निराशावादियों के लिए जिसका खंडन करना मुश्किल था। उनका घर साधारण था। बाद में मुझे खयाल आया कि उनके बारे में यही एक बात थी, जो सच में पेशेवर थी और मैं ऐसे बदहाल घरों की कल्पना कर रहा था, जिनमें मेजर को अकेला रहना पड़ सकता था। अपनी पत्नी के साथ वह काफी हद तक वहाँ दु:ख के साथ जी सकता था, उसके बिना तो वहाँ रह ही नहीं सकता था। वह जब किसी काम का नहीं रहता था तो उसके भीतर अपने आप को स्वीकार्य बनाने की काफी चतुराई थी और वह प्रयास भी करता था। इसलिए मैं जब अपने काम में इतना मशगूल होता था कि बात भी न कर सकूँ तो वह बस बैठकर इंतजार किया करता था, लेकिन मैं चाहता था कि वह बोलता रहे। जब उसकी बातों से मेरे काम में खलल नहीं पड़ता था, तब वह कम मशीनी और कम खास हो जाता था। उसे सुनते रहने का मतलब था कि बाहर घूमने का मजा आप मुफ्त में ही घर बैठे ले सकते हैं। बस एक ही दिक्कत थी कि मैं उन लोगों के बारे में नहीं जान सका, जिन्हें यह शानदार जोड़ा जानता था। वह जब भी किसी के बारे में बातें करता तो उसे हैरानी होती थी कि मैं उसे कैसे नहीं जानता हूँ। उसके पास कभी कोई बहुत काम की बात नहीं होती थी तो हमारे बीच बातचीत बहुत ऊँचे स्तर की नहीं होती थी। हम अपने आप को चमड़े या घुड़सवारी के साजो-सामान और उन्हें बनानेवालों की बातचीत करते

यह एक सच्ची शादी थी, हिचकनेवालों के लिए उत्साहवर्धन, निराशावादियों के लिए जिसका खंडन करना मुश्किल था। उनका घर साधारण था। बाद में मुझे खयाल आया कि उनके बारे में यही एक बात थी, जो सच में पेशेवर थी और मैं ऐसे बदहाल घरों की कल्पना कर रहा था, जिनमें मेजर को अकेला रहना पड़ सकता था।

थे तथा यह कि रेड वाइन को कैसे सस्ते में लिया जा सकता है। और फिर 'माल गाड़ी' तथा छोटे-छोटे खेलों की आदतों के बारे में बात करते थे। आखिर के इन विषयों पर उसका ज्ञान गजब का था। वह स्टेशन मास्टर के साथ पक्षी विज्ञानी की कहानी बुन देता था। वह जब बड़ी-बड़ी चीजों के बारे में बात नहीं करता था तो खुशी-खुशी छोटी-छोटी चीजों पर बात करता था और मैं चूँकि शानदार दुनिया की उसकी यादों के साथ नहीं खो पाता तो वह बातचीत को मेरे स्तर तक ले आता था।

एक ऐसे व्यक्ति के अंदर खुश करने की दिली इच्छा दिल को छू लेनेवाली थी, जो बड़ी आसानी से किसी को धराशायी कर सकता था। उसने आग को जलाए रखने का काम किया तथा मेरे बिना माँगे ही स्टोव की बनावट पर अपनी राय दी और मैं देख रहा था कि मेरे कई इंतजाम उसे बेतरतीब लग रहे थे। मुझे याद है कि उसने कहा था कि यदि मैं अमीर होता और उसे वेतन दे पाता तो वह मुझे सिखाता कि जीते कैसे हैं।

एक ऐसे व्यक्ति के अंदर खुश करने की दिली इच्छा दिल को छू लेनेवाली थी, जो बड़ी आसानी से किसी को धराशायी कर सकता था। उसने आग को जलाए रखने का काम किया तथा मेरे बिना माँगे ही स्टोव की बनावट पर अपनी राय दी और मैं देख रहा था कि मेरे कई इंतजाम उसे बेतरतीब लग रहे थे। मुझे याद है कि उसने कहा था कि यदि मैं अमीर होता और उसे वेतन दे पाता तो वह मुझे सिखाता कि जीते कैसे हैं। कभी-कभी मेरी तरफ देखकर वह ऐसे गहरी साँस छोड़ता, जैसे कह रहा हो, "मुझे ऐसा ही पुराना बैरक दे दो और मैं उसे क्या-से-क्या बना दूँगा!" मैं जब उसका उपयोग करना चाहता था, तब वह अकेला आता है, जो महिलाओं के बेहतर साहस का प्रदर्शन था। उसकी पत्नी अपनी एकांत दूसरी मंजिल को झेल लेती थी और सामान्य तौर पर वह ज्यादा चुपचाप रहती थी। कई छोटी-छोटी बातों में संकुचित रहकर यह दिखाने का प्रयास करती थी कि हमारे बीच संबंध पेशेवर ही रहे, उन्हें सामाजिक मेल-जोल में न बदला जाए। वह चाहती थी कि यह स्पष्ट रहे कि वह एवं मेजर

नौकरी पर रखे गए हैं, पाले नहीं जा रहे और अगर वह मुझे एक वरिष्ठ के रूप में स्वीकार करती है, जिसे उस स्थान पर रखा जा सके तो उसने मुझे कभी बराबरी के काबिल नहीं समझा।

वह गहरे चिंतन के साथ बैठी, अपना पूरा दिमाग उसमें लगा दिया और लगभग एक घंटे तक उसी प्रकार गतिहीन रही, जैसे फोटोग्राफर के लेंस के सामने रहती हो। मैं समझ रहा था कि उसकी तसवीरें अकसर खींची गई हैं, लेकिन किसी कारण से जिस आदत ने उसे अच्छा बनाया, वही मेरे उद्‌देश्य के अनुकूल नहीं थी। शुरू-शुरू में मुझे उसके स्त्रियों जैसे बाल काफी अच्छे लगते थे और उनके आकार को देखते हुए यह संतोष होता था कि वे कितने अच्छे हैं तथा कहाँ तक पेंसिल को ले जाना पड़ता है, लेकिन थोड़ी नोक-झोंक के बाद मुझे लगा कि वह इतनी ज्यादा कठोर है कि उसमें सुधार संभव नहीं और मैं चाहे कुछ भी कर लूँ, मेरी ड्रॉइंग किसी फोटोग्राफ या फोटोग्राफ की कॉपी के जैसी लगती थी। उसके चेहरे-मोहरे में अलग-अलग हाव-भाव नहीं थे, उसे विविधता की समझ नहीं थी। आप कह सकते हैं कि यह मेरा काम था और उसे कहाँ बिठाना है, इससे जुड़ी बात है। फिर भी मैंने उसे जहाँ तक मेरी सोच जाती थी, वहाँ तक की स्थिति में बिठाया और वह हर अंतर को समाप्त कर देती थी। बेशक वह हमेशा एक स्त्री के जैसी लगती थी और नतीजा यह था कि हर बार वही स्त्री दिखती थी। वह मौलिक थी, लेकिन हमेशा एक जैसी ही लगती थी। कई बार तो ऐसा भी हुआ कि उसके आत्मविश्वास की निस्तब्धता पर तड़प रहा था कि वह इतनी भी मौलिक क्यों है। मेरे साथ उसका और उसके पति का सारा लेना-देना इस नतीजे पर आकर खत्म होता था कि यह मेरे लिए भाग्य की बात है। इस बीच मैंने ऐसी किस्म तलाशनी शुरू

वह गहरे चिंतन के साथ बैठी, अपना पूरा दिमाग उसमें लगा दिया और लगभग एक घंटे तक उसी प्रकार गतिहीन रही, जैसे फोटोग्राफर के लेंस के सामने रहती हो। मैं समझ रहा था कि उसकी तसवीरें अकसर खींची गई हैं, लेकिन किसी कारण से जिस आदत ने उसे अच्छा बनाया, वही मेरे उद्‌देश्य के अनुकूल नहीं थी।

की, जो उसके जैसी लगें, बजाय इसके कि उसे बदला जाए, जबकि बेचारी मिस चुरम को मैं चालाकी से क्या-से-क्या बना दिया करता था, जैसे कैसी भी व्यवस्था क्यों न कर लूँ और कितनी ही सावधानी क्यों न बरतूँ, मेरी तसवीरों में वह हमेशा ही कुछ ज्यादा लंबी दिखती थी, जिसके बाद मैं इस उलझन में पड़ जाता था कि एक खूबसूरत महिला को सात फीट का कैसे दिखाऊँ, जो (शायद मेरे अपने ही काफी कंजूस इंचों के कारण सम्मान था) इस तरह के व्यक्ति के मेरे सोच से काफी दूर था।

मेजर के साथ यह मामला और बुरा हो जाता था। मैं चाहे कुछ भी कर लूँ, उसे नीचे नहीं ला पाता था, ताकि वह दिग्गज बहादुरों का प्रतीक भर दिखे। मैं किस्म और दायरा दोनों को पसंद करता था। मैं मानवीय गलतियों को अच्छा मानता था, उन्हें दिखाता था। मैं उनका वर्णन गहराई से करता था और जिस बात से मैं सबसे ज्यादा नफरत करता था, वह था एक ही प्रकार के बंधन में बँधकर रह जाना। मैंने अपने कुछ दोस्तों से इस पर झगड़ा भी किया था। मैंने उनसे संबंध तोड़ लिये थे, क्योंकि वे एक ही जैसी चीज चाहते थे और वह किस्म अगर सुंदर थी, जैसे राफेल एवं लियोनार्दो को देख लो तो दासता को भी लाभ समझा जाता था। मैं न तो लियोनार्दो था, न राफेल, मैं महज एक ढीठ युवा, आधुनिक खोजकर्ता था, लेकिन मैं मानता था कि चरित्र के सिवाय सबकुछ आज नहीं तो कल छोड़ देना चाहिए। उन्होंने जब दावा किया कि जुनून का रूप बड़ी आसानी से किरदार हो सकता है तो मैंने दिखावे के लिए ही पलटवार किया, "किसका?" मैं हर किसी के जैसा नहीं हो सकता। ऐसे तो मैं कुछ भी नहीं बन पाऊँगा।

मेजर के साथ यह मामला और बुरा हो जाता था। मैं चाहे कुछ भी कर लूँ, उसे नीचे नहीं ला पाता था, ताकि वह दिग्गज बहादुरों का प्रतीक भर दिखे। मैं किस्म और दायरा दोनों को पसंद करता था। मैं मानवीय गलतियों को अच्छा मानता था, उन्हें दिखाता था।

मैंने जब मिसेज मोनार्क की तसवीरें दर्जन भर बार बना ली थीं, तब मैं पहले से कहीं अधिक यकीन कर चुका था कि मिस चुरम जैसी मॉडल का

महत्त्व इस बात के कारण होता है कि उसमें कोई सकारात्मक छाप नहीं थी। बेशक उसके साथ ही यह बात भी जुड़ी थी कि उसमें जो कुछ भी था, वह नकल करने का एक दिलचस्प और अवर्णनीय हुनर था। वह सामान्य रूप से किसी परदे की तरह दिखती थी, जिसे वह किसी शानदार प्रदर्शन के लिए उठा सकती थी। यह प्रदर्शन बस प्रतीकात्मक होता था, लेकिन यह बुद्धिमान के लिए सलाह होता था, स्पष्ट और सुंदर होता था। कभी-कभी मैं भी सोचता था कि वह नीरसता की हद तक सुंदर थी, भले ही वह अपने आप में सादगी लिये हुए थी। मैं इस बात के लिए उसे धिक्कारता था कि उसकी मदद से जितनी भी तसवीरें मैंने बनाईं, वे नीरसता (जिसे हम मूर्खता कहते थे) की हद तक सुंदर थीं। वह इस बात से भड़क जाती थी। उसे इस बात पर गर्व होता था कि वह उन किरदारों की तसवीरें बनवा सकती है, जो एक-दूसरे से कहीं भी समान नहीं हैं। ऐसे मौकों पर वह मुझ पर अपनी प्रतिष्ठा को छीन लेने का आरोप लगाती थी।

मेरे नए दोस्तों के बार-बार आने से यह विचित्र मात्रा कुछ हद तक सिकुड़ गई। मिस चुरम की जबरदस्त माँग थी, काम की कोई कमी नहीं थी, इसलिए मुझे भी कभी-कभार उन्हें छुट्टी देने में कोई गुरेज नहीं था, क्योंकि मैं नए मेहमानों को अपनी सुविधा के अनुसार इस्तेमाल कर सकता था।

मेरे नए दोस्तों के बार-बार आने से यह विचित्र मात्रा कुछ हद तक सिकुड़ गई। मिस चुरम की जबरदस्त माँग थी, काम की कोई कमी नहीं थी, इसलिए मुझे भी कभी-कभार उन्हें छुट्टी देने में कोई गुरेज नहीं था, क्योंकि मैं नए मेहमानों को अपनी सुविधा के अनुसार इस्तेमाल कर सकता था।

शुरू-शुरू में वास्तविक चीज को करने में मजा आया और मेजर मोनार्क की पतलून बनाना मजेदार था। वे वास्तविक थे, भले ही बनने पर विशालकाय लगते हों। उनकी पत्नी के बाल के पिछले हिस्से को बनाना मजेदार था। वे एकदम गणितीय रूप से बराबर थे और उनकी कठोर स्थिरता में विशेष 'चतुराई भरा' तनाव था। वह अपने आप को ऐसी स्थिति में ले जाती थी, जिनमें मुँह कुछ

हद तक फेर लिया गया या धुँधला लगता था। पीछे से देखो तो वह भरपूर स्त्रियों के जैसी लगती थी। वह जब तनकर खड़ी होती थी तो स्वाभाविक रूप से उनमें ऐसा नाजो-नखरा दिखाई देता था, जिसके जरिये दरबारी चित्रकार रानियों और राजकुमारियों को दरशाते हैं। इसलिए मैं सोचता था कि इस खूबी को चित्र का रूप दूँ या नहीं! मैं 'चीपसाइड' के संपादक से शाही रोमांस, 'बर्किंघम पैलेस की कहानी' प्रकाशित नहीं करा सकता था। कभी-कभी सच्ची चीज और बनावटी संपर्क में आते थे, जिससे मेरा मतलब है कि मिस चुरम का तय समय पर या उन दिनों में आने पर अपने प्रतिद्वंद्वियों से आमना-सामना होता था, जब मैं अपने काम में उलझा रहता था। उन दोनों के लिए यह भिड़ंत नहीं थी, क्योंकि वे उसे घर की नौकरानी से ज्यादा नहीं समझते थे और ऐसा जान-बूझकर दिखावे के कारण नहीं था, बल्कि महज इस कारण था कि पेशेवर रूप से वे अब भी नहीं जानते थे कि साथ काम करनेवालों से कैसे भाईचारा बनाया जाए, जबकि मुझे लगता था कि वे ऐसा करते या कम-से-कम मेजर जरूर करता। वे बड़ी बस के बारे में बात नहीं करते, क्योंकि वे अकसर पैल आते थे तथा उन्हें पता नहीं था कि और क्या आजमाया, जो मिस चुरम मालगाड़ियों या सस्ती शराब में दिलचस्पी नहीं रखती थी। इसके अलावा अपने खयालों में ही उनको लगा होगा कि वह उनसे प्रभावित थी, गुप्त रूप से उनके बारे जानना चाहती थी कि यहाँ तक कैसे पहुँचे। वह ऐसी नहीं थी, जिसे अपने भावों को जाहिर करना हो तो मौका मिलने पर उन्हें बताए बिना अपनी हद में ही रह जाए। दूसरी तरफ मिसेज मोनार्क उसे अच्छा नहीं समझती थी, नहीं तो वह मुझसे यह क्यों कहती कि यह सही नहीं है और मिसेज मोनार्क को गंदी औरतें पसंद नहीं हैं?

मैं 'चीपसाइड' के संपादक से शाही रोमांस, 'बर्किंघम पैलेस की कहानी' प्रकाशित नहीं करा सकता था। कभी-कभी सच्ची चीज और बनावटी संपर्क में आते थे, जिससे मेरा मतलब है कि मिस चुरम का तय समय पर या उन दिनों में आने पर अपने प्रतिद्वंद्वियों से आमना-सामना होता था, जब मैं अपने काम में उलझा रहता था।

एक दिन मेरी जवान महिला मेरे अन्य आगंतुकों के साथ मौजूद थी, तो वह माहौल थोड़ा सहज होने पर बातचीत के लिए भी आ गई। मैंने उससे कहा कि बड़ी मेहरबानी होगी, अगर वह चाय बना दे। यह ऐसा काम था, जिससे वह परिचित थी और चूँकि मैं घर में सीमित संसाधनों के साथ रहता था तो अकसर अपनी मॉडल्स से इस छोटी सी सेवा की गुजारिश कर लिया करता था।

उन्हें मेरे सामान का इस्तेमाल करना अच्छा लगता था, ताकि बैठने के क्रम को और कभी-कभी मेरे कप-प्लेट को तोड़ा जा सके। इससे उन्हें लगता था कि वे कलाकार हैं। इस घटना के बाद मैं जब अगली बार मिस चुरम से मिला तो उसने इस बात को लेकर बखेड़ा खड़ा कर मुझे हैरान कर दिया। उसने मुझ पर आरोप लगाया कि मैंने उसे अपमानित कर दिया। उस समय उसने अपने गुस्से का इजहार नहीं किया था, बल्कि शिष्टाचार से भरी और खुश नजर आ रही थी। मिसेज मोनार्क से, जो अनमनी और खामोश बैठी थी, यह पूछने का मजा ले रही थी कि वह क्रीम व चीनी लेना पसंद करेंगी, और अपने सवाल में कुछ ज्यादा ही बनावटी हँसी का दिखावा किया था। उसने छेड़छाड़ करने की भी कोशिश की थी, मानो वह सच में भिड़ना चाहती थी, फिर मुझे लगा कि मेरे दूसरे मेहमानों को उसकी बात बुरी लग जाएगी।

उन्हें मेरे सामान का इस्तेमाल करना अच्छा लगता था, ताकि बैठने के क्रम को और कभी-कभी मेरे कप-प्लेट को तोड़ा जा सके। इससे उन्हें लगता था कि वे कलाकार हैं। इस घटना के बाद मैं जब अगली बार मिस चुरम से मिला तो उसने इस बात को लेकर बखेड़ा खड़ा कर मुझे हैरान कर दिया। उसने मुझ पर आरोप लगाया कि मैंने उसे अपमानित कर दिया।

खैर, वे ठान चुके थे कि ऐसा कुछ नहीं करेंगे और उस वक्त मन को छू लेनेवाले उनके धैर्य की बड़ी जरूरत थी। वे कई घंटे, बिना किसी शिकायत के बैठे रहते थे, तब तक, जब तक कि मैं उनका उपयोग करने के लिए तैयार नहीं हो ज़ाता था। कहीं जरूरत तो नहीं, यह सोचकर वे चले आते थे और जरूरत नहीं होती तो खुशी-खुशी लौट जाते थे। यह देखकर कि वे कितने

शानदार तरीके से लौट रहे हैं, मैं दरवाजे तक उनके साथ जाता था। मैंने उनके लिए दूसरे काम ढूँढ़ने के प्रयास किए, मैंने अनेक कलाकारों से उनका परिचय करवाया, लेकिन उन्होंने लिया नहीं, जिसके कारण मैं समझ सकता था और मैं कुछ ज्यादा चिंतित हो जाता था, क्योंकि ऐसी निराशा के बाद वे मेरे पास ज्यादा बोझ लिये लौटते थे। उन्होंने मुझे हमेशा अपने बारे में सोचने दिया। चित्रकारों के लिए वे इतने रूमानी नहीं थे और उन दिनों ब्लैक-एंड-व्हाइट में कुछ ही गंभीर कलाकार थे। इसके अलावा उनकी नजर उस बड़े काम पर टिकी थी, जिसका जिक्र मैंने उनसे किया था। गुपचुप तरीके से उन्होंने अपने मन में हमारे शानदार उपन्यासकार के सचित्र वर्णन के लिए आवश्यक सार को देने का सपना पाल लिया था। वे जानते थे कि इस काम के लिए मुझे किसी पोशाक, प्रभाव, बीते युगों के उतरनों की जरूरत नहीं होगी और यह ऐसा मामला होगा, जिसमें सबकुछ समकालीन तथा व्यंग्यात्मक और संभवतः कुलीन होगा। अगर मैंने इसमें उन्हें काम दे दिया तो उनका भविष्य सुनिश्चित हो जाएगा, क्योंकि काम लंबे समय का होगा और आजीविका स्थिर हो जाएगी।

एक दिन मिसेज मोनार्क अपने पति के बिना आईं। उन्होंने बताया कि उन्हें शहर जाना पड़ा। वह जब शान से हमेशा की तरह निश्चिंत मुद्रा में बैठी थीं, तभी दरवाजे पर दस्तक हुई, जिसे मैंने तुरंत पहचान लिया कि यह किसी ऐसे मॉडल की बुझी-सी अपील होगी, जिसके पास कोई काम नहीं होगा।

एक दिन मिसेज मोनार्क अपने पति के बिना आईं। उन्होंने बताया कि उन्हें शहर जाना पड़ा। वह जब शान से हमेशा की तरह निश्चिंत मुद्रा में बैठी थीं, तभी दरवाजे पर दस्तक हुई, जिसे मैंने तुरंत पहचान लिया कि यह किसी ऐसे मॉडल की बुझी-सी अपील होगी, जिसके पास कोई काम नहीं होगा। दरवाजा खोला तो एक युवक अंदर आया, जिसे देखते ही मैं समझ गया कि वह कोई विदेशी है। वह इटली का एक जान-पहचानवाला निकला, जिसे मेरे नाम के अलावा अंग्रेजी का एक शब्द तक नहीं आता था, उसे उसने इस तरह से बोला कि उसमें सबकुछ शामिल कर लिया। मैं उसके देश नहीं गया था, न

ही मैं उसकी भाषा अच्छी तरह बोल सकता था; लेकिन वह इतना कमजोर भी नहीं था। अब इसे इतालवी में क्या कहते हैं कि अपनी बात रखने के लिए उसे किसी का सहारा लेना पड़े। उसने परिचित, लेकिन शालीन ढंग से नकल करते हुए बताया कि जिस प्रकार मेरे सामने बैठी महिला को रोजगार मिला है, उसी तरह उसे भी काम चाहिए। पहले तो मैं उसके प्रति आकर्षित नहीं हुआ, लेकिन तसवीर बनाने के दौरान मैंने दिलचस्पी या उत्साह बढ़ाने के कुछ संकेत दिए। हालाँकि वह अपनी जगह पर डटा रहा, हठ से नहीं, बल्कि किसी मूक कुत्ते की तरह अपनी आँखों में वफादारी लिये, जिसे 'निर्दोष साहब' कहा जा सकता था। यह वैसा ही था, जैसे कोई स्वामिभक्त सेवक, जो बरसों से किसी घर में रहा हो, जिस पर बेवजह ही शक किया जा रहा हो। अचानक मुझे सूझा कि ऐसा ही रवैया और ऐसे ही हाव-भाव किसी तसवीर का रूप ले सकते हैं, जिसके बाद मैंने उससे कहा कि वह बैठ जाए और इंतजार करे, जब तक कि मैं फुरसत न पा जाऊँ। उसने जिस प्रकार मेरी बात को माना, वह भी एक तसवीर थी और काम करते-करते मैंने देखा कि उसने जिस प्रकार हैरानी से देखा, उसमें भी कई तसवीरें थीं, जब उसका सिर पीछे झुका, जैसे वह स्टूडियो को सिर उठाकर देख रहा था। अपना काम निपटाने से पहले मैंने खुद से कहा, "यह आदमी कंगाल संतरे बेचनेवाला है, लेकिन बड़े काम का है।"

अचानक मुझे सूझा कि ऐसा ही रवैया और ऐसे ही हाव-भाव किसी तसवीर का रूप ले सकते हैं, जिसके बाद मैंने उससे कहा कि वह बैठ जाए और इंतजार करे, जब तक कि मैं फुरसत न पा जाऊँ। उसने जिस प्रकार मेरी बात को माना, वह भी एक तसवीर थी और काम करते-करते मैंने देखा कि उसने जिस प्रकार हैरानी से देखा, उसमें भी कई तसवीरें थीं, जब उसका सिर पीछे झुका, जैसे वह स्टूडियो को सिर उठाकर देख रहा था।

मिसेज मोनार्क जब जाने लगीं, तब वह बिजली की फुरती से कमरे के उस पार गया और उनके लिए दरवाजा खोल दिया तथा वहाँ उसी प्रकार अचेत-विशुद्ध नजरों से देखता खड़ा रहा, जैसे युवा दाँते जवान बिएट्रिस को देख रहा

हो। ऐसी परिस्थितियों में मैं ब्रिटेन के घरेलू नौकरों की शून्यता पर कभी जोर नहीं देता, फिर भी मुझे लगा कि वह एक अच्छा नौकर बन सकता है और मुझे किसी की जरूरत भी थी; लेकिन उस काम के साथ-साथ मैं मॉडल होने के पैसे भी नहीं दे सकता था। संक्षेप में कहूँ तो मैंने अपने होनहार साहस को अपनाने का निर्णय कर लिया, बशर्ते वह दोनों ही भूमिकाएँ निभाने पर तैयार हो जाए। वह मेरे प्रस्ताव को सुनकर उछल पड़ा। यह बात मेरे दिमाग में नहीं आई कि मैं उसके बारे में कुछ नहीं जानता। वह एक बेढंगा नौकर, लेकिन सहानुभूतिपूर्ण व्यक्ति साबित हुआ, जिसमें कुछ भी करने की भरपूर इच्छा थी। यह बिना सोचे-समझे, पल भर में लिया, मन में उठी उमंग के साथ किया गया फैसला था, जिसने उसे मेरे दरवाजे तक पहुँचाया और उसके साथ लगे कार्ड को पढ़कर उसने मेरा नाम दुहरा दिया। मेरे बारे में उसने किसी तरह अंदाजा ही लगाया था, जब उसने उत्तर दिशा की मेरी बड़ी खिड़की से देखा कि मेरा घर एक स्टूडियो है और स्टूडियो में कोई कलाकार होगा। वह दूसरे यात्रियों की तरह ही अपनी किस्मत आजमाने के लिए इंग्लैंड में अपने एक साथी और हरे रंग की छोटी सी हाथ से चलाई जानेवाली गाड़ी लिये एक पैसे की आइसक्रीम बेचा करता था। आइसक्रीम पिघल गई और साथ ही वह कहीं ट्रेन में ही गुम हो गया। मेरे इस नौजवान ने चुस्त पीली पतलून पहनी थी, जिस पर लाल धारियाँ थीं और उसका नाम था—ओरोंटे। वह हलके पीले रंग का, लेकिन गोरा था और मैंने जब अपने पुराने कपड़े उसे पहनाए तो वह किसी अंग्रेज के जैसा दिख रहा था। वह मिस चुरम की तरह ही अच्छा था, जो अनुरोध करने पर किसी इतालवी के जैसी दिखती थी।

यह बात मेरे दिमाग में नहीं आई कि मैं उसके बारे में कुछ नहीं जानता। वह एक बेढंगा नौकर, लेकिन सहानुभूतिपूर्ण व्यक्ति साबित हुआ, जिसमें कुछ भी करने की भरपूर इच्छा थी। यह बिना सोचे-समझे, पल भर में लिया, मन में उठी उमंग के साथ किया गया फैसला था, जिसने उसे मेरे दरवाजे तक पहुँचाया और उसके साथ लगे कार्ड को पढ़कर उसने मेरा नाम दुहरा दिया।

(4)

मिसेज मोनार्क जब अपने पति के साथ वापस लौटी तो मुझे लगा कि ओरोंटे को काम पर रखे जाने से उसका चेहरा थोड़ा सिकुड़ गया था। यह बड़ा विचित्र था कि लाजरोन के किसी कबाड़ को वह अपने शानदार मेजर के प्रतिद्वंद्वी के रूप में देख रही थी। सबसे पहले उसे ही खतरे का आभास हुआ, जबकि मेजर को इसकी जरा भी परवाह नहीं थी, लेकिन ओरोंटे ने हमें सैकड़ों उत्सुकता से भरी उलझन के साथ चाय दी, क्योंकि उसे इस विचित्र प्रक्रिया की आदत नहीं थी और मुझे लगा कि मिसेज मोनार्क समझ रही थी कि आखिरकार मैंने कोई इंतजाम कर ही लिया। इस इंतजाम का मैंने कुछ ड्राइंग बनाया था, जिसे उन्होंने देखा और मिसेज मोनार्क ने इशारों में कहा कि उसे यकीन नहीं हुआ कि वह उसको बदले बैठा था। "अब आप जो ड्राइंग हमारे साथ बनाते हैं, वे एकदम हमारे जैसे दिखते हैं।" उसने मुझे विजयी मुसकान के साथ याद दिलाया और मुझे समझ आया कि बेशक यही उनकी खामी है। मैं जब भी दोनों की तसवीरें बनाता तो उनसे दूर नहीं जा पाता था। मैं उस किरदार में नहीं घुस पाता था, जिनका चित्रण कर रहा होता था और मेरे अंदर लेशमात्र भी इच्छा नहीं थी कि मेरी तसवीर में किसी मॉडल को पहचान लिया जाए। मिस चुरम को कभी नहीं पहचाना गया, पर मिसेज मोनार्क को लगता था कि मैंने उसे छुपा दिया और ठीक ही किया, क्योंकि वह बेहूदी थी, जबकि उसे छिपा देता तो ऐसा लगता, जैसे केवल कोई मर गया और स्वर्ग सिधार जाने के कारण ही उसे छिपाया गया, वह भी किसी परी के हक में।

> ***मिसेज मोनार्क जब अपने पति के साथ वापस लौटी तो मुझे लगा कि ओरोंटे को काम पर रखे जाने से उसका चेहरा थोड़ा सिकुड़ गया था। यह बड़ा विचित्र था कि लाजरोन के किसी कबाड़ को वह अपने शानदार मेजर के प्रतिद्वंद्वी के रूप में देख रही थी।***

इस समय तक मैंने आने वाली शानदार सीरीज के पहले उपन्यास 'रूटलैंड रामसे' पर काम करना शुरू कर दिया था। अर्थात् मैंने दर्जन भर ड्राइंग बना

लिये थे, जिनमें से कई मेजर और उसकी पत्नी की सहायता से बनाए तथा मैंने उन्हें स्वीकृति के लिए भेजा था। प्रकाशकों के साथ मेरा जो समझौता हुआ था, जिसका संकेत मैं पहले दे चुका हूँ कि मुझे इस विशेष मामले में अपनी मरजी से काम करने दिया जाएगा, जिसमें पूरी किताब मुझे करनी थी, लेकिन बाकी की सीरीज के साथ मेरा संबंध केवल तात्कालिक था। सच कहूँ तो कभी-कभी ऐसे पल आते थे, जब अपने साथ वास्तविक लोगों को होने का आराम महसूस होता था, क्योंकि 'रूटलैंड रामसे' में ऐसे किरदार थे, जो काफी हद तक उनकी ही तरह के थे। ऐसे लोग थे, जो मेजर के जितने ही तनकर खड़े रहते थे और महिलाएँ उतने ही अच्छे फैशनवाली, जितना कि मिसेज मोनार्क थीं। यह सच है कि उसमें गाँव के घर में बिताए जानेवाले जीवन का काफी हिस्सा था, जो सामान्य तौर पर विडंबना से भरा और काल्पनिक था। इसी का प्रभाव था कि कुछ ज्यादा ही नेकर और लहँगे भी थे। कुछ चीजें ऐसी थीं, जिन्हें मुझे शुरुआत में ही दुरुस्त करनी थीं। उन चीजों में यह भी था कि हीरो दिखता कैसा है और हीरोइन का यौवन तथा काया कैसी है ? बेशक लेखक ने मुझे संकेत दे दिए, लेकिन अपनी सोच-समझ की गुंजाइश थी। मैंने दोनों मोनार्क को विश्वास में लिया। मैंने उन्हें साफ-साफ बता दिया कि मैं क्या करनेवाला हूँ तथा मैंने अपनी घबराहट और विकल्पों के बारे में बताया। "ओह, ले जाओ उन्हें!" मिसेज मोनार्क ने प्यार से फुसफुसाते हुए अपने पति की ओर देखते हुए कहा और मेजर ने अब उस इत्मीनान के साथ पूछा, जो हमारे बीच पैदा हो चुका था, "मेरी पत्नी से अच्छा आपको और क्या चाहिए ?" इन बातों का जवाब देना मेरे लिए जरूरी नहीं था। मेरे लिए केवल अपने बैठनेवालों को जगह देना जरूरी था। मेरा मन शांत नहीं था और मैंने अपने

सच कहूँ तो कभी-कभी ऐसे पल आते थे, जब अपने साथ वास्तविक लोगों को होने का आराम महसूस होता था, क्योंकि 'रूटलैंड रामसे' में ऐसे किरदार थे, जो काफी हद तक उनकी ही तरह के थे। ऐसे लोग थे, जो मेजर के जितने ही तनकर खड़े रहते थे और महिलाएँ उतने ही अच्छे फैशनवाली, जितना कि मिसेज मोनार्क थीं।

सवाल को सुलझाने का काम थोड़ा डरते हुए बाद के लिए टाल दिया। वह किताब एक विशाल कैनवास थीं, अनेक दूसरे–दूसरे किरदार थे। शुरुआत में मैंने कुछ ऐसे प्रकरणों पर काम किया, जिसमें हीरो और हीरोइन का कोई लेना–देना नहीं था। एक बार मैंने जब उन्हें तय कर लिया तो मुझे उन पर ही रहना होगा। मैं अपने युवक को कहीं सात फीट का तो कहीं पाँच फीट नौ इंच का नहीं दिखा सकता था। मैंने बाद वाली माप को ही चुना, हालाँकि मेजर ने मुझसे एक–दो बार कहा कि वह कुछ ज्यादा ही जवान दिख रहा है। बेशक तसवीर के लिए उसे इस प्रकार से व्यवस्थित किया जा सकता था कि उसकी उम्र का पता लगाना मुश्किल हो। ओरोंटे को जब मेरे साथ रहते एक महीना हो गया, उसके बाद और इसके बाद कि जब मैंने कई बार यह समझाने का प्रयास किया कि उसके भीतर का जोश आगे के लिए अलंघ्य बाधा बन जाएगा, तब मुझे उसकी साहसिक क्षमता का एहसास हुआ। वह केवल पाँच फीट सात इंच का था, लेकिन बाकी के इंच गुप्त थे। शुरुआत में मैंने उसे लगभग गुपचुप तरीके से आजमाया, क्योंकि मुझे डर था कि न जाने इस तरह के चुनाव में मेरी दूसरी मॉडल क्या कहेंगी! अगर वे मिस चुरम को किसी मजबूरी से थोड़ा सा ही बेहतर मानते थे तो उस व्यक्ति को किसी पब्लिक स्कूल में पढ़नेवाले किरदार के रूप में दरशाने पर क्या कहेंगे, जो इटली का खोमचेवाला जैसा लगता था?

अगर मुझमें उनका थोड़ा सा भी डर था तो इसका कारण यह नहीं था कि वे मुझ पर हावी हो जाते थे, क्योंकि उनकी मौजूदगी दमन करनेवाली थी, बल्कि इस कारण, क्योंकि वास्तव में उनके दयनीय शिष्टाचार और रहस्यमी ढंग से स्थायी रूप से नएपन के बावजूद वे मुझ पर गंभीरता से भरोसा करते थे।

अगर मुझमें उनका थोड़ा सा भी डर था तो इसका कारण यह नहीं था कि वे मुझ पर हावी हो जाते थे, क्योंकि उनकी मौजूदगी दमन करनेवाली थी, बल्कि इस कारण, क्योंकि वास्तव में उनके दयनीय शिष्टाचार और रहस्यमी ढंग से स्थायी रूप से नएपन के बावजूद वे मुझ पर गंभीरता से भरोसा करते थे। इसलिए मैं तब काफी खुश हुआ, जब जैक हॉली घर आया। वह अकसर अच्छी सलाह

देता था। वह खुद बहुत बुरा चित्रकार था, लेकिन उसके जैसा कोई नहीं था, जो सही जगह पर उँगली रख दे। वह इंग्लैंड से एक साल तक गैरहाजिर था। नई आँख लगवाने के लिए वह कहीं था, पर मुझे याद नहीं कि कहाँ था। मुझे ऐसे किसी भी अंग को लेकर बड़ा डर लगता था, लेकिन हम पुराने दोस्त थे। वह कई महीने तक बाहर था और मेरे जीवन में एक खालीपन घुसता चला जा रहा था। मैं एक साल तक किसी मिसाइल से नहीं बचा था। वह नई आँख लगवाकर वापस आया, लेकिन उसने वही पुरानी काली वेलवेट की चोली पहनी थी और उसने मेरे स्टूडियो में जो पहली शाम बिताई, उस दौरान सुबह होने तक हम सिगरेट पीते रहे।

नई आँख लगवाने के लिए वह कहीं था, पर मुझे याद नहीं कि कहाँ था। मुझे ऐसे किसी भी अंग को लेकर बड़ा डर लगता था, लेकिन हम पुराने दोस्त थे। वह कई महीने तक बाहर था और मेरे जीवन में एक खालीपन घुसता चला जा रहा था। मैं एक साल तक किसी मिसाइल से नहीं बचा था।

उसने खुद कोई काम नहीं किया था, उसे बस देखना था, इसलिए मेरी छोटी-छोटी चीजें तैयार करने का रास्ता साफ था। वह देखना चाहता था कि चीपसाइड के लिए मैंने क्या बनाया है, लेकिन प्रदर्शनी में उसे निराशा हुई। इसका मतलब था कि दो या तीन बार मैंने उसे कराहते सुना, जब वह मेरे बड़े दीवान पर जा बैठा एवं एक पैर को मोड़ लिया और मेरी सबसे नई ड्राइंग को सिगरेट का कश लगाते हुए देखता रहा।

"क्या हुआ है तुम्हें ?" मैंने पूछा।

"क्या बात है ?"

"कुछ नहीं, बस मैं हैरान हूँ।"

"तुम बिल्कुल हो। तुम थोड़े कट से गए हो। इस नए चलन का मतलब क्या है ?"

और उसने अपमान की नजर से देखते हुए उस ड्राइंग के लिए धिक्कारा, जिसमें मेरे दोनों सजीले मॉडल दिखाए गए थे। मैंने उससे पूछा कि क्या यह अच्छा नहीं है और उसने कहा कि यह उसे घटिया लगा, विशेष रूप से जब

मैंने हमेशा उसे उस रूप में उसके सामने पेश किया है, जिसमें मैं करना चाहता हूँ, लेकिन मैंने उसकी बात पर ध्यान नहीं दिया। पर मैं यह जरूर जानना चाहता था कि उसका ठीक-ठीक मतलब क्या है? तसवीर की दो हस्तियाँ विराट् लग रही थीं, लेकिन मुझे लगा कि उसका मतलब यह नहीं था, जहाँ तक वह इसके विपरीत जानता हो और मैं वैसे कुछ प्रभाव को उत्पन्न करना चाह रहा होऊँगा। मैंने कहा कि मैं उसी प्रकार काम कर रहा था, जिस प्रकार पिछली बार उसने मुझसे कहा था कि मैं किसी-न-किसी दिन कुछ बड़ा जरूर करूँगा। "वैसे, कहीं-न-कहीं कोई पेंच ढीला है।" उसने जवाब दिया। "थोड़ा रुको, मैं उसका पता लगा लूँगा।" मुझे विश्वास था कि वह ऐसा करेगा, नहीं तो वह नई आँख थी कहाँ? लेकिन आखिर में उसने उससे भी अधिक रोशनी डालनेवाली बात कह दी, "पता नहीं, मुझे तुम्हारे जैसा पसंद नहीं।" इस आलोचक का कोई मतलब नहीं था, जिसने कार्यान्वयन, पेंसिल चलाने की दिशा और मूल्यों के रहस्य पर मुझसे कभी कोई चर्चा नहीं की थी।

> *मुझे विश्वास था कि वह ऐसा करेगा, नहीं तो वह नई आँख थी कहाँ? लेकिन आखिर में उसने उससे भी अधिक रोशनी डालनेवाली बात कह दी, "पता नहीं, मुझे तुम्हारे जैसा पसंद नहीं।" इस आलोचक का कोई मतलब नहीं था, जिसने कार्यान्वयन, पेंसिल चलाने की दिशा और मूल्यों के रहस्य पर मुझसे कभी कोई चर्चा नहीं की थी।*

"मुझे लगता है कि ड्राइंग में जब भी तुम मेरे जैसे को देखते हो तो वे खूबसूरत होते हैं।"

"इनसे काम नहीं चलेगा।"

"मैं नए मॉडल्स के साथ काम कर रहा हूँ।"

"हाँ, मैं देख रहा हूँ। उनसे काम नहीं चलेगा।"

"क्या तुम्हें उसका पूरा यकीन है?"

"बिल्कुल, वे मूर्ख हैं।"

"तुम्हें लगता है मैं, मुझे उसमें सुधार करना चाहिए।"

"ऐसे लोगों के साथ तुम नहीं कर सकते। कौन हैं ये लोग?"

मैंने जहाँ तक जरूरी था, बताया और उसने कठोरता से फैसला सुना दिया, "ये ऐसे लोग हैं, जिन्हें दरवाजे पर रखा जाना चाहिए।"

"तुम उनसे मिले नहीं हो? वे कमाल के हैं।" मैं उनके बचाव में कूद पड़ा।

"मिला नहीं हूँ? आखिर क्यों उनके साथ किए गए तुम्हारे हाल के काम टुकड़े-टुकड़े हो गए हैं। बस उनसे मिलने के लिए इतना ही काफी है।"

"किसी और ने इनके खिलाफ कुछ नहीं कहा है तथा चीपसाइडवाले खुश हैं।"

सब गधे हैं और चीपसाइडवाले सबसे बड़े गधे हैं। छोड़ो, दिन के इस वक्त लोगों के बारे में इतना खूबसूरत भ्रम मत पालो, खासतौर पर प्रकाशकों और संपादकों को लेकर। इनके जैसे जानवरों के लिए तुम काम नहीं करते, बल्कि उनके लिए करते हो, जो जानते हैं, इसलिए अगर तुम खुद से नहीं तो मुझसे तो सच बोलो।

"सब गधे हैं और चीपसाइडवाले सबसे बड़े गधे हैं। छोड़ो, दिन के इस वक्त लोगों के बारे में इतना खूबसूरत भ्रम मत पालो, खासतौर पर प्रकाशकों और संपादकों को लेकर। इनके जैसे जानवरों के लिए तुम काम नहीं करते, बल्कि उनके लिए करते हो, जो जानते हैं, इसलिए अगर तुम खुद से नहीं तो मुझसे तो सच बोलो। कुछ चीजें थीं, जिन्हें तुम आजमाया करते थे और वे बड़ी अच्छी चीजें थीं, लेकिन यह बकवास चीज वह नहीं है।" मैंने जब हॉली से बाद में 'रूटलैंड रामसे' और उसकी आनेवाली सीरीज के बारे में बात की तो उसने कहा कि मुझे फिर से अपनी नाव पर सवार हो जाना चाहिए और गहराई में जाना चाहिए। संक्षेप में उसकी आवाज चेतावनी की आवाज थी।

मैंने चेतावनी को लिख लिया, लेकिन मैंने अपने दोस्तों को दरवाजा नहीं दिखाया। वे मुझे अच्छा-खासा पकाते रहे, लेकिन यह सच्चाई है कि वे मुझे पका रहे थे, मेरे लिए सबक थी कि मैं उनकी तिलांजलि न दूँ। अगर उनकी कोई बात बुरी थी तो बस चिढ़ ही मचा करती थी। मैं जब इस दौर को पलटकर

देखता हूँ तो मेरे जीवन में उन्होंने जरा सा भी दखल नहीं दिया था। मैं जब भी याद करता हूँ तो उन्हें अपने स्टूडियो में ज्यादातर समय दीवार से पीठ टिकाए पुराने वेलवेट के बेंच पर बाहर की तरफ देखता हुआ पाता हूँ, जो किसी शाही दरबार में दो धैर्यवान दरबारी की तरह लगते थे।

मुझे यकीन है कि सर्दियों के सबसे ठंडे हफ्तों के दौरान वे टिके रहते थे, क्योंकि आग का इंतजाम करने के उनके पैसे बच जाते थे। उनका नयापन अपनी चमक खोता जा रहा था और उन्हें परोपकार की वस्तु के रूप में देखना असंभव नहीं रह गया था। मिस चुरम जब भी आती तो वे चले जाते और मैं जब 'रूटलैंड रामसे' में पूरी तरह से जुट गया, तब मिस चुरम कुछ ज्यादा ही आने लगी। वे दबे स्वर में मुझसे यह कहने में सफल रहे कि उन्हें लगता है कि मैं उसे अपनी किताब में निम्न स्तर के जीवन को दिखाने के लिए इस्तेमाल करना चाहता हूँ और मैंने उन्हें ऐसा लगने दिया, क्योंकि उन्होंने किताब को पढ़ने का प्रयास किया था। वह स्टूडियो में ही पड़ी थी, लेकिन उन्हें यह पता नहीं चल पाया कि इसका संबंध केवल सर्वश्रेष्ठ स्तर के लोगों से है। उन्होंने हमारे सबसे शानदार उपन्यासकार के अंदर झाँका जरूर था, लेकिन कई हिस्सों को वे समझ ही नहीं सके। जैक हॉली की इस चेतावनी के बावजूद कि इस दौर की व्यस्तता के बाद अगर जरूरी न लगे तो उन्हें बिना वक्त बरबाद किए निकाल दिया जाना चाहिए। मैंने अब भी उनसे जब-तब एक घंटे तक का काम लिया। हॉली की अब उनसे जान-पहचान हो चुकी थी। उसकी मुलाकात उनसे मेरी अँगीठी के पास हुई थी और उसे उनकी जोड़ी हास्यास्पद लगी। यह जानकर कि वह एक पेंटर है, उन्होंने उससे भी संपर्क किया, ताकि उसे दिखा सकें कि वे सही में दमखम रखते हैं, लेकिन उसने उनकी तरफ देखने की बजाय बड़े कमरे के चारों तरफ ऐसे देखा, जैसे वे कई मील दूर खड़े हों।

मुझे यकीन है कि सर्दियों के सबसे ठंडे हफ्तों के दौरान वे टिके रहते थे, क्योंकि आग का इंतजाम करने के उनके पैसे बच जाते थे। उनका नयापन अपनी चमक खोता जा रहा था और उन्हें परोपकार की वस्तु के रूप में देखना असंभव नहीं रह गया था।

वह अपने देश की सामाजिक व्यवस्था में जिन बातों का विरोध सबसे अधिक करता था, वे उन सभी का एक निचोड़ थीं। इस तरह के लोग, जो सारे ताम-झाम दिखाते हैं और एक चमकदार जिल्द अपने ऊपर चढ़ाकर रखते हैं, जो ऐसी बातें करते हैं कि बातचीत ही खत्म हो जाए, उनके लिए स्टूडियो में कोई जगह नहीं होती। स्टूडियो ऐसी जगह है, जहाँ आप देखना सीखते हैं, लेकिन जब आँखों पर रोएँदार पट्टी पड़ी हो तो कोई कैसे देख सकता है?

उनके सामने मेरी सबसे बड़ी असहजता इस बात को लेकर थी कि मैं उन्हें यह बताने में संकोच कर रहा था कि कला की समझ रखनेवाला मेरा मामूली नौकर 'रूटलैंड रामसे' के लिए मेरे साथ बैठने लगा था। वे जानते थे कि मैं विचित्र हूँ और अब तक वे इस बात को समझ चुके थे कि कलाकारों को विचित्र रहने देना चाहिए, ताकि वे किसी आवारा विदेशी को सड़क से उठाकर ले आएँ, जबकि मैं मामूली जरूरतों वाला और प्रामाणिक व्यक्ति था। लेकिन उन्हें यह समझने में थोड़ा समय लग गया कि मैं उसकी खूबियों को कितना अधिक आँकता हूँ। उन्हें एक-दो बार लगा कि उसके भीतर घमंड है, लेकिन उन्हें कहीं कोई शक नहीं था कि मैं उसका भरपूर इस्तेमाल कर रहा हूँ। कुछ चीजें ऐसी थीं, जिनका उन्होंने अनुमान तक नहीं लगाया था और उनमें से एक यह था कि उपन्यास में एक प्रमुख दृश्य के लिए, जिसमें थोड़े समय के लिए एक सेवक आता है, मेरे दिमाग में आया कि नौकर के रूप में मैं मेजर मोनार्क का इस्तेमाल करूँ। मैं इस बात को टालता रहा। मैं यह कहने से हिचक रहा था कि वे नौकरों की वरदी पहनें और फिर ऐसी वरदी भी नहीं मिल रही थी, जो उन्हें फिट आ सके। खैर, एक दिन सर्दियों की शाम को, जब मैं तिरस्कृत ओरोंटे के साथ काम कर रहा था, जो किसी के मन की बात को तुरंत समझ जाता था और उसे ऐसा लग रहा था कि मैं सीधे अपने काम में जुट जाऊँ, तभी वे आ धमके—मेजर और उसकी पत्नी, जो फिजूल की

> *उनके सामने मेरी सबसे बड़ी असहजता इस बात को लेकर थी कि मैं उन्हें यह बताने में संकोच कर रहा था कि कला की समझ रखनेवाला मेरा मामूली नौकर 'रूटलैंड रामसे' के लिए मेरे साथ बैठने लगा था।*

बात पर (उसमें हँसने जैसा कुछ नहीं था) सोसाइटीवाले ठहाके लगा रहे थे। वे देहाती मुलाकातियों की तरह आए। अकसर मुझे ऐसा ही लगता था, जैसे उस तरह के लोग होते हैं, जो चर्च के बाद पार्क के उस पार चले जाते हैं और फिर उनसे अनुनय-विनय किया जाता है कि वे लंच तक ठहर जाएँ। लंच हो चुका था, लेकिन वे चाय के लिए रुक सकते थे। मैं जानता था कि वे ऐसा चाहते थे। मुझ पर जोश चढ़ा था और मैं नहीं चाहता था कि मेरा उत्साह ठंडा पड़े और मैं काम को टाल दूँ। वैसे भी दिन ढलने के साथ रोशनी कम होने लगी थी और मेरा मॉडल तैयार बैठा था। इसलिए मैंने मिसेज मोनार्क से पूछा कि उन्हें बुरा न लगे तो वही चाय बना देंगी। इस अनुरोध पर पलक झपकते ही उनका चेहरा बुरी तरह लाल हो गया। एक सेकेंड के लिए उनकी नजरें अपने पति की तरफ गईं और दोनों के बीच एक मूक संवाद हो गया। उनकी चूक अगले ही पल दुरुस्त हो गई। उसकी खुशमिजाज चालाकी ने उसे वहीं दफन कर दिया। मैं कहना चाहूँगा कि अब तक उनके घमंड पर तरस खाने की बजाय मैं जहाँ तक संभव था, उन्हें पूरी तरह से एक सबक सिखाने पर मजबूर हो गया। दोनों ने हिलना-डुलना शुरू किया और केतली में उबाल लाने के साथ ही कप व प्लेट निकालने लगे। मैं जानता था कि उन्हें यही लग रहा था, जैसे वे मेरे नौकर की खातिरदारी कर रहे हैं और जब चाय तैयार हो गई, तब मैंने कहा, "उसे चाय दे दो, प्लीज! वह काफी थका हुआ है।" वह जहाँ खड़ा था, वहीं मिसेज मोनार्क उसकी चाय लेकर आईं और उसने चाय इस तरह ली, जैसे वह कोई सज्जन था, जो पार्टी में अपने दबे हुए हैट को कुहनी से सीधा कर रहा हो।

मुझ पर जोश चढ़ा था और मैं नहीं चाहता था कि मेरा उत्साह ठंडा पड़े और मैं काम को टाल दूँ। वैसे भी दिन ढलने के साथ रोशनी कम होने लगी थी और मेरा मॉडल तैयार बैठा था। इसलिए मैंने मिसेज मोनार्क से पूछा कि उन्हें बुरा न लगे तो वही चाय बना देंगी। इस अनुरोध पर पलक झपकते ही उनका चेहरा बुरी तरह लाल हो गया।

फिर मुझे लगा कि उसने पूरी नेकनीयती से मेरे लिए एक बड़ा काम किया

है, जिसके बदले मुझे उसे कुछ-न-कुछ देना चाहिए। इसके बाद मैं जब भी उसकी तरफ देखता तो यही सोचने लगता था कि वह इनाम क्या हो सकता है! मैं उन्हें खुश करने के लिए गलत काम को जारी नहीं रख सकता था और हाँ, वे जिस काम के लिए बैठते थे, उस पर गलत काम का ठप्पा लग चुका था। इस बात को अब अकेले हॉली ही नहीं कह रहा था। मैंने 'रूटलैंड रामसे' के लिए ढेर सारी ड्राइंग बनाई थीं, जिन्हें मैंने भेजा और मुझे एक चेतावनी मिली, जो हॉली की बातों से कहीं ज्यादा गंभीर थी। मैं जिस प्रकाशक के लिए काम कर रहा था, वहाँ कलात्मकता के काम से जुड़े सलाहकार की राय थी कि मेरे कई चित्र ऐसे थे, जिनकी तलाश उन्हें कतई नहीं थी। इनमें से ज्यादातर तसवीरें वहीं थीं, जिनमें मोनार्क दंपती थे। इस बात को आगे बढ़ाए बिना कि वे किसकी तलाश कर रहे थे, मुझे यह बात समझ आ गई कि इस हिसाब से तो मुझे दूसरी किताबें भी करने को नहीं मिलेंगी।

हताशा में मैं मिस चुरम की शरण में चला गया और मैंने उससे सारा ज्ञान प्राप्त किया। मैंने न केवल ओरोंटे को सार्वजनिक रूप से अपना हीरो स्वीकार किया, बल्कि एक दिन जब सुबह-सुबह मेजर यह पूछने आया कि मुझे उस चीपसाइड किरदार के लिए उसकी जरूरत है या नहीं, जिसके लिए पिछले हफ्ते उसने बैठना शुरू किया था, तो मैंने उससे कहा कि मैंने इरादा बदल दिया है।

हताशा में मैं मिस चुरम की शरण में चला गया और मैंने उससे सारा ज्ञान प्राप्त किया। मैंने न केवल ओरोंटे को सार्वजनिक रूप से अपना हीरो स्वीकार किया, बल्कि एक दिन जब सुबह-सुबह मेजर यह पूछने आया कि मुझे उस चीपसाइड किरदार के लिए उसकी जरूरत है या नहीं, जिसके लिए पिछले हफ्ते उसने बैठना शुरू किया था, तो मैंने उससे कहा कि मैंने इरादा बदल दिया है। मैं उस ड्राइंग को अपने ही आदमी के साथ करूँगा। इस पर मेरे आगंतुक का चेहरा पीला पड़ गया और वह मेरी तरफ देखता रहा गया। "क्या अंग्रेज सज्जन को लेकर आपके दिमाग में यही व्यक्ति है?" उसने पूछा।

मैं निराश हो गया। मैं घबरा गया। मैं अपना काम करना चाहता था,

इसलिए मैंने थोड़ी खीज के साथ कहा, "अरे, मेरे प्यारे मेजर, मैं तुम्हारे लिए बरबाद नहीं हो सकता!"

यह बात बड़ी कठोर थी, फिर भी वह कुछ देर तक वहीं खड़ा रहा और फिर कुछ कहे बिना स्टूडियो से चला गया। मैंने गहरी साँस ली, क्योंकि मैंने अपने आप से कहा कि अब मैं दोबारा उससे नहीं मिलूँगा। मैंने उसे साफ-साफ यह नहीं कहा था कि मेरे काम के छिन जाने का खतरा है, लेकिन मैं इस बात पर चिढ़ा हुआ था कि उसे आनेवाली तबाही का अंदाजा तक नहीं था, जो हमारे निष्फल सहयोग का नतीजा थी और एक ऐसा सबक थी कि कला के छल से भरे माहौल में सर्वोच्च सम्मान भी बेकार की चीज बन जाता है।

मुझ पर इन दोस्तों का कोई उधार नहीं था, लेकिन मैं उनसे एक बार फिर मिला। तीन दिन बाद वे फिर से प्रकट हुए और इन सारी बातों के बावजूद कुछ बड़ी दुःखदायी सी बात थी। इससे साबित हो गया कि उनके पास जीवन में करने को और कुछ भी नहीं था। एक निराशाजनक बातचीत में उन्होंने मामले को समझ लिया था, इस बुरी खबर को पचा लिया था कि वे अब सीरीज का हिस्सा नहीं हैं।

मुझ पर इन दोस्तों का कोई उधार नहीं था, लेकिन मैं उनसे एक बार फिर मिला। तीन दिन बाद वे फिर से प्रकट हुए और इन सारी बातों के बावजूद कुछ बड़ी दुःखदायी सी बात थी। इससे साबित हो गया कि उनके पास जीवन में करने को और कुछ भी नहीं था। एक निराशाजनक बातचीत में उन्होंने मामले को समझ लिया था, इस बुरी खबर को पचा लिया था कि वे अब सीरीज का हिस्सा नहीं हैं। अगर वे मेरे लिए चीपसाइड के काम आने वाले भी नहीं थे तो वे क्या करेंगे, यह तय करना मुश्किल था और मैं शुरुआत में केवल इतना समझ सका कि वे सबकुछ भूलकर विनम्रता के साथ आखिरी विदाई लेने आए थे। इस बात से मैं मन-ही-मन खुश था, क्योंकि मेरे पास सीन बनाने के काम से थोड़ी सी भी फुरसत नहीं थी। वैसे भी मेरे दोनों मॉडल अपनी पोजीशन पर थे और मैं ऐसी ड्राइंग की शुरुआत कर चुका था, जिससे मुझे अपने ऐश्वर्य की पूरी उम्मीद थी। पैसेज में लिखा था कि

'रूटलैंड रामसे' आर्टेमीसिया के लिए पियानो स्टूल को खींचता है और उससे असाधारण सी बातें करता है, जबकि वह स्पष्ट रूप से ऐसा संगीत बजाती है, जो बेहद कठिन होता है। मैंने पियानो के साथ मिस चुरम की तसवीर पहले भी बनाई थी। यहाँ ऐसे हाव-भाव की आवश्यकता थी, जिसमें काव्य के प्रति अनुग्रह हो और वह इसे अच्छी तरह समझती थी। मैं चाहता था कि दोनों किरदार पूरी गहराई से रचना को आगे बढ़ाएँ और मेरा छोटा इटैलियन मेरी अवधारणा में एकदम फिट हो चुका था। जोड़ी मेरे मन में स्पष्ट रूप से बस गई थी और पियानो खोल दिया गया था। यह जवानी के मेल और धीमे स्वर में कहे गए प्यार के शब्दों का आकर्षक दृश्य था, जिसे मुझे बस देखना व सामने रखना था।

मेरे आगंतुक खड़े होकर इसे देख रहे थे और मैं कनखियों से उनकी ओर मित्रता के भाव से देख रहा था। उन्होंने कोई प्रतिक्रिया नहीं दी, लेकिन मुझे मौन साथ की आदत पड़ी थी तथा मैं अपना काम करता गया और थोड़ा असहज भी था, जबकि दृश्य से मैं अभिभूत था कि यह कम-से-कम आदर्श स्थिति है, पर हाँ, उनसे मेरा पीछा नहीं छूटा था।

मेरे आगंतुक खड़े होकर इसे देख रहे थे और मैं कनखियों से उनकी ओर मित्रता के भाव से देख रहा था। उन्होंने कोई प्रतिक्रिया नहीं दी, लेकिन मुझे मौन साथ की आदत पड़ी थी तथा मैं अपना काम करता गया और थोड़ा असहज भी था, जबकि दृश्य से मैं अभिभूत था कि यह कम-से-कम आदर्श स्थिति है, पर हाँ, उनसे मेरा पीछा नहीं छूटा था। फिलहाल मैंने मिसेज मोनार्क की मधुर आवाज को अपने साथ या कहूँ तो अपने ऊपर से सुना, "मुझे लगता है कि उसके बाल थोड़ी अच्छी तरह सँवारे जाने चाहिए थे।" मैंने नजर उठाकर देखा तो पाया कि वह मिस चुरम की तरफ विचित्र ढंग से नजरें गड़ाए हुए थी, जिसकी पीठ उसकी तरफ थी। "आप बुरा न मानें तो मैं बस इसे छू सकती हूँ?" उसने कहा और मेरे मन में तुरंत ही एक सवाल उठा, जिसने मुझे डरा दिया कि कहीं वह उस जवान महिला को कोई नुकसान न पहुँचा दे, लेकिन उसने मुझे ऐसी नजर से मौन करा दिया, जिसे मैं कभी भूल नहीं सकता। सच कहता हूँ कि मुझे उसका चित्र बना लेना चाहिए था, जब वह एक

पल के लिए मेरे मॉडल के पास गई। उसने कोमल स्वर में उससे बात की, अपना एक हाथ उसके कंधे पर रखा एवं उसकी तरफ झुक गई और जब उस लड़की ने उसकी बात को समझते हुए अनुमति दी तो उसके बिखरे बालों को जल्दी-जल्दी सँवारते हुए ऐसा बना दिया, जिससे मिस चुरम का चेहरा दोगुना सुंदर लगने लगा। यह आज तक की सबसे साहसिक व्यक्तिगत सेवा थी, जिसे मैंने करते हुए देखा था। फिर मिसेज मोनार्क हलकी सी आह भरते हुए पीछे हट गईं और फर्श की तरफ कुलीनों जैसी विनम्रता के साथ कुछ करने के लिए झुकीं और मेरे पेंट बॉक्स से गिरे एक गंदे कपड़े को उठाया।

इन सबके बीच मेजर भी देख रहा था कि क्या करे और स्टूडियो के दूसरे सिरे की तरफ जाते हुए देखा कि मेरे नाश्ते की चीजें अब तक हटाई नहीं गई थीं। "मैं कहना चाहता हूँ कि क्या मैं यहाँ उपयोगी नहीं हो सकता हूँ?" उसने ऐसे कँपकँपाते स्वर में मुझसे कहा, जिसे छिपाया नहीं जा सकता था। मैंने ठहाके लगाते हुए अनुमति दे दी, जो मुझे लगता है कि थोड़ा विचित्र था और अगले दस मिनट तक मैं जब काम कर रहा था, तब तक मैं चीनी-मिट्टी के बरतनों की खटर-पटर और चम्मच तथा काँच की खनखनाहट सुन रहा था।

> ***इन सबके बीच मेजर भी देख रहा था कि क्या करे और स्टूडियो के दूसरे सिरे की तरफ जाते हुए देखा कि मेरे नाश्ते की चीजें अब तक हटाई नहीं गई थीं। "मैं कहना चाहता हूँ कि क्या मैं यहाँ उपयोगी नहीं हो सकता हूँ?" उसने ऐसे कँपकँपाते स्वर में मुझसे कहा, जिसे छिपाया नहीं जा सकता था।***

मिसेज मोनार्क अपने पति का हाथ बँटा रही थी। उन्होंने मेरी क्रॉकरी साफ कर दीं, उसे रख भी दिए। वे मेरी छोटी सी रसोई में चले गए और बाद में मैंने देखा कि उन्होंने मेरे चाकुओं को साफ कर दिया था तथा मेरे पास जो थोड़ी-बहुत प्लेट थीं, उनकी सतह अभूतपूर्व दिख रही थी। फिर मुझे समझ आया कि वे क्या कर रहे हैं। मैं सच कहता हूँ कि एक पल के लिए मेरी ड्राइंग मेरे सामने धुँधली पड़ गई, तसवीर तैरने लगी। उन्होंने अपनी नाकामी को स्वीकार कर लिया था, लेकिन वे अपनी किस्मत को स्वीकार नहीं कर पा रहे थे। उन्होंने

हैरानी के साथ उस विकृत और क्रूर नियम के आगे घुटने टेक दिए थे, जिसकी खूबी यह थी कि वास्तविक के सामने नकली चीज इतनी कीमती हो सकती है; लेकिन वे भूखे नहीं मरना चाहते थे। यदि मेरे नौकर-चाकर मेरे मॉडल हो सकते थे तो मेरे मॉडल मेरे नौकर हो सकते थे। वे भूमिका को बदल देंगे, दूसरे लोग देवियों व सज्जनों की जगह बैठेंगे और वे काम करेंगे। फिर भी वे स्टूडियो में ही रहेंगे। यह इतनी दारुण मूक अपील थी, जिसे मैं ठुकरा नहीं सकता था। वे कहना चाहते थे, "हमें रख लो, हम कुछ भी करेंगे।"

मेरी पेंसिल मेरे हाथ से गिर गई। मेरी सीटिंग बेकार हो गई तथा मैंने बैठनेवालों से जाने को कह दिया, जो स्पष्ट रूप से भ्रम व आश्चर्य में थे और फिर मेजर व उसकी पत्नी के अलावा मेरे लिए भी वह पल बेहद असहज करनेवाला था। उसने दोनों की तरफ से प्रार्थना को एक वाक्य में रखा, "देखिए, मेरा कहना है कि आप हम दोनों को अपने लिए काम करने दीजिए, दे सकते हैं न?" मैं नहीं दे सकता था। उन्हें अपने घर की साफ-सफाई करते देखना विचित्र था, लेकिन मैंने नाटक किया कि मैं उनकी मदद के लिए करीब एक हफ्ते तक काम करने दे सकता हूँ। फिर मैंने उन्हें जाने के लिए पैसे दे दिए और कभी उनसे नहीं मिला। मुझे बाकी की किताबें भी मिल गईं, लेकिन मेरा दोस्त हॉली बार-बार कहता है कि मेजर और मिसेज मोनार्क ने मुझे हमेशा के लिए नुकसान पहुँचा दिया है, जो मुझे गलत रास्ते पर ले गए। अगर यह सही है तो मुझे हमेशा के लिए याद रखने के बदले हर्जाना देने पर संतोष है।

मेरी पेंसिल मेरे हाथ से गिर गई। मेरी सीटिंग बेकार हो गई तथा मैंने बैठनेवालों से जाने को कह दिया, जो स्पष्ट रूप से भ्रम व आश्चर्य में थे और फिर मेजर व उसकी पत्नी के अलावा मेरे लिए भी वह पल बेहद असहज करनेवाला था।

□

इसकी कहानी

(1)

मौसम इतना खराब हो गया था कि बाकी का दिन भी निश्चित रूप से धुलनेवाला था। हवा तेज हो गई और आँधी पूरी ताकत से चल रही थी। वे कसकर बंद खिड़कियों को थपथपा रहे थे और उनसे भी टकरा रहे थे, जो बरामदे की सुरक्षा में थे, लेकिन बारिश के थपेड़े उन्हें भी चपेट में ले रहे थे। मैदान से दूर, पहाड़ी से आगे आसमान का विशाल गीला ब्रश समंदर में गहरा डूबा हुआ था। मई के स्पर्श से एकदम साफ दिख रहा मैदान जबरदस्त गीली व हरियाली लिये हुए था। ताजा–ताजा उगी झाड़ियाँ और पेड़ जब अपने झुरमुटों को टकरा रहे थे, तब एक सुर बार–बार निकल रहा था और सर्दी उस रोशनी को रोक रही थी, जो सुंदर सैलून में भरपूर थी और बसंत की दोपहर की शुरुआत के संकेत दे रही थी। वहाँ चुपचाप बैठी दो स्त्रियाँ अपना काम बिना किसी दिक्कत व खलल के कर सकती थीं। हलका सा आत्मविश्वास बढ़ा, जब हवा का शोर कुछ थमा और मेज पर चिट्ठियाँ लिखने में व्यस्त मिसेज डायोट के पेन की खरखराहट सुनाई पड़ी।

उनकी मेहमान एक छोटे से सोफा पर बैठ गई, जहाँ एक पाम ट्री, एक स्क्रीन, एक स्टूल, एक स्टैंड, फूलों का कटोरा और चाँदी के फ्रेम में तीन तसवीरें लकड़ी की आग की रोशनी के पास पसंदीदा 'कोने' के रूप में व्यवस्थित की गई थीं। उनकी मेहमान मॉड ब्लेसिंगबर्न बीच–बीच में न तो तेजी से, न ही नियमित रूप से एक किताब के पन्नों को इस तरह पलट रही थी कि उनकी आवाज सुनी जा सकती थी। किताब पर नीबू के रंग की जिल्द चढ़ी थी और अब तक

उनमें ताजी कुरकुराहट बरकरार थी। देखनेवाले को आवाज का यह प्रभाव बता सकता था कि शायद वह सबसे नया फ्रेंच उपन्यास है और पढ़नेवाले के रवैए से साफ था कि वह अच्छा था। कमरे के विशेष माहौल के साथ वह खुशी-खुशी घुलमिल गया था, जहाँ चुनाव और दबाब का माहौल लगातार बना था, जो एक सुंदर घटना होती है। यदि मिसेज डायोट को पुराने फ्रेंच फर्नीचर पसंद थे और वे उनके बिना नहीं रह सकती थीं तो उनके साथ रहनेवाले काले-काले बालों एवं पतले झुके हुए कंधेवाले आधुनिक फ्रेंच लेखकों को पसंद करते थे, चाहे इनकी कितनी ही आलोचना क्यों न हो। आधे घंटे तक कोई बात नहीं हुई, सच कहूँ तो बिल्कुल भी नहीं, लेकिन दोनों में से हर एक ने गुपचुप तरीके से बीच-बीच में उसके काम की इस प्रकार से ताक-झाँक की, ताकि बिना दूसरे की तरफ घूमे हुए तल्लीनता का अंदाजा लग जाए। इसलिए उनकी खामोशी केवल मौसम की वजह से नहीं बढ़ रही थी, वह अपने ही स्वभाव की थी। मॉड ब्लेसिंगबर्न ने जब अपनी किताब को नीचे करते हुए गोद में रखा और चेतना के बीच आँखें बंद कर लीं तो मानो कह रही थी कि वह इंतजार में है, लेकिन आखिर में वही थीं, जिन्होंने उनके बीच के तनाव को खत्म करने के लिए हलचल की। वह उठी और जाकर आग के पास खड़ी हो गई, जिसे वह एक मिनट तक देखती रही, फिर खिड़की के पास यह देखने के लिए पहुँची कि असल में क्या चल रहा था। इस पर मिसेज डायोट नई संजीदगी के साथ लिखने लगीं। उनकी चिट्ठियों का छोटा सा ढेर बड़ा हो गया था और कर्मठता जहाँ उनके गोरे व हलकी धुल चुकी सुंदरता के साथ मेल खा रही थी, वहीं उनके भीतर काम को करते रहने की आदत उनके

कमरे के विशेष माहौल के साथ वह खुशी-खुशी घुलमिल गया था, जहाँ चुनाव और दबाब का माहौल लगातार बना था, जो एक सुंदर घटना होती है। यदि मिसेज डायोट को पुराने फ्रेंच फर्नीचर पसंद थे और वे उनके बिना नहीं रह सकती थीं तो उनके साथ रहनेवाले काले-काले बालों एवं पतले झुके हुए कंधेवाले आधुनिक फ्रेंच लेखकों को पसंद करते थे, चाहे इनकी कितनी ही आलोचना क्यों न हो।

विचारों के भटकाव के बीच उन्हें शांत बनाए रखती थी। फिर भी वही थीं, जिन्होंने पहले चुप्पी तोड़ी।

"मुझे यकीन है कि तुम्हारी किताब दिलचस्प होगी।"

"काफी हद तक, थोड़ी नरम है।"

तूफान के शोर ने शब्दों की आवाज को इधर-उधर करते हुए कुछ और ही बना दिया। "थोड़ा गरम ?"

"अरे नहीं यार, डरपोक और दब्बू, जब तक कि मेरा दिमाग खराब न हो जाए।"

"शायद खराब हो गया है," मिसेज डायोट ने कहा, "इतना पढ़ती भी तो हो।"

उसकी साथी ने निराशा की नकल करने की कोशिश की। "तुमने तो मुझसे अपने कमरे में जाने की हिम्मत ही छीन ली, जबकि मैं दूसरी किताब पढ़ने के लिए जाने ही वाली थी।"

"अरे नहीं यार, डरपोक और दब्बू, जब तक कि मेरा दिमाग खराब न हो जाए।" "शायद खराब हो गया है," मिसेज डायोट ने कहा, "इतना पढ़ती भी तो हो।" उसकी साथी ने निराशा की नकल करने की कोशिश की। "तुमने तो मुझसे अपने कमरे में जाने की हिम्मत ही छीन ली, जबकि मैं दूसरी किताब पढ़ने के लिए जाने ही वाली थी।"

"एक और फ्रेंच किताब ?"

"हाँ।"

"तुम दर्जन भर साथ लेकर चलती हो ?"

"बेचारे अंग्रेजों के घर में ?" मॉड ने याद करने की कोशिश की। "मुझे लगता है मैं तीन लेकर आई हूँ, जिन्हें दुकान में बाहर से ही देखा था, जब शहर में घूम रही थी। यहाँ हलकी बारिश नहीं होती, बल्कि मूसलधार होती है; लेकिन मैंने दो पहले ही पढ़ ली हैं।"

"और क्या तुम केवल उन्हें ही पढ़ती हो ?"

"तुम्हारा मतलब है—फ्रेंच ?" मॉड समझ गई। "अरे नहीं, डी: अनुन्जियो।"

मिसेज डायोट ने स्टांप चिपकाते हुए पूछा, "और यह क्या है ?"

"अरे, तुम नहीं जानती !" उसकी सहेली चकित थी, फिर भी तरस दिखाया।

"मैं जानता हूँ कि तुम पढ़ती नहीं हो," मॉड ने कहा, "लेकिन तुम्हें क्यों पढ़ना चाहिए? तुम तो जीती हो!"

"हाँ, काफी बुरी तरह से।" मिसेज डायोट ने अपनी चिट्ठियाँ समेटते हुए कहा। वह अपनी जगह से उठी, चिट्ठियों को काफी अच्छी तरह पकड़कर आग के पास आ गई, जबकि मिसेज ब्लेसिंगबर्न एक बार फिर खिड़की के पास चली गईं, जहाँ एक और बौछार उनकी तरफ आई। फिर मॉड ने इस तरह कहा, जैसे उस पर केवल तत्त्वों का प्रभाव पड़ता है, "क्या तुम्हें लगता है कि वह इन हालातों में आएगा?"

मिसेज डायोट बस इंतजार करती रही और इसका प्रभाव ऐसा था, जिसे बताया नहीं जा सकता, लेकिन उसमें सारी बात सिमटी थी, जिनकी वजह से यह प्रश्न उठा था। यह प्रभाव तब और गहरा हो गया, जब उसने कहा, "तुम किसके बारे में बात कर रही हो?"

"अरे, तुमने ही तो लंच के दौरान कहा था कि कर्नल व्योट आनेवाले हैं। अब तो नहीं लगता कि वे आएँगे।"

मिसेज डायोट बस इंतजार करती रही और इसका प्रभाव ऐसा था, जिसे बताया नहीं जा सकता, लेकिन उसमें सारी बात सिमटी थी, जिनकी वजह से यह प्रश्न उठा था। यह प्रभाव तब और गहरा हो गया, जब उसने कहा, "तुम किसके बारे में बात कर रही हो?"
"अरे, तुमने ही तो लंच के दौरान कहा था कि कर्नल व्योट आनेवाले हैं। अब तो नहीं लगता कि वे आएँगे।"

"तुम ज्यादा चिंता क्यों कर रही हो?" मिसेज डायोट ने पूछा।

उसकी सहेली अब हिचक रही थी। "यह इस पर निर्भर करता है कि तुम किसे ज्यादा कहती हो। अगर तुम्हारा मतलब है कि मुझे उनसे मिलने की इच्छ है, तो सच में है।"

"मेरी सहेली, मुझे लगता है कि उन्हें मालूम है कि तुम यहाँ हो।"

"तो इस वजह से वे नहीं आ रहे हैं," मॉड जोर से हँसने लगी, "यह खुश करनेवाली बात है! या शायद," उसने एक बार फिर उम्मीद जगाते हुए कहा, "और यह तो कुछ ज्यादा ही खुश करनेवाला होगा, सिवाय इसके कि अगर वे

आ गए।" उसने पलटकर कहा, "वे कुछ हद तक तुम्हारे लिए आएँगे।"

"'कुछ हद तक' मजेदार है। 'कुछ हद तक' के लिए शुक्रिया। अगर तुम ऊपर जा रही हो," मिसेज डायोट उसकी तरफ आई, "तो क्या तुम जाते-जाते इन्हें बक्से में रख दोगी?"

कम उम्र की महिला ने चिट्ठियों के ढेर को लेते हुए उन्हें ईर्ष्या के भाव से देखा। "नो! तुम कमाल करती हो। तुम हमेशा से धिक्कार का एहसास करा देती हो!"

मिसेज डायोट ने हैरानी जताई, "मैं जानबूझकर ऐसा नहीं करती।" और उसने दूसरे सवाल का जवाब दिया, "आज दोपहर बस यही हुआ कि वे नीचे नहीं आए!"

कम उम्र की महिला ने चिट्ठियों के ढेर को लेते हुए उन्हें ईर्ष्या के भाव से देखा। "नो! तुम कमाल करती हो। तुम हमेशा से धिक्कार का एहसास करा देती हो!" मिसेज डायोट ने हैरानी जताई, "मैं जानबूझकर ऐसा नहीं करती।" और उसने दूसरे सवाल का जवाब दिया, "आज दोपहर बस यही हुआ कि वे नीचे नहीं आए!"

"और तुम्हें जैसे पता ही नहीं!"

"नहीं, मैं नहीं जानती।"

लेकिन इससे पहले कि वह कुछ बोलती, दरवाजे पर आनेवाले ने 'ठक-ठक-ठक' की दस्तक दी, जिससे उसे संकेत मिल गया।

"आ ही गए!"

"तो मैं जाती हूँ।" और मॉड तेजी से निकल गई।

मिसेज डायोट अकेली थीं, जो अब खिड़की की तरफ बढ़ गईं और वे ऐसी जगह पर थीं, जहाँ से बाहर झाँकने पर बिगड़ा मौसम दिख रहा था। आनेवाले की देरी बता रही थी कि वह अपने बूट को पोंछ रहा था तथा गीली बरसाती और टोपी को किनारे रख रहा था। इसके बाद आखिरकार उसने मिसेज डायोट को देख लिया। वह लंबा और पतला था, जिसमें कुल मिलाकर ऐसा कुछ नहीं था, जिससे उसका नाम 'कर्नल व्योट' कहकर लिया जाता था। उसका नाममात्र भी दिखे, लेकिन उन्होंने सेना को छोड़ दिया था, जिसके बाद वीरता को लेकर उनकी ख्याति मुख्य रूप से इस पर निर्भर थी कि हाउस ऑफ कॉमन्स में वे

उदारता से कैसे लड़ते हैं। हालाँकि उनके साथ यह तथ्य भी न के बराबर मेल खाता था। काफी हद तक इस कारण, क्योंकि जैसा कहा जाता है, वे अंग्रेज नहीं दिखते थे। उनके काले बाल, छोटे-छोटे थे, जिनमें चाँदी की हलकी चमक थी एवं उनकी घनी चमकती दाढ़ी, जो किसी अमीर या खलीफा जैसी थी और स्थानीय कारणों से उगाई गई लगती थी। उसका रंग सुंदर था और कुछ हद तक उन्हें विदेशी बनाता था। उनकी नाक मजबूत व घुमावदार थी और उनकी भूरी आँखों में हलका सा नीला रंग भी था। इन लक्षणों के लिहाज से उनके बारे में कहा जाता था कि अपनी नाक के बावजूद वे एक नजर में आपको कोई आयरिश नहीं, बल्कि यहूदी लग सकते हैं। उन्हें इनमें से कोई भी जिम्मेदारी नहीं दी जा सकती थी तथा अभी सारी घटनाओं के बीच वे एक खुशमिजाज ब्रिटिश थे, जिन्हें मौसम ने धो डाला था एवं जो अपने साथ सबसे जूझते हुए उस कीचड़ को साथ ले आए थे, जो अब तक हटा नहीं था और उनमें अपनी बात को रखने की स्पष्टता थी, जो अकसर नहीं दिखती थी। इतना संतोष सिर्फ इस वजह से था, क्योंकि नौकर जा चुके थे और बंद दरवाजों के पीछे शांति के बीच वे एवं उनकी मेजबान ही अकेले थे। वे दो बार मिल चुके थे—पहली बार, जब नौकर वहीं था और दूसरी बार, जब वह नहीं था। दोनों मुलाकातों के बीच काफी अंतर था, भले ही हम दूसरे के साथ न्याय करते हुए कहें कि उसके संकेत पहले मुख्य रूप से नकारात्मक थे। इस मुलाकात में वे महज एक मिनट के लिए जितना करीब आ सकते थे, आए, जिसमें और कुछ नहीं, बस हाथों को अच्छी तरह थामा गया था। इस तरह वे एक-दूसरे के साथ रहे और वह करीबी किसी भी हिसाब से थोड़ी सी ही थी। वैसे उन्हें खतरों का ध्यान भी रखना था, इसलिए शब्दों के बिना ही सबकुछ हुआ। जब शब्द निकले तो वह जोड़ा आग के किनारे

उसका रंग सुंदर था और कुछ हद तक उन्हें विदेशी बनाता था। उनकी नाक मजबूत व घुमावदार थी और उनकी भूरी आँखों में हलका सा नीला रंग भी था। इन लक्षणों के लिहाज से उनके बारे में कहा जाता था कि अपनी नाक के बावजूद वे एक नजर में आपको कोई आयरिश नहीं, बल्कि यहूदी लग सकते हैं।

बातचीत कर रहा था और उसने चाय मँगवाई थी। इस समय तक उसने यह पूछ लिया था कि नाश्ते के बाद उन्होंने जो नोट भिजवाया था, वह ठीक से मिल गया था या नहीं?

"हाँ, लंच से पहले, लेकिन मैं हमेशा ही ऐसी स्थिति में रहती हूँ, जब किसी असाधारण कारण के बिना, आप ऐसी चीजें हाथ से ही भिजवा सकते हैं। मैं इसके बिना भी जानती थी कि आप आएँगे। इसमें कोई चूक नहीं होती। मैं हमेशा जान जाती हूँ कि आप कब आएँगे और कब नहीं।"

उसने अपनी गीली मूँछों को आईने में देखकर पोंछा। "अच्छा, लेकिन आज सुबह मेरी इच्छी थी।"

"हाँ, लंच से पहले, लेकिन मैं हमेशा ही ऐसी स्थिति में रहती हूँ, जब किसी असाधारण कारण के बिना, आप ऐसी चीजें हाथ से ही भिजवा सकते हैं। मैं इसके बिना भी जानती थी कि आप आएँगे। इसमें कोई चूक नहीं होती। मैं हमेशा जान जाती हूँ कि आप कब आएँगे और कब नहीं।" उसने अपनी गीली मूँछों को आईने में देखकर पोंछा। "अच्छा, लेकिन आज सुबह मेरी इच्छी थी।"

"आज का दिन अच्छा था, लेकिन वे मुझे आपकी इच्छाओं की तरह ही मुझे भी बेचैन कर देते हैं, मानो वे जोड़-घटाव हों और मैं हैरान रह जाती हूँ कि आपके मन में क्या है।"

"क्योंकि जब छोटे बच्चे हद से ज़्यादा प्यारे होते हैं तो उनकी मौत हो जाती है? खैर, मैं आपकी तुलना में एक छोटा बच्चा हूँ, लेकिन मैं अब तक मरा नहीं। मैं जीवन से चिपका हुआ हूँ।"

उसने मिसेज डायोट को अपनी मुसकान से चुप करा दिया, लेकिन वे गंभीरता से कहने लगीं, "तुम जब शरारत करते हो तो मुझे इतना भी डर नहीं लगता।"

"शुक्रिया! फिर तुमने क्या किया मेरे नोट का?" उसने पूछा,

"तुम्हें लगता है कि वह इस लायक है कि मुझे उसे अपनी ड्रेसिंग टेबल पर खोलकर रख देना चाहिए था या इससे भी अच्छा मॉड ब्लेसिंगबर्न के कमरे में छोड़ देना चाहिए था।"

हैरानी के साथ-साथ वह ठहाके लगाकर हँस पड़ा। "अच्छा, लेकिन वह किस लायक है?"

उसी गंभीरता से उसने जवाब दिया, "हाँ, शायद वह उसे मार डालेगा।"

"उसे तुम पर इतना यकीन है?"

"वह तुम पर इतना यकीन करती है, इसलिए उसके साथ इतनी अच्छी मत बनो।"

वह अब भी चिमनी के शीशे में रूमाल से अपनी दाढ़ी को पोंछते हुए उनकी हालत को देख रहा था, जिसमें हवा और पानी के निशान थे। "मैं जब शरारत करता हूँ, तब वह भी मुझे पसंद करती है, तो मुझे शायद उसे संतुष्ट कर देना चाहिए। क्या मैं उससे मिल सकता हूँ?"

वह अब भी चिमनी के शीशे में रूमाल से अपनी दाढ़ी को पोंछते हुए उनकी हालत को देख रहा था, जिसमें हवा और पानी के निशान थे। "मैं जब शरारत करता हूँ, तब वह भी मुझे पसंद करती है, तो मुझे शायद उसे संतुष्ट कर देना चाहिए। क्या मैं उससे मिल सकता हूँ?"

"उसे इस बात की संभावना इतनी कम दिखती है कि उसने अपने आप को अपने कमरे में कैद कर लिया है।"

"अरे, तब तो हमें उसे साथ रखने की कोशिश करनी चाहिए। वैसे भी वह समझदार, जवान व सुंदर है, उसे फिर से शादी नहीं कर लेनी चाहिए?"

ऐसा लगा, जैसे पहली बार मिसेज डायोट तर्क ढूँढ़ रही थी। "चूँकि वह कई पुरुषों को पसंद करती है।"

"और एक स्त्री कितनों को पसंद कर सकती है?"

"ताकि वह किसी एक को बहुत ज्यादा न चाहे? तो तुम जान लो कि आज तक मुझे पता नहीं चला और अब तो बहुत देर हो चुकी है। तुमने..." उसने बात को आगे बढ़ाते हुए पूछा, "आखिरी बार उससे कब मुलाकात की थी?"

उसे याद करना पड़ा। "पिछले नवंबर से या उसी के आस-पास? उस समय हमने तीन दिन साथ बिताए थे।"

"अच्छा, सरेज में? मुझे उसके बारे में सब पता है। मुझे लगता है, तुम उसके बाद भी मिले थे।"

उसे फिर से याद करना पड़ा। "हाँ, हम मिले थे! क्रिसमस के आस-पास का समय रहा होगा न? लेकिन उसकी व्यवस्था नहीं की गई थी!" वह हँसने लगा तथा अपनी मेजबान की ठुड्डी को अपनी पहली उँगली से प्यार से छू लिया और फिर उसने इस तरह के छूने को जिस तरीके से लिया, उससे उसे पल भर पहले पूछा गया सवाल याद आ गया—तुमने मेरा नोट रखा है?"

अपनी प्यारी आँखों से वह उसे देखने लगी। "तुम्हें वापस चाहिए?"

"अरे, ऐसे मत बोलो, जैसे मैं चीजें वापस ले लेता हूँ!"

उसने अपनी नजर आग की तरफ कर ली। "नहीं, तुम नहीं लेते, मुश्किल चीजें भी नहीं, जो सच्चा उदार व्यक्ति भी ले लेता है।" वह चिमनी के पास से हट गई, मानो उसे भूलना चाहती हो। "मैंने उसे वहाँ डाल दिया!"

अपनी प्यारी आँखों से वह उसे देखने लगी। "तुम्हें वापस चाहिए?"
"अरे, ऐसे मत बोलो, जैसे मैं चीजें वापस ले लेता हूँ!" उसने अपनी नजर आग की तरफ कर ली। "नहीं, तुम नहीं लेते, मुश्किल चीजें भी नहीं, जो सच्चा उदार व्यक्ति भी ले लेता है।" वह चिमनी के पास से हट गई, मानो उसे भूलना चाहती हो। "मैंने उसे वहाँ डाल दिया!"

"तुमने उसे जला दिया? अच्छा किया!" इससे वह थोड़ा सहज हो गया, लेकिन अगले ही पल उसकी नजर नीबू के रंगवाली किताब पर पड़ी, जिसे मिसेज ब्लेसिंगबर्न छोड़ गई थीं और उसे देखने के लिए उसने उठाया तथा झट से नीचे रख दिया। "तुम ऐसा कर सकती हो और उस दौरान तुमने इसे भी जला दिया होता!"

"तुमने इसे पढ़ा है?"

"सच कहूँ तो 'हाँ', और तुमने?"

"नहीं," मिसेज डायोट ने कहा, "मॉड मेरे लिए लेकर नहीं आई थी।"

यह सुनकर उनका मेहमान उनके पास आ गया। "इसे मिसेज ब्लेसिंगबर्न लेकर आई हैं।"

"ऐसे ही दिनों के लिए।" लेकिन वह हैरान थी। "तुम कैसे देख रहे हो!

क्या यह इतनी बुरी है?"

"उसकी दूसरी किताबों की तरह ही।" उसे कुछ याद आया था और उसकी सोच काफी दूर थी।

"उसे पता है?"

"क्या पता है?"

"कुछ भी।"

लेकिन मिसेज डायोट के लिए दरवाजा कुछ जल्दी ही खुल गया और वह बुदबुदा भर सकी, "अपना खयाल रखना!"

(2)

वास्तव में यह मिसेज ब्लेसिंगबर्न थीं, जिन्होंने उस किताब को अपनी बगल में दबा रखा था, जिसके लिए वह ऊपर गई थी। इस बार दो अच्छे कवर दिख रहे थे, जो बिंदास नीले रंग के थे। उनके आने के एक मिनट बाद नौकर आया, जो चाय लाया था। दो आगंतुकों के बीच हाल-चाल, पूछताछ और दूसरी बातों के बीच चाय पीते हुए लगभग पंद्रह मिनट बीत गए। इस बीच इतनी खातिरदारी का इंतजाम करनेवाली मिसेज डायोट ने मॉड से कहा कि उसके साथी मेहमान उसे इस बात के लिए डाँटना चाहते थे कि वह इस तरह की किताबें पढ़ती है। इस पर उसने कह दिया कि पहले उन्हें देख लेना चाहिए कि वे जो कह रहे हैं, सही कह रहे हैं, लेकिन जैसे ही उन्होंने नीले जिल्दवाली नई किताब को उठाया, वे कहने लगे, "डियर, डियर!"

"तुमने इसे भी पढ़ लिया है?" मिसेज डायोट ने पूछा। "तुम दोनों के पास बात करने को कितना कुछ होगा! इसमें जो दूसरी किताब है," वह उसे समझा रही थीं, "मॉड कहती है कि बहुत मामूली है।"

"मैं इस बात पर उसके साथ सहमत हूँ! उस आदमी को लेकर आपको असाधारण बल का अनुभव नहीं होता?" व्योट मिसेज ब्लेसिंगबर्न के पास गए और इस तरह भट्ठी के आस-पास अपने पैर गरम करते हुए जल्दी ही उनमें बातचीत शुरू हो गई। बातचीत की उत्तेजना बता रही थी कि अपनी बंदिशों से आजाद होने के बाद उन्हें खुश होने का एक सुनहरा मौका मिल गया था। ऐसा

लगा कि मिसेज ब्लेसिंगबर्न को उस आदमी की ताकत का एहसास हुआ, लेकिन उनकी अपनी ही कुछ बातें और प्रतिक्रियाएँ थीं, जिनमें व्योट को ज्यादा दिलचस्पी थी। मिसेज डायोट ने काफी हद तक खुद को इससे अलग कर लिया और आग की तरफ देखते हुए पीठ टिकाकर वे बस बीच-बीच में उनकी तरफ देख लेती थीं। हालाँकि बीच में उन्होंने कुछ कहा, जिससे मॉड को राहत मिली कि उसे कोई सुन रहा है। उस हिसाब से मॉड को लगता था कि किसी को सुनना मूर्ख आदमी का काम है। "हाँ, मैं जब उपन्यास पढ़ती हूँ तो अकसर फ्रेंच ही पढ़ती हूँ," उसने व्योट को एक सवाल के जवाब में अपनी आदत के अनुसार कह दिया, "क्योंकि मुझे लगता है कि वास्तविक चीज ज्यादा मिलती है, जिससे अपने पैसे के बदले मुझे ज्यादा मजा आता है। मैं उनसे इतना भी आकर्षित नहीं; लेकिन कभी-कभी महीनों तक मैं एक भी उपन्यास नहीं पढ़ती हूँ।"

अब उनके आस-पास दो किताबें साथ-साथ रखी थीं। "फिर जब तुम पढ़ती हो तो ढेरों पढ़ जाती हो?" "नहीं भई, मैं बस तीन या चार लेखकों को ही पढ़ती हूँ।" इस बीच उसे सिगरेट का कश लगाने की इजाजत मिली और उसके साथ ही इस बात को सुनकर वह हँस पड़ा। "मुझे तुम्हारी यह 'तीन या चार' को पढ़ने की बात अच्छी लगी और खासतौर पर खुद को लेखकों तक सीमित रखनेवाली बात।"

अब उनके आस-पास दो किताबें साथ-साथ रखी थीं। "फिर जब तुम पढ़ती हो तो ढेरों पढ़ जाती हो?"

"नहीं भई, मैं बस तीन या चार लेखकों को ही पढ़ती हूँ।"

इस बीच उसे सिगरेट का कश लगाने की इजाजत मिली और उसके साथ ही इस बात को सुनकर वह हँस पड़ा। "मुझे तुम्हारी यह 'तीन या चार' को पढ़ने की बात अच्छी लगी और खासतौर पर खुद को लेखकों तक सीमित रखनेवाली बात।"

"अब किसी-न-किसी तक तो रहना ही पड़ता है।" मिसेज डायोट ने फट से जवाब दिया।

"हो सकता है कि मेरी बातें मजाक लगती हों," मिसेज ब्लेसिंगबर्न ने बिना

ज्यादा सोचे-समझे कह दिया, "लेकिन मैं जहाँ की रहनेवाली हूँ, वहाँ हम अपनी बात इसी तरह रखते हैं।"

"मैंने भी बस वैसे ही कह दिया था," व्योट ने कहा, "तुम्हारे स्त्रीत्व की जबरदस्त समझ को देखते हुए यह मेरी समझ से परे है। तुम हर चीज को गंभीरता से लेती हो, लेकिन तुम ब्रिटिश और अमेरिकी लेखकों के उपन्यास नहीं पढ़ सकती तो ईश्वर ही जानता है कि मैं तुमसे कितना सहमत हूँ। सच में यह जीवन के प्रति हमारे पिल्लों और बिल्ली के बच्चों जैसी समझ को दिखाता है।"

मॉड ने धैर्य के साथ कहा, "वैसे मुझे बताया जाता है कि लोग अब गजब की चीजें कर रहे हैं, लेकिन मैं न जाने क्यों इनसे दूर रहती हूँ।"

"अच्छा तो यह उन लोगों की बात है, जिनसे हमारे बेचारे सामान्य लोग दूर रहते हैं। वे सड़कों पर जीवनयापन करते हैं और वैसे भी उन्हें कौन शामिल करना चाहेगा?"

मॉड ने धैर्य के साथ कहा, "वैसे मुझे बताया जाता है कि लोग अब गजब की चीजें कर रहे हैं, लेकिन मैं न जाने क्यों इनसे दूर रहती हूँ।" "अच्छा तो यह उन लोगों की बात है, जिनसे हमारे बेचारे सामान्य लोग दूर रहते हैं। वे सड़कों पर जीवनयापन करते हैं और वैसे भी उन्हें कौन शामिल करना चाहेगा?"

मिसेज ब्लेसिंगबर्न कुछ कहना चाहती थीं, लेकिन कह नहीं पा रही थीं और उसके बावजूद उनके अपने ही विचार थे। उन्हें इस बात में इतना दम लगा कि उसे खारिज नहीं कर पा रही थीं। "लोग मुझे किताबें देते हैं और मैं कोशिश करती हूँ, लेकिन पचास पन्नों के बाद..."

"हाँ यही तो मैं कह रहा था! भगवान् ही भला करे!"

"लेकिन मेरा मतलब यह है," उसने आगे कहा, "क्या मैं हमेशा फ्रेंच उपन्यास पढ़ते-पढ़ते बुरी तरह थक नहीं जाती हूँ। जीवन को लेकर उनकी क्या समझ है?"

"उफ्फ!" मिसेज डायोट ने धीरे से कहा।

"लेकिन यह बस एक बात है। तुम इसे समझ सकती हो।" व्योट ने झट

से कहा। "वे वही करते हैं, जैसा महसूस करते हैं तथा वे हमसे ज्यादा चीजों को महसूस करते हैं। वे एकदम अलग ही तरीके से अलग-अलग तारों को छेड़ते हैं और जब किसी मर्द एवं औरत के बीच संबंध की बात आती है, अर्थात अंतरंग, दिलचस्प या बेहद करीबी तो उनकी तुलना में हम कहाँ हैं? उनके लिए यह कभी खत्म न होनेवाला विषय है, इसमें कोई शक नहीं," उसने स्वीकार किया, "लेकिन हम इसे छूते ही नहीं, ऊपर-ऊपर से भी बात नहीं करते। यह ऐसा है, मानो हम इसके अस्तित्व को, इसकी संभावना को नकार रहे हैं। बेशक तुम मुझसे फिर भी कहोगी" उसने बात को आगे बढ़ाना जारी रखा, "कि इस तरह के सारे संबंध चूँकि हमारे लिए बेहद सरल हैं, इसलिए हमारे पास उनके विषय में ज्यादा कुछ कहने को नहीं होता।"

इस इल्जाम का जवाब उसने तुरंत विस्मय के साथ दिया, "मैं माफी चाहूँगी! मुझे नहीं लगता कि मुझे व तुम्हें इस तरह की कोई बात करनी चाहिए। मुझे नहीं पता कि मैं तुम्हारी अवधारणा से कितना सहमत हूँ!" "इस तरह के संबंधों के बारे में?" उसने सहमति के साथ आश्चर्यचकित होते हुए पूछा, "तुम्हें लगता है कि हम उसे विशाल बनाते हैं या सूक्ष्म?"

इस इल्जाम का जवाब उसने तुरंत विस्मय के साथ दिया, "मैं माफी चाहूँगी! मुझे नहीं लगता कि मुझे व तुम्हें इस तरह की कोई बात करनी चाहिए। मुझे नहीं पता कि मैं तुम्हारी अवधारणा से कितना सहमत हूँ!"

"इस तरह के संबंधों के बारे में?" उसने सहमति के साथ आश्चर्यचकित होते हुए पूछा, "तुम्हें लगता है कि हम उसे विशाल बनाते हैं या सूक्ष्म?"

मिसेज ब्लेसिंगबर्न पीछे की तरफ पीठ टिकाकर बैठ गईं और आग के पास खड़ी मिसेज डायोट की ओर देखने की बजाय छत की तरफ देखने लगीं। "मुझे नहीं पता कि मैं क्या सोचती हूँ।"

"ऐसा नहीं है कि वह नहीं जानती," मिसेज डायोट ने कहा, "बात बस इतनी है कि वह कहती नहीं है।"

लेकिन व्योट अब अपनी मेजबान की तरफ नहीं देख रहा था। पल भर के लिए उसने मॉड को देखा।

"तुम जानती ही हो कि यह तम्हारी सोच से अलग है। तुमने खुद ही कुछ लिखा है, और लिखकर प्रकाशित नहीं कराया क्या? मुझे लगता है कि मैं तुम्हारे मन को पढ़ सकती हूँ।"

अपनी जगह से हिले बिना उसने कहा, "मैं जब प्रकाशित कराऊँगी तो सबसे पहले तुम्हें बताऊँगी," वह बोलती गई, "मेरे पास एक प्यारा विषय है, लेकिन इसे समझना होगा!"

"ठीक है तो हमें बताओ कि कम-से-कम वह क्या है।"

इतना कहकर उसने फिर से व्योट से आँखें मिलाईं। "अरे, इसे कहना, अर्थात् इसका भेद खोलना होगा और मैं यह नहीं कर सकती। इस वक्त मैं बस इतना कहना चाहूँगी," उसने कहा, "कि मेरी समझ से फ्रांसीसी लोग हमें बार-बार, हमेशा-हमेशा के लिए वही जोड़ी देते हैं। वहाँ वे एक बार फिर से हैं, क्योंकि उनमें से एक को उस पीली चीज से संतुष्ट करना था और वहाँ मैं उन्हें एक बार फिर से अच्छे मूड में देखती हूँ।"

इतना कहकर उसने फिर से व्योट से आँखें मिलाईं। "अरे, इसे कहना, अर्थात् इसका भेद खोलना होगा और मैं यह नहीं कर सकती। इस वक्त मैं बस इतना कहना चाहूँगी," उसने कहा, "कि मेरी समझ से फ्रांसीसी लोग हमें बार-बार, हमेशा-हमेशा के लिए वही जोड़ी देते हैं। वहाँ वे एक बार फिर से हैं, क्योंकि उनमें से एक को उस पीली चीज से संतुष्ट करना था और वहाँ मैं उन्हें एक बार फिर से अच्छे मूड में देखती हूँ।"

"तो फिर तुम उनके बारे में क्यों पढ़ती रहती हो?" मिसेज डायोट ने पूछा। मॉड ने कह दिया, "मैं नहीं पढ़ती!" और उसने आह भरी। "हर बार मुझे ऐसा नहीं करना चाहिए। मैं इसे छोड़ती हूँ।"

"मुझे लगता है कि तुम किसी चीज की खोज कर रही हो," कर्नल व्योट ने कहा, "जो तुम्हें नहीं मिलनेवाला। उसका अस्तित्व ही नहीं है।"

"मुझे लगता है, तुम कुछ ढूँढ़ रही हो, शायद!" कर्नल ने कहा।

"क्या है वह?" मिसेज डायोट जानना चाहती थीं।

"मैं कुछ नहीं ढूँढ़ती," मॉड ने कहा, "बस एक दिलचस्पी होती है।"

"स्वाभाविक है, लेकिन तुम्हारी दिलचस्पी," व्योट ने जवाब दिया, "किसी ऐसी चीज में है, जो जीवन से भिन्न है।"

"अरे नहीं, रत्ती भर भी नहीं। मैं जीवन में कला से प्रेम करती हूँ, वैसे कहीं और मुझे इससे नफरत है। लोग जीवन की दरिद्रता को दिखाते हैं और दोनों लिंगों को बाँधनेवाली विचित्र चीजों को, जिन्हें वे दरशाते हैं।"

"अच्छा, अब हम समझे!" उसकी मध्यस्थ हँसने लगी। "मेरे लिए चाहे कुछ भी हो जाए कला के करीब वही हो सकता है, जिसकी सच्चाई में भी सच्चाई हो। यह वही ले सकता है, जो जीवन इसे देता है, भले ही यह दुःख की बात हो सकती है कि इसका स्तर अच्छा नहीं होता। उनकी नीरसता को लेकर आपकी शिकायत उनकी परिस्थितियों को लेकर शिकायत होती है। जब आप कहते हैं कि हम हमेशा एक ही दंपती को देखते हैं तो आपका क्या मतलब होता है कि हम हमेशा एक ही तरह का जोश महसूस करते हैं? बिल्कुल करते हैं!"

मेरे लिए चाहे कुछ भी हो जाए कला के करीब वही हो सकता है, जिसकी सच्चाई में भी सच्चाई हो। यह वही ले सकता है, जो जीवन इसे देता है, भले ही यह दुःख की बात हो सकती है कि इसका स्तर अच्छा नहीं होता। उनकी नीरसता को लेकर आपकी शिकायत उनकी परिस्थितियों को लेकर शिकायत होती है।

व्योट ने कहा, "अगर तुम जिसे ढूँढ़ रही हो, वह कुछ और है, तो तुम्हें वह कहीं नहीं मिलेगा।"

कुछ देर तक मॉड ने कुछ भी नहीं कहा और मिसेज डायोट इंतजार में थीं। "वैसे मुझे लगता है कि मैं कुछ और नहीं, एक सभ्य महिला की तलाश करती हूँ।"

"ओह! तब तो आपको उस जोश की तसवीरों में नहीं देखना चाहिए। वह न तो उसका स्वभाव है, न ही उसका ठिकाना।"

मिसेज ब्लेसिंगबर्न ने आपत्ति का अंदाजा लिया। "क्या यह इस पर निर्भर

नहीं करता कि जोश से आपका क्या मतलब है?"

"मुझे लगता है, मेरा मतलब केवल एक ही है—स्वभाव का शत्रु।"

"ओह! मैं तो ऐसे जोश की कल्पना करती हूँ, जो उसके दोस्त होते हैं।"

उसके साथ मेहमान ने सोचा, 'क्या यह इस पर निर्भर नहीं करता कि स्वभाव से आपका क्या मतलब है?'

"नहीं यार! स्वभाव तो बस स्वभाव है। यह दुनिया की सबसे निश्चित चीज होती है।"

"तो फिर तुमने अभी-अभी जिस दिलचस्पी की बात की, उससे तुम्हारा क्या मतलब है, उस निश्चित चीज की तसवीर?"

"हाँ, वही समझ लो। महिलाएँ हमेशा दुष्ट नहीं होतीं और जब होती हैं, तब भी..."

"क्या होती हैं?" व्योट ने जानना चाहा।

"जब वे नाखुश होती हैं। वे नाखुश और अच्छी हो सकती हैं।"

"इस बात से कोई जरा भी इनकार नहीं कर सकता, पर क्या वे 'अच्छी' और दिलचस्प हो सकती हैं?"

"क्या होती हैं?" व्योट ने जानना चाहा।
"जब वे नाखुश होती हैं। वे नाखुश और अच्छी हो सकती हैं।"
"इस बात से कोई जरा भी इनकार नहीं कर सकता, पर क्या वे 'अच्छी' और दिलचस्प हो सकती हैं?"
"यह जरूर मॉड का विषय होगा!" मिसेज डायोट ने टोका। "यह दिखाने के लिए एक महिला क्या है?" उसने आगे कहा, "मुझे लगता है, डियर, आप केवल अपने आप को नहीं दिखा सकते।"

"यह जरूर मॉड का विषय होगा!" मिसेज डायोट ने टोका। "यह दिखाने के लिए एक महिला क्या है?" उसने आगे कहा, "मुझे लगता है, डियर, आप केवल अपने आप को नहीं दिखा सकते।"

"फिर आप सबसे संभव और सुंदर नमूने को दिखाएँगे," और व्योट ने मॉड से बात करते हुए कहा, "लेकिन क्या यह तुम्हारे मत के खिलाफ नहीं है कि जीवन कला से अधिक दिलचस्प है? जीवन को आप गले लगाते हैं एवं बेहतर

बनाते हैं, लेकिन कला में आपके बिना कुछ हो नहीं सकता और इस तरह की असंभव शर्तें आपको तबाह कर देंगी।"

उसकी हलकी चेतना के रंग ने उसकी गहरी नजर को सुंदर बना दिया। "मुझे तबाह कर देंगी?"

"उसका मतलब है," मिसेज डायोट ने बताया, "कि तुम्हारी कला को तबाह कर देंगी।"

"इसके बिना कि दूसरी तरफ," व्योट ने सहमत होते हुए कहा, "यह तुम्हारी एक स्पष्ट छवि भी तो दिखा रहा है।"

"वह चाहती है कि सस्ते में रोमांस मिले!" मिसेज डायोट ने कहा।

"अरे नहीं, मैं इसके पैसे चुका सकती हूँ। मुझे समझ नहीं आता कि रोमांस, चूँकि तुमने इसे यही नाम दिया है, कहीं से भी महिलाओं के लिए बुरा हो सकता है, जैसा कि फ्रेंच इसे बार-बार बताते हैं।"

"इसके बिना कि दूसरी तरफ," व्योट ने सहमत होते हुए कहा, "यह तुम्हारी एक स्पष्ट छवि भी तो दिखा रहा है।"
"वह चाहती है कि सस्ते में रोमांस मिले!" मिसेज डायोट ने कहा।
"अरे नहीं, मैं इसके पैसे चुका सकती हूँ। मुझे समझ नहीं आता कि रोमांस, चूँकि तुमने इसे यही नाम दिया है, कहीं से भी महिलाओं के लिए बुरा हो सकता है, जैसा कि फ्रेंच इसे बार-बार बताते हैं।"

"अरे! वे इसकी कीमत चुकाते हैं!" मिसेज डायोट ने कहा।

"सच में?"

"तो कम-से-कम," मिसेज डायोट ने खुद को थोड़ा ठीक करते हुए कहा, "जहाँ तक मैं समझती हूँ (क्योंकि मैं तुम्हारी किताबें नहीं पढ़ती, तुम तो जानती हो!) कि उन्हें करते दिखाया जाता है।"

मॉड हैरान थी, लेकिन व्योट की तरफ देखते हुए कहा, "बेशक, उन्हें अकसर अपनी बुराई की कीमत चुकाते दिखाया जाता है, लेकिन क्या उन्हें उनके रोमांस के लिए पैसे चुकाते दिखाया जाता है?"

"मेरी प्यारी महिला," व्योट ने कहा, "उनका रोमांस उनकी बुराई है।

उसके सिवाय कोई बुराई नहीं है। अगर तुम मानो तो यह कठोर नियम है और एक विचित्र बात भी, लेकिन अच्छाई को उस आराम के बिना ही जीना पड़ता है। क्या अच्छा होना भी कुल मिलाकर उसके बिना जीने जैसा ही बिल्कुल नहीं है?" उसने उसके सामने इस बात को विनम्रता व स्पष्टता के साथ और अफसोस के साथ रख दिया, मानो वह इस बात से दु:खी हो कि सच इतना उदास होता है। उसकी आँखें कह रही थीं कि वे दोनों अगर चाहें तो इसे बेहतर बना सकते हैं। "आपने पहले भी इसे सुना होगा, मैंने तो सुना ही है। हमने तुम्हारे सवाल को भी सुना, लेकिन अकसर ही जब दिमाग में किसी अपरिहार्य उत्तर के कारण उथल-पुथल नहीं मची होती। 'महाशय, आप हमें अच्छाई का अभिनय क्यों नहीं देते?' 'क्योंकि महोदया, अच्छाई की बड़ी बात यह है कि इसमें अभिनय नहीं होता।' ईमानदार महिला के साहसिक कार्य? ईमानदार महिला ने न साहसिक कार्य किया है, न कर सकती है।"

आपने पहले भी इसे सुना होगा, मैंने तो सुना ही है। हमने तुम्हारे सवाल को भी सुना, लेकिन अकसर ही जब दिमाग में किसी अपरिहार्य उत्तर के कारण उथल-पुथल नहीं मची होती। 'महाशय, आप हमें अच्छाई का अभिनय क्यों नहीं देते?' 'क्योंकि महोदया, अच्छाई की बड़ी बात यह है कि इसमें अभिनय नहीं होता।' ईमानदार महिला के साहसिक कार्य? ईमानदार महिला ने न साहसिक कार्य किया है, न कर सकती है।

मिसेज ब्लेसिंगबर्न ने पहले उससे केवल आँख मिलाई थोड़ी गहराई के साथ मुसकराते हुए। "क्या यह थोड़ा-बहुत इस पर निर्भर नहीं करता कि तुम साहस किसे कहते हो?"

"मेरी भोली मॉड," मिसेज डायोट ने ऐसी करुणा के साथ कहा, मानो कुतर्क कितना आसान है, "साहसी केवल साहसी होते हैं। उनके बारे में तुम उतना ही जान सकती हो!" लेकिन उसकी दोस्त ने दोनों के साथी के बारे में ऐसे बात की, मानो कुछ सुना ही न हो। "क्या यह काफी हद तक इस बात पर निर्भर नहीं करता कि आप ड्रामा किसे कहते हैं?" मॉड इस तरह बात कर रही थी, मानो

उसने पहले ही इस पर विचार कर लिया हो। "क्या यह इस पर निर्भर नहीं करता कि आप रोमांस किसे कहते हैं?"

उसे सुननेवाले ने इन तर्कों को बड़े ध्यान से सुना। "बेशक तुम चाहो तो चीजों को जो भी कह लो, उन्हें एक ही बात मानो, जबकि मतलब बिल्कुल कुछ और हो, लेकिन इसे किसी भी चीज पर निर्भर क्यों होना चाहिए? हम इन शब्दों का जो इस्तेमाल करते हैं—साहस, नॉवल, ड्रामा, रोमांस, हालात, अगर संक्षेप में कहें तो हम पूरे तौर पर कह सकते हैं कि इन सबके पीछे वही तीखा सच छिपा है, जिसे वे सभी अलग-अलग तरीकों से बताते हैं।"

"बिल्कुल सही!" मिसेज डायोट ने पूरी सहमति जता दी।

हालाँकि मॉड पूरी उलझन में थी। "कौन सी बड़ी सच्चाई?"

"सच किसी संबंध का। साहस एक संबंध है और संबंध एक साहस। रोमांस, नॉवल, ड्रामा एक ही की तसवीर है। उपन्यासकार जिस विषय को चुनता है, वह है—उदय, निर्माण, चरमोत्कर्ष और सबसे ज्यादा किसी का पतन तथा शहर के उस पार रहनेवाली ईमानदार महिला क्या कर रही है?"

"बिल्कुल सही!" मिसेज डायोट ने पूरी सहमति जता दी।

हालाँकि मॉड पूरी उलझन में थी। "कौन सी बड़ी सच्चाई?"

"सच किसी संबंध का। साहस एक संबंध है और संबंध एक साहस। रोमांस, नॉवल, ड्रामा एक ही की तसवीर है। उपन्यासकार जिस विषय को चुनता है, वह है—उदय, निर्माण, चरमोत्कर्ष और सबसे ज्यादा किसी का पतन तथा शहर के उस पार रहनेवाली ईमानदार महिला क्या कर रही है?"

मिसेज डायोट अब ज्यादा सीधी बात कर रही थीं। "वह किसी भी संबंध को स्वरूप नहीं देती।" लेकिन मॉड ऊब चुकी थी। "क्या यह फिर इसी पर निर्भर नहीं करता कि आपका संबंध से क्या मतलब है?"

"ओह!" मिसेज डायोट ने कहा, "अगर कोई सज्जन महिला की जेब से रूमाल निकाल ले।"

"अरे, तो वह भी संबंध है," उसकी सहेली हँसने लगी, "अगर वह उसे उसकी तरफ फेंक देती है। हम उसे ही कह सकते हैं, जो वास्तव में है।"

"निश्चित रूप से," मॉड ने जवाब दिया, "बशर्ते इसमें छल न हो।"

"क्या यह इस पर काफी हद तक निर्भर नहीं करता," मिसेज डायोट ने पूछा, "कि तुम निश्छल किसे कहती हो?"

"तुम्हारा मतलब है कि भोले-भाले लोगों का साहस अकसर उपन्यासों की सामग्री होता है?"

"हाँ," व्योट ने कहा, "ऊबे हुए पाठक इसी बात की शिकायत करते हैं। उसने रोटी माँगी और उसे पत्थर दे दिया गया। यह इसके सिवाय और क्या है, जिसे लोग कहानी की स्पष्टता या दिलचस्पी कहते हैं, अगर कोई बात अधूरी रह जाए तो विषय समाप्त नहीं हो जाता, अगर कोई संबंध रुक जाता है तो कहानी कहाँ रह जाएगी, अगर यह रुकती नहीं तो भोलापन कहाँ है? मुझे लगता है कि तुम्हें फैसला कर लेना चाहिए। अच्छा होता कि बात कुछ और होती, लेकिन इसकी वजह से ही हम चूक करते हैं। कला हमारी गलतियों को दिखाती है।"

ऊबे हुए पाठक इसी बात की शिकायत करते हैं। उसने रोटी माँगी और उसे पत्थर दे दिया गया। यह इसके सिवाय और क्या है, जिसे लोग कहानी की स्पष्टता या दिलचस्पी कहते हैं, अगर कोई बात अधूरी रह जाए तो विषय समाप्त नहीं हो जाता, अगर कोई संबंध रुक जाता है तो कहानी कहाँ रह जाएगी, अगर यह रुकती नहीं तो भोलापन कहाँ है? मुझे लगता है कि तुम्हें फैसला कर लेना चाहिए।

मिसेज ब्लेसिंगबर्न और थोड़ा-बहुत जो सम्मान बाकी था, उसकी मदद से अपना ध्यान इस परिभाषा पर टिका दिया। "लेकिन कभी-कभी हम गलती कर बैठते हैं।"

तुरंत ही कर्नल व्योट के भीतर से उपहास भरी दोस्ती छलक पड़ी। "मुझे उम्मीद थी कि तुम यही कहोगी! पता चल जाता है कि आगे क्या होनेवाला है।"

"उसने समझ लिया है, अब तुम देखो," मिसेज डायोट ने मॉड को समझाया,

"अकसर ही उसने जाना है और हमेशा इसका इंतजार किया एवं पाया है।"

"प्यारी महिला, उसने पाया है, सच में! मिसेज ब्लेसिंगबर्न, यह कहानी पुरानी हो चुकी है। संबंध का दोष नहीं कि हीरोइन उससे बाहर निकल जाती है। वह किताब इतनी भोली है कि उसमें हीरोइन अलग हो जाती है, लेकिन भगवान् के लिए यह बताओ कि वह अंदर कर क्या रही थी?"

मिसेज डायोट ने तुरंत उस सवाल को प्रतिध्वनित किया। "तुम जानती हो कि बाहर आने के लिए अंदर होना जरूरी है। इस तरह तुम पहले ही अपने संबंध के साथ हो। यह तुम्हारी अच्छाई का अंत है।"

"और शुरुआत है," व्योट ने कहा, "तुम्हारे खेल की!"

"क्या वे सभी कुल मिलाकर सबसे बुरे नहीं हैं," मिसेजा डायोट ने कहा, "जिसमें कभी-न-कभी बाहर आना ही होता है? लेकिन इस दौरान वे अंदर थे, चाहे कितने ही कम समय के लिए, किसी कहानी को साकार करने के लिए लंबे समय तक इसमें शामिल रहे?"

"और शुरुआत है," व्योट ने कहा, "तुम्हारे खेल की!" "क्या वे सभी कुल मिलाकर सबसे बुरे नहीं हैं," मिसेजा डायोट ने कहा, "जिसमें कभी-न-कभी बाहर आना ही होता है? लेकिन इस दौरान वे अंदर थे, चाहे कितने ही कम समय के लिए, किसी कहानी को साकार करने के लिए लंबे समय तक इसमें शामिल रहे?"

"वे इतने लंबे समय तक संबंध में रहे कि नैतिकता की बात नहीं कर सकते। यही हम पर भी लागू होता है!" यह सुनते ही मानो अचानक ही बेहतर माहौल ने असर दिखाया कि कर्नल व्योट उठ गए। विशाल लाल सूर्यास्त पर तूफान की एक चादर पड़ गई थी।

मिसेज डायोट भी खड़ी हो गई थीं और वे उसकी खूबसूरत प्रतिपक्षी के सामने खड़े थे, जिसकी आँखें नीची थीं तथा मुसकान कुछ हद तक नकली, उस पर कोई असर नहीं पड़ा था।

"हमने इसके विषय को बिगाड़ दिया!" बड़ी महिला ने आह भरते हुए कहा।

"खैर," व्योट ने कहा, "किसी कलाकार की प्रतिष्ठा पर बट्टा लगाने से अच्छा है, उसके विषय को बिगाड़ा जाए। मेरा मतलब है," उसने अपने ही तरीके से मॉड को समझाया, "वह दिखाता है कि उसे क्या मालूम है, क्योंकि उस आखिरी सहारे में ही उसकी खुशी है।"

यह सुनकर आहिस्ते से खड़ी हुई और अपने भीतर उसके जितनी ही सौम्यता लाते हुए उसकी तरफ देखा।

"तुम मेरी खुशी को नहीं बिगाड़ सकते।"

उसने उसका हाथ पकड़ा और तुरंत जाने की इजाजत माँगी। "काश, मैं कुछ और कह पाता!"

(3)

वह जब चला गया और मिसेज डायोट ने बेधड़क होकर अपनी सहेली से पूछा कि क्या वह उसे रूखा या अशिष्ट लगा, तो मॉड ने जवाब दिया, तुरंत तो नहीं, लेकिन हाँ, वह इस बात को छिपाना चाहती थी कि वह उसे कितना आकर्षक लगा, लेकिन मिसेज डायोट ने इस बात को समझा और एक निष्कर्ष पर पहुँची। "तुम जरूरत से ज्यादा दिखा कैसे सकती हो?"

"क्योंकि मुझे हमेशा लगता है कि किसी भी चीज को दिखाने का मेरा वही एक तरीका है। यह अजीब है, अगर तुम चाहो," मिसेज ब्लेसिंगबर्न ने कहा, "लेकिन मुझे कभी पता नहीं चलता कि इस तरह की बातचीत में न जाने मैं कैसी विचित्र छवि बना लूँ!"

उसकी सहेली खुश दिख रही थी। "क्या यह बहुत गहरा था?"

"मैं थी।" मॉड ने खुलकर कबूल किया।

"तो फिर यह दु:ख की बात है कि तुम इतनी गलत थी। तुम जानती हो, कर्नल व्योट सही हैं।"

इस पर मिसेज ब्लेसिंगबर्न ने प्यार के साथ उससे कोमल व हलके अंदाज में हाथ मिलाया, जैसा कि वह अकसर करती थी तथा जिसके साथ एक खुशी झलक जाती थी, भले ही कुछ हठ के साथ एक मुसकान थी, एक विशेष सौम्यता थी। इस सौम्यता के साथ पल भर के लिए उसकी सहेली ने उसे नीचे से ऊपर

तक देखा और प्रभावित लगी, लेकिन इतना भी नहीं कि अगले ही पल निर्णय कर ले। "अरे मेरी प्यारी, मैं इतने प्यारे व्यक्ति से अलग बात नहीं कर सकती, क्योंकि आज तुम बला की सुंदर लग रही हो। तुम्हारी फ्रॉक भी इतनी अच्छी है कि शायद ही तुम्हें पहले कभी ऐसी फ्रॉक पहने मैंने देखा हो, लेकिन वह उतना ही सही है, जितना हो सकता है।"

मॉड ने अपनी बात को दोहराया। "इतना भी सही नहीं कि हर मामले में जैसा कि वह सोचता है कि वह है या शायद मैं कह सकती हूँ," उसने पल भर की चुप्पी के बाद कहा, "कि मैं इतनी गलत नहीं। मैं जो कह रही हूँ, उसके बारे में जानती हूँ कि उसका मतलब क्या है।"

मिसेज डायोट अब भी उसे गहराई से देख रही थीं। "तुम उलझन में हो। सामान्य रूप से तुम्हें यह पसंद नहीं, इस तरह का विनाश।"

मॉड ने अपनी बात को दोहराया। "इतना भी सही नहीं कि हर मामले में जैसा कि वह सोचता है कि वह है या शायद मैं कह सकती हूँ," उसने पल भर की चुप्पी के बाद कहा, "कि मैं इतनी गलत नहीं। मैं जो कह रही हूँ, उसके बारे में जानती हूँ कि उसका मतलब क्या है।"

मिसेज डायोट अब भी उसे गहराई से देख रही थीं। "तुम उलझन में हो। सामान्य रूप से तुम्हें यह पसंद नहीं, इस तरह का विनाश।"

"विनाश?"

"तुम्हारे भ्रम का।"

"मुझे कोई भ्रम नहीं और अगर होता भी तो उसका नाश नहीं होता। कुल मिलाकर मुझमें थोड़ी-बहुत शालीनता है।"

मिसेज डायोट घूर रही थी। "चलो, इसे बहस ही मान लें, तो फिर… ?"

"वैसे, मेरे भीतर थोड़ा ड्रामा भी है।"

"एक आकर्षण?"

"आकर्षण।"

"जो तुममें नहीं होना चाहिए?"

"जो मुझमें नहीं होना चाहिए।"

"एक उत्तेजना?"

"उत्तेजना।"

"दोनों की?"

"नहीं, भगवान् के लिए, नहीं!"

मिसेज डायोट अब भी घूर रही थीं। "उसे पता नहीं?"

"बिल्कुल नहीं।"

मिसेज डायोट ने और टटोला। "तुम्हें यकीन है?"

"यकीन है।"

"इसे ही तुम अपनी शालीनता कहती है?" मिसेज डायोट ने पूछा, "लेकिन क्या यह उसकी नहीं है?"
"नहीं यार! बस उसकी किस्मत अच्छी है।"
मिसेज डायोट हँसने लगीं। "लेकिन मेरी सहेली, तुम्हारी अच्छी किस्मत है कि वह कहाँ से आ जाती है?"
"क्यों, मेरे लिए यही तो रोमांस है।"
"रोमांस किसका, उसके नहीं जानने का?"

"इसे ही तुम अपनी शालीनता कहती है?" मिसेज डायोट ने पूछा, "लेकिन क्या यह उसकी नहीं है?"

"नहीं यार! बस उसकी किस्मत अच्छी है।"

मिसेज डायोट हँसने लगीं। "लेकिन मेरी सहेली, तुम्हारी अच्छी किस्मत है कि वह कहाँ से आ जाती है?"

"क्यों, मेरे लिए यही तो रोमांस है।"

"रोमांस किसका, उसके नहीं जानने का?"

"मेरा कि उसे पता न चले। अगर मैंने ऐसा किया", मॉड ने इस भावुकता के साथ रखा, "तो मेरी ईमानदारी कहाँ रह जाएगी?"

यह पूछताछ पल भर के लिए ही सही, लेकिन उसकी सहेली के लिए भारी अचरज का विषय बन गई, जो किसी मनोरंजन के जैसी लग रही थी। "क्या आप अपनी इच्छा के अनुसार चाहना या न चाहना तय कर सकते हैं? अगर तुम न चाहो तो फिर इस दुनिया में तुम्हारा रोमांस है कहाँ?"

मिसेज ब्लेसिंगबर्न के चेहरे पर अब भी मुसकान थी और इसके साथ मेल

खाते कोमल हाव-भाव से उसने उसके हृदय के हिस्से को छू लिया। "वहाँ!" उसकी सहेली प्रशंसा की नजर से उसे देखती रही। "बेशक, इसके लिए एक प्यारी सी जगह, लेकिन वह स्थान नहीं, जहाँ मैं किसी भावना को संबंध में बदल सकूँ।"

"क्यों नहीं, मेरे लिए एक संबंध के लिए और क्या चाहिए?"

"अरे, अगर मैं कहूँ तो कई तरह की चीजें! और उनसे भी कहीं अधिक उस व्यक्ति के लिए, जिसका तुम जिक्र कर रही हो।"

"अरे, अगर मैं बिना छिपाए कहूँ तो ऐसा होना चाहिए या हो सकता है। मैं केवल अपनी बात कर रही हूँ।"

यह इस प्रकार से कहा गया था कि उसने मिसेज डायोट के चेहरे पर कई तरह के भाव उत्पन्न किए और वे अचानक मुड़ गईं। उन्होंने इधर-उधर कुछ गतिविधि की, मानो कुछ ढूँढ़ रही हों, फिर खुद को अपनी सहेली के करीब पाया, जिस पर उसी आकस्मिकता के साथ, सच कहें तो विचित्र तेजी से उन्होंने एक चुंबन ले लिया, जो उत्कृष्ट स्थिरता के प्रति उनकी श्रद्धांजलि थी या इस चर्चा को समाप्त करने का एक उपयुक्त मोड़।

यह इस प्रकार से कहा गया था कि उसने मिसेज डायोट के चेहरे पर कई तरह के भाव उत्पन्न किए और वे अचानक मुड़ गईं। उन्होंने इधर-उधर कुछ गतिविधि की, मानो कुछ ढूँढ़ रही हों, फिर खुद को अपनी सहेली के करीब पाया, जिस पर उसी आकस्मिकता के साथ, सच कहें तो विचित्र तेजी से उन्होंने एक चुंबन ले लिया, जो उत्कृष्ट स्थिरता के प्रति उनकी श्रद्धांजलि थी या इस चर्चा को समाप्त करने का एक उपयुक्त मोड़।

"कोई होना चाहिए, जो तुम्हारी बात रखे!"

उसकी सहेली खुश और सुरक्षित महसूस कर रही थी। "बिना जाने तुम कैसे कर सकोगी?"

"अरे, अनुमान से ऐसा नहीं कि…?"

मिसेज डायोट आगे कुछ न कर सकीं। "ऐसा कुछ नहीं," मॉड ने कहा, "जो तुमने कभी देखा है।"

"अच्छा तो मैं छोड़ देती हूँ!"

और फिर मॉड जितने भी दिन रही, मिसेज डायोट का व्यवहार अपने इसी वचन के अनुसार रहा। यह बात शनिवार की रात कही गई थी और मिसेज ब्लेसिंगबर्न अगले बुधवार तक रहीं और इस अंतराल के दौरान, जब रविवार को सुहाने मौसम का आना तय हो गया, तब दोनों महिलाओं ने तमाम तरह की घटनाओं को देखा। सफर पर निकले, फोन किए, दूर से दिलचस्प चीजों को देखा, जिसमें बातचीत की सहजता थी और उससे भी ज्यादा मौन रहने की। कर्नल व्योट के रविवार को फिर से आने की बात थी, लेकिन पूरा समय उनके नामोनिशान के बिना कट गया और मिसेज डायोट ने इतना भर कहा कि शायद उन्हें अचानक शहर बुला लिया गया होगा, जो उनके कर्तव्य का हिस्सा है। असल में यही हुआ भी था, जिसके बारे में उन्होंने गुरुवार की दोपहर बताया था, जब देर शाम टहलते हुए वे आए तो उसे अकेली ही पाया था। रविवार को उन्होंने जो चिट्ठियाँ दी थीं, उनके परिणामस्वरूप ही उस दिन दोपहर के सवा चार बजे वह सबकुछ हुआ। व्योट गुरुवार को लौटे थे और अब अपने उस अधूरे काम को पूरा करने के लिए, जिसकी शुरुआत उन्होंने की थी, कुछ घंटों के लिए इस उम्मीद के साथ अचानक आए, जैसे सप्ताह के अंत में सारी बातों को सुलझा लें। देर शाम की ट्रेन से उन्हें लौटना था और उनके पास कहने को ज्यादा कुछ नहीं था। यह ऐसी सच्चाई थी, जिसे उनकी मेजबान समझती थी और उनके वर्तमान खुशी के पल को बनाए रखने का उसे काफी अभ्यास था। चूँकि कहने को ज्यादा कुछ नहीं था, इसलिए उन्होंने उससे एक या दो बातें अप्रत्यक्ष रूप से पूछीं, जिनका असर मौजूदा स्थिति पर पड़ सकता था। पहली बात उस सवाल की याद दिलाना था, जिसका जवाब पिछले शनिवार को मिसेज

और फिर मॉड जितने भी दिन रही, मिसेज डायोट का व्यवहार अपने इसी वचन के अनुसार रहा। यह बात शनिवार की रात कही गई थी और मिसेज ब्लेसिंगबर्न अगले बुधवार तक रहीं और इस अंतराल के दौरान, जब रविवार को सुहाने मौसम का आना तय हो गया, तब दोनों महिलाओं ने तमाम तरह की घटनाओं को देखा।

ब्लेसिंगबर्न के आ जाने से अधूरा रह गया था। क्या उस स्त्री को दोनों के बीच चल रही बात की थोड़ी सी भी भनक थी?

"नहीं, मुझे पक्का यकीन है। उसे सिर्फ एक बात पता चली," मिसेज डायोट ने कहा, "लेकिन यह एकदम अलग है और इतनी भी बड़ी बात नहीं है।"

"तो फिर क्या है?"

"यह कि उसे प्रेम हो गया है।"

व्योट ने दिलचस्पी दिखाई। "तुम्हारा मतलब है, उसने तुम्हें बता दिया?"

"मैंने उससे उगलवा लिया।"

वे अपनी हैरानी छिपा न सके। "बेचारी! और किससे?"

"तुमसे।"

अगर फर्क किया जाए तो उसकी हैरानी उसकी खुशी से कम थी। "तुमने उससे यह भी उगलवा लिया?"

"नहीं, यह बात छिपी है और यह अच्छी बात है। अगर तुमने जान लिया तो यह समाप्त हो जाएगा।"

व्योट ने दिलचस्पी दिखाई। "तुम्हारा मतलब है, उसने तुम्हें बता दिया?" "मैंने उससे उगलवा लिया।" वे अपनी हैरानी छिपा न सके। "बेचारी! और किससे?" "तुमसे।" अगर फर्क किया जाए तो उसकी हैरानी उसकी खुशी से कम थी। "तुमने उससे यह भी उगलवा लिया?" "नहीं, यह बात छिपी है और यह अच्छी बात है। अगर तुमने जान लिया तो यह समाप्त हो जाएगा।"

वह समंदर को ज्यादा ही खुश होकर देख रहा था। "इसलिए तुम मुझे यह बता रही हो?"

"मेरा मतलब है कि उसे पता नहीं चलना चाहिए कि तुम जानते हो। इसलिए तुम्हारे ही हित में है कि उसे पता न चले।"

"मैं समझ गया," व्योट ने पल भर बाद कहा। "तुम्हारा सही आकलन कहता है कि मेरी दिलचस्पी मेरे अभिमान की भेंट चढ़ जाएगी, इसलिए तुम्हारा सोचना बस इतना है कि उसकी सोच जैसी बीमार है, उसे देखते हुए कहा जाए तो उसने अगर मुझे खुश देख लिया तो जो शमा जली है, वह बुझ जाएगी, लेकिन मैं तुमसे वादा करता हूँ," उसने कहा, "कि वह इसे नहीं देख पाएगी और तुम यही

चाहती हो!" वह उस पर नजरें जमाए रही और कुछ देर बाद स्पष्ट रूप से यह मान लिया कि वह यही चाहती थी। इस मामले को उसने अलग बना दिया था, फिर भी वह अभी संतुष्ट नहीं था। "तुम्हें इस बात का इतना यकीन कैसे है कि मैं ही वह पुरुष हूँ?"

"जिस प्रकार वह तुम्हें नकारती है।"

"तुमने यह सवाल उससे पूछा था?"

"इसके अलावा," उसकी साथी ने कहा, "मुझे उस प्रमाण की तलाश नहीं थी।" "तो फिर किस बात की थी?" "तुम्हारे आने से पहले की उसकी दशा, इस वजह से ही तो मैंने पूछा था कि तुम उससे कितनी बार मिले हो और उसके बाद की उसकी दशा," मिसेज डायोट ने बात पूरी की। "और उसकी दशा," वह निष्कर्ष पर पहुँची, "जब तुम यहाँ थे।"

"सीधे, अगर तुम नहीं होते तो वह तुम्हारे सामने ही कबूल कर लेती, ताकि मुझे किसी वास्तविक व्यक्ति को लेकर अँधेरे में रख सके।"

बेचारा व्योट फिर से ठहाके लगाने लगा। "तुम दोनों भी न···!"

"इसके अलावा," उसकी साथी ने कहा, "मुझे उस प्रमाण की तलाश नहीं थी।"

"तो फिर किस बात की थी?"

"तुम्हारे आने से पहले की उसकी दशा, इस वजह से ही तो मैंने पूछा था कि तुम उससे कितनी बार मिले हो और उसके बाद की उसकी दशा," मिसेज डायोट ने बात पूरी की। "और उसकी दशा," वह निष्कर्ष पर पहुँची, "जब तुम यहाँ थे।"

"लेकिन मैं जब यहाँ था तो वह खुश थी।"

"खुश थी, मैं भी तो यही कहती हूँ।"

वह इस स्वर में बोली कि बात सही रोशनी में समझी गई, एक ऐसी रोशनी, जिसमें वे कोमलता से, कुछ नाजुक अंदाज में भी मॉड को उस सिद्धांत के आगे अपने सुंदर मुखड़े को झुकाते देखा, जो उसकी समझ से परे था। हालाँकि व्योट के आखिरी शब्द ये थे कि उस सिद्धांत में इतनी ही बात थी, जिसके चलते उनकी

बातचीत के दौरान वह खुलकर सामने नहीं आई और बेतुकी बातें कर रही थी। अगर वे इसे समझें तो इस नतीजे पर पहुँच सकते हैं कि उसकी भावना किसी शर्मीले रोमांस के जैसी ही थी। उनके अपने रोमांस के जैसी नहीं, वैसी नहीं, जो किसी लेखक की किस्मत चमका दे, जिसकी यह मंशा होगी या जिसमें साहस होगा, बल्कि एक छोटा पवित्र संतोष, जिससे उसे कोई नुकसान न पहुँचे तथा किसी और का भला भी न हो। वह इस बात पर कायम थे कि ऐसा कौन धूर्त होगा, जो इसमें किसी कहानी की परछाईं देखेगा?

□

फ्लिकरब्रिज

(1)

फ्रैंक ग्रैंगर किसी की तसवीर बनाने के लिए पेरिस पहुँचे थे। यह काम उन्हें एक युवा कलाकार के नाते दिया गया था, जिसका एक भविष्य है, जिसके शुरुआती काम की किसी दिन अच्छी कीमत मिलेगी। यह काम उन्हें न्यूयॉर्क की एक महिला ने दिया था, जो उसके जाननेवालों की दोस्त थी तथा उस युवती एडी की भी दोस्त थी, जिसके साथ सार्वजनिक रूप से इस बात की पुष्टि और इससे इनकार किया जाता था कि उसकी सगाई हो चुकी है।

पेरिस की दूसरी युवतियों ने, कला की दुनिया में थोड़े झूठ के दिखावे के साथ ऐसा दावा किया था कि इस जोड़े ने न जाने कितनी बार अपने साथ को नया-नया रूप दिया था। हालाँकि यह उनका ही अपना संबंध था। इस संबंध का आखिरी दौर कई बार की मुलाकात में से आखिरी बार की मुलाकात अब धुँधली पड़ गई थी। शायद ऐसा भी लग रहा था कि अगर उनके दोस्त उन्हें नहीं समझ पाते तो वे एक-दूसरे के लिए भी समझ से परे थे और खुद अपने लिए भी। ग्रैंगर को उस तसवीर के बारे में यही समझ आया था कि तसवीर मिसेज ब्रैकेन की थी, जो उनकी अगली मॉडल थी, जो जल्दी ही अमेरिका लौटनेवाली थी, जिसे अचानक उसके पति ने लंदन बुला लिया था, जो वहाँ जरूरी काम में व्यस्त था, लेकिन यह इच्छा भी जताई थी कि उसके यहाँ चले आने से तसवीर के लिए बैठने में कोई खलल न पड़े। उसके अनुरोध पर यह युवक उसके बाद इंगलैंड आया और जो कुछ वह दे सकती थी, उसका लाभ उठाया, जिसमें एक छोटा सा

स्टूडियो था, जिसे लंदन के उस पेंटर ने उसे दिया था, जिसे वह जानता था, कुछ साल पहले वह फ्रांस के चित्रालय में उसकी प्रशंसा की थी, जिसमें उसकी तरह के कितने ही लोग पले-बढ़े हैं और आज भी पल-बढ़ रहे हैं।

ब्रिटिश राजधानी उसके लिए एक विचित्र पुरानी सी दुनिया थी, जहाँ लोग अपने ही तरीके से मद्धिम रोशनी में आते थे, लेकिन वह इस परिवर्तन से खुश था। इस सोच के साथ कि कहीं भी उससे चूक नहीं होगी और इनमें से सबसे बुरी चीज के बाद भी उसके पास एक काम था। उसे वह उतना ही समझे तो अच्छा। मिसेज ब्रैकेन का काम पूरा हो गया और अप्रैल के दौरान अँधेरा जहाँ छँट गया था, वहीं उसे इस बात का संतोष था कि उसे एक-दो नए काम भी मिल गए थे। इससे उसके पास एक महीने का काम और था। हालाँकि उसने जैसा कहा था, इस दौरान उसने बहुत कुछ देखा, इतना कि उन्हें बताने के लिए एडी को चिट्ठियाँ लिखता था। उसने भी अपने गैरहाजिर दोस्त को लिखा, लेकिन बीच-बीच में और थोड़ा-थोड़ा, क्योंकि अपनी इस आदत के बारे में वह उसे बता चुकी थी। उसके पास लिखने को एक नाटक भी था, जो सौभाग्य से कमाई का एक जरिया था। वह बोस्टन के एक प्रमुख अखबार की संवाददाता भी थी। लोगों के बीच उसका उपयुक्त संबंध था, जो सही मायने में उपयुक्त थे, जिसमें उसका दिमाग लगा रहता था और इधर-उधर की बातें कम ही आती थीं, जिसके बीच-बीच में वह उस छोटी कहानी को पढ़ती थी। मुख्य रूप से उसका यही काम था, जिसमें वह दो या तीन साल से व्यस्त थी, जब उसने देखा था कि वह केरोलस के रहस्य में खोया हुआ था। बेशक वह अपने ही गहरे समंदर में थी, जहाँ वह उससे भी कहीं ज्यादा व्याप्त थी और वह मान चुका था कि तरक्की के लिए ही वह एक व्यापक संसार में आगे बढ़ रही है। उसे अब

ब्रिटिश राजधानी उसके लिए एक विचित्र पुरानी सी दुनिया थी, जहाँ लोग अपने ही तरीके से मद्धिम रोशनी में आते थे, लेकिन वह इस परिवर्तन से खुश था। इस सोच के साथ कि कहीं भी उससे चूक नहीं होगी और इनमें से सबसे बुरी चीज के बाद भी उसके पास एक काम था। उसे वह उतना ही समझे तो अच्छा।

तक यह नहीं समझ आया था कि उसे कुछ भी हासिल नहीं हुआ है, लेकिन एडी ने जिस तरह पाया था और अब भी उसे मिल रहा था, उसकी चर्चा सभी कर रहे थे। उसकी तीस लघु कहानियाँ और नौ विस्तृत लेख छप चुके थे। इन उपलब्धियों की तुलना में तीन या चार मोटी अमेरिकी महिलाओं की उसकी तसवीरें, जिनमें से सभी मोटी और सभी अमेरिकी थीं, बेहद मामूली थीं, विशेष रूप से इस कारण, क्योंकि एडी ने यह कहना शुरू कर दिया था कि उनके घर जाने का समय हो गया है। पेरिस की दिखावे की दुनिया में अकसर इस बात की चर्चा होती थी कि जैसी कहावत है, उनके जाने के बाद अमेरिका और भी दिलचस्प हो गया था। एडी इस अफवाह पर नजर रख रही थी और अपने स्वभाव से ही उसमें जितनी देशभक्ति थी, उतनी ही जिज्ञासा, जिससे उसने ग्रैंगर को बेधड़क कह दिया था, जिसमें वह न्यूयॉर्क पर अपने न्यू इंग्लैंड जितना बल दे रही थी, "मुझे नहीं लगता कि हम अपने देश के साथ सही में न्याय कर रहे हैं।" ग्रैंगर को लगा कि अगर वह दिन कभी आया तो वह निश्चित रूप से उससे शादी करेगा। इस देश के अलावा वह कहीं और जन्म नहीं ले सकती थी।

लेकिन इन सबके बीच कुछ ऐसा हुआ कि लंदन में वह इन्फ्लुएंजा की चपेट में आ गया और उसके बाद की तकलीफों से घिर गया। यह बीमारी कुछ दिनों की, लेकिन गंभीर थी। अगर यह ज्यादा दिनों तक रहती तो एडी उससे मिलने जरूर आती। खासतौर पर जब वह और गंभीर हो जाती।

(2)

लेकिन इन सबके बीच कुछ ऐसा हुआ कि लंदन में वह इन्फ्लुएंजा की चपेट में आ गया और उसके बाद की तकलीफों से घिर गया। यह बीमारी कुछ दिनों की, लेकिन गंभीर थी। अगर यह ज्यादा दिनों तक रहती तो एडी उससे मिलने जरूर आती। खासतौर पर जब वह और गंभीर हो जाती। उसका खयाल रखनेवाली मॉडल्स, घुँघराले बालों, हीरे की बालियों, बड़े चेहरे पर छोटी ठुड्डियोंवाली महिलाएँ, उसके दरवाजे पर फूल, सूप और प्यार छोड़ जाती थीं,

जिनकी मदद से वह इससे उबर पाया। लेकिन बीमारी से स्वस्थ होने की रफ्तार बहुत धीमी थी और बीमारी के झटके से कहीं ज्यादा असर उसकी कमजोरी के कारण पड़ा था। वह ठीक हो गया, लेकिन लँगड़ाने लगा। पेंट करने के दौरान वह इतना थक जाता था, मानो तीन महीने तक बीमार था। उसे जब काम पर होना चाहिए था, तब वह केनिंग्सटन गार्डन में टहलता रहता था। वह आराम कुरसियों पर बैठता और असहाय होकर देखता, चिंतन करता रहता था। एडी चाहती थी कि वह पेरिस लौट जाए, लेकिन उसके पास ऐसे मौके थे, जिनके चलते उसे लगता था कि अभी जाने का समय नहीं आया है। वह हफ्ते भर के लिए समंदर किनारे जा सकता था, लेकिन मिसेज ब्रैकेन की तसवीर पूरी करनी थी। मिसेज ब्रैकेन जल्दी ही समंदर पार जानेवाली थीं। उसने सही समय पर उनकी तसवीर बना ली, उस दिन जब उसे एक बड़ा काम मिला; कई दिनों से मिसेज डुन उसकी घेराबंदी किए थीं और उसका इंतजार कर रही थीं तथा वह उनके सामने इस तरह के भाव लिये बैठा था, मानो वह कोई गुलाब थी, जिसे वह बीमारी से पहले जी भरकर सूँघ लेता। इस कारण उस रात वह अपने आप से जब पूछ रहा था कि अपने फेफड़ों में जान भरने के लिए उसे कहाँ जाना चाहिए, तब एडी की चिट्ठी मिली, जिसमें मिसेज ब्रैकेन से उसके बारे में बुरी–बुरी बातें पढ़ने को मिली थीं। इस बात पर उसे हैरानी हुई, साथ ही यह दिलचस्पी भी कि वह अब क्या करे।

वह आराम कुरसियों पर बैठता और असहाय होकर देखता, चिंतन करता रहता था। एडी चाहती थी कि वह पेरिस लौट जाए, लेकिन उसके पास ऐसे मौके थे, जिनके चलते उसे लगता था कि अभी जाने का समय नहीं आया है। वह हफ्ते भर के लिए समंदर किनारे जा सकता था, लेकिन मिसेज ब्रैकेन की तसवीर पूरी करनी थी। मिसेज ब्रैकेन जल्दी ही समंदर पार जानेवाली थीं।

एडी ने एकदम जीवंत भावना के साथ लिखा कि उसे अपनी एक नई रिश्तेदार, पुराने रिश्ते की बहन के बारे में पता चला है, जो एक सुदूर इलाके में रहनेवाली अच्छी महिला है, उसके अंग्रेज परिवार की शाखा की एकमात्र जीवित

व्यक्ति, जो अब भी फ्लिकरब्रिज के पुराने पारिवारिक घर में रहती है और जिसके साथ रहने के लिए वह तुरंत चला जाए, ताकि अपनी आबो-हवा को बदल सके। उसने बताया कि उसके वहाँ रहने को लेकर वह पहले ही बात कर चुकी है। संक्षेप में कहें तो इन सारी बातों का निष्कर्ष यह निकला कि ग्रैंगर ने जब चिट्ठी पढ़ी तो उस समय से ही वह फ्लिकरब्रिज में रहनेवाली मिस वेनहैम के संपर्क में आ गया और चौबीस घंटे से पहले उसने उन्हें चिट्ठी लिख दी तथा अगले दिन वह ट्रेन पर था, जिसमें पाँच घंटे के सफर के बाद वह इस सुशील महिला के दरवाजे पर खड़ा था, जिसने उसे अचानक एवं दयालुता के साथ विश्वास में लिया, जबकि कल तक वह उसके बारे में कुछ जानता भी नहीं था। यह पूरी घटना ही बड़ा विचित्र थी, जिसके बारे में अपने मन के एक कोने में वह लगातार सोचता रहा, लेकिन समय बीतने के साथ ही, वह जितनी हैरानी व असहजता में था, वह और भी बढ़नेवाली थी। देखा जाए तो यह विचित्र था और ऐसा न होना भी अजीब था, क्योंकि उसका पुराना अनुभव यही बता रहा था कि एडी जैसी जटिल सोचवाली स्त्री का किसी के साथ इतनी दूर कोई संबंध हो सकता है, लेकिन उससे भी विचित्र यह था कि इतने दिनों तक उसे इसकी याद नहीं आई।

संक्षेप में कहें तो इन सारी बातों का निष्कर्ष यह निकला कि ग्रैंगर ने जब चिट्ठी पढ़ी तो उस समय से ही वह फ्लिकरब्रिज में रहनेवाली मिस वेनहैम के संपर्क में आ गया और चौबीस घंटे से पहले उसने उन्हें चिट्ठी लिख दी तथा अगले दिन वह ट्रेन पर था, जिसमें पाँच घंटे के सफर के बाद वह इस सुशील महिला के दरवाजे पर खड़ा था, जिसने उसे अचानक एवं दयालुता के साथ विश्वास में लिया, जबकि कल तक वह उसके बारे में कुछ जानता भी नहीं था।

वह कुछ कर नहीं सकता था, फिर भी उसने इसका इस्तेमाल किया, इसके बारे में बात की और शायद लिखा भी। इन बातों के बारे में कि वह जितनी रफ्तार से आगे बढ़ी, उसके मुकाबले उसके पास अवसरों का अभाव था, जिसके चलते वह उससे अलग हो गया। यह सब सुनकर वह हैरान थी। वैसे भी वह इन सबके

बीच आगे बढ़ रही थी। संक्षेप में कहें तो उस कमी की भरपाई कर रही थी, जो उसकी जिंदगी में थी और वह इस बात से निश्चिंत हो सकता था कि वह पेरिस से दूर अब सारी मुश्किलों से बाहर निकल आया था।

यह सीधे बँटवारे की विचित्र कहानी थी, जो एक अच्छे अंग्रेज घर में हुई थी, जो बरसों पहले की बात है। एक काबिल ब्रिटिश, जो मध्यमवर्गीय लोगों के बीच सबसे अच्छा था, सदी के चौथे दशक में जब एक बालक था, तब ड्रेसडेन में रहता था। उसे वहाँ जर्मन भाषा को सीखकर अपने चाचा के लेखागृह में नौकरी के लिए भेजा गया था। वहाँ उसकी मुलाकात एक अमेरिकी लड़की से हुई। वह उसे चाहने लगा, उसे राजी किया और उसे अपना बना लिया। खूबसूरत लड़की उस समय अपने माता-पिता और एक बहन के साथ रहती थी। उसकी बहन भी सुंदर थी। वे सभी ब्रिटेन की राजधानी में रहते थे। उसने उससे शादी की, उसे इंग्लैंड ले गया और उसके बाद कुछ सालों के प्यार एवं खुशी के बाद उसे खो दिया। उसकी मौत के बाद उसकी बहन अपने छोटे बच्चे के साथ एक बार उससे मिलने आई। आखिरकार दोनों के बीच ऐसी भावना पैदा हुई, जिसे यह कहा जा सकता था कि उससे बच पाना मुश्किल था। शोकाकुल पति इस नए आकर्षण और एक नए आमंत्रण के आगे झुक गया। उसे अपने सामने मिलन की संभावना दिख रही थी, फिर भी उसे देश के कठोर कानून की ताकत का खयाल रखने के लिए मजबूर होना पड़ा।

यह सीधे बँटवारे की विचित्र कहानी थी, जो एक अच्छे अंग्रेज घर में हुई थी, जो बरसों पहले की बात है। एक काबिल ब्रिटिश, जो मध्यमवर्गीय लोगों के बीच सबसे अच्छा था, सदी के चौथे दशक में जब एक बालक था, तब ड्रेसडेन में रहता था। उसे वहाँ जर्मन भाषा को सीखकर अपने चाचा के लेखागृह में नौकरी के लिए भेजा गया था।

हालाँकि अपने देश के लोगों को भौंह चढ़ाते देख उसे मुसकराहटों में लिपटी इस तरह की शादी का आयोजन अपनी साली के घर में ही करना पड़ा, ताकि वह अपने उपचार से मरहूम न हो सके। दो संबंधों के बीच से चुनते हुए

उसने उसे जाने दिया, जो सबसे कम करीब लग रहा था और संक्षेप में अपनी संभावनाओं को सुविधाजनक माहौल में ढाल लिया था। दोनों न्यूयॉर्क में शादी के बंधन में बँधे, जहाँ भविष्य में दोनों की होनेवाली संतानों की वैधता को सुरक्षित करने के लिए वे वहीं बस गए और फले-फूले। बच्चे भी हुए और उसमें से एक बेटी को अगर फ्रैंक ने ठीक-ठीक समझा था तो बड़े होने के बाद शादी की तथा उसकी एडी की माँ बनी, जो एडी के बचपन में ही चल बसी, जिसके चलते वह उनके बारे में ज्यादा नहीं जान सकी। उसका पालन-पोषण बिना किसी व्यर्थ के तनाव के एक सौतेली माँ ने किया, जो इन सबके बीच एक नई किरदार थीं।

इंग्लैंड में इस कारवाई को द्वेषजनक माना गया, जिसके चलते एक खाई पैदा हो गई, जिसे लड़की के नाना ने और चौड़ा कर दिया। अमेरिका में रह रहे लोगों ने कभी इसे पाटने का प्रयास नहीं किया। संबंधों में ठंडापन आ गया था और दुश्मनी केवल उपेक्षा के कारण ही बनी हुई थी। इस कारण अचानक अँधेरा सा छा गया और रिश्ते में भाई-बहन लगनेवालों के बीच एक साफ बँटवारा हो गया। इस अलंघ्य खाई और अभेद्य परदों के बीच, दोनों तरफ के परिवारों की कोंपलें फूटती गईं, जिसमें से अमेरिका की एक हरियाली भी थी, जो वहाँ की जलवायु एवं पर्यावरण को लेकर बिना किसी संकेत या लक्षण के मिलना चाहती थी। ग्रैंगर के लिए यह अजीब था।

इंग्लैंड में इस कारवाई को द्वेषजनक माना गया, जिसके चलते एक खाई पैदा हो गई, जिसे लड़की के नाना ने और चौड़ा कर दिया। अमेरिका में रह रहे लोगों ने कभी इसे पाटने का प्रयास नहीं किया। संबंधों में ठंडापन आ गया था और दुश्मनी केवल उपेक्षा के कारण ही बनी हुई थी। इस कारण अचानक अँधेरा सा छा गया और रिश्ते में भाई-बहन लगनेवालों के बीच एक साफ बँटवारा हो गया।

न्यूयॉर्क में वह कलम जड़ पकड़ चुकी थी और एडी एक चुलबुली-सी फूल थी। फ्लिकरब्रिज में या कहीं और भी यह कहना थोड़ा अजीब है, लेकिन मूल जड़ की माली हालत तुलनात्मक रूप से अच्छी नहीं थी। यह सच है कि किस्मत ने बेहद ओछे रूप में किसी का भी साथ नहीं दिया था। एडी के करीबी

रिश्तेदारों की संख्या जितनी थी, उतने ही वे गरीब भी थे और उसे लगा कि मिस वेनहैम दौलत का जो नाटक कर रही थीं, वह इतना अधिक नहीं था, जितना कि रिश्तेदारी के दावे को बेनकाब करने के लिए उनके इल्जाम। इस महिला का यही कहना था कि मूल परिवार हर आयोजन में कम होता चला गया और हमारे इस युवक को अच्छी तरह बता दिया गया था कि वह शर्मीली और एकांतप्रिय होगी। जो बात विचित्र थी, वह यह कि इन परिस्थितियों में उसकी इच्छा, उसका श्रम उसका स्वागत करने के लिए कितना होगा; लेकिन यह सबकुछ अलग ही कहानी थी, जो समझ में आई तो एकदम स्पष्ट थी।

उसने एडी की चिट्ठियाँ, जो असाधारण रूप से ढेरों थीं, उन्हें अपनी गोद में रखा। बीच-बीच में वह उन्हें ध्यान से पढ़ता था। उसने कड़ियों को थामे रखा। बीच-बीच में वह इंग्लैंड के इस सुखद इलाके को देखता था, जो अप्रैल की बारिश में धुलकर दूर-दूर तक शानदार दिख रहा था। वह फ्रेंच बातों को जानता था, अमेरिकी बातें भी समझता था, लेकिन इनके बारे में उसे कोई जानकारी नहीं थी। उसने पहले ही इसे मिस वेनहैम की परिस्थिति के रूप में देखा था।

उसने एडी की चिट्ठियाँ, जो असाधारण रूप से ढेरों थीं, उन्हें अपनी गोद में रखा। बीच-बीच में वह उन्हें ध्यान से पढ़ता था। उसने कड़ियों को थामे रखा। बीच-बीच में वह इंग्लैंड के इस सुखद इलाके को देखता था, जो अप्रैल की बारिश में धुलकर दूर-दूर तक शानदार दिख रहा था।

फ्लिकरब्रिज में रहनेवाली डॉक्टर की इस बेटी के नाक पर चिमटे थे, अँगूठे में पटिया और दिल में भोलापन, जिनके बीच अद्‍भुत संबंध था। यहाँ रहकर भी वह जान चुकी थी कि हमारे इस अद्‍भुत संसार में युवतियों के बीच ऐसा फैशन जोरों पर था, जो उन्हें पेरिस की लिस्ट में शुमार कर दे। इसी प्रकार एडी से उसकी मुलाकात अचानक ही मोंटपरनासे की ढलान पर पूरी तरह से सजे सेट पर किसी अंग्रेज लड़की के रूप में हुई थी। वे कुछ अच्छी जगहों पर मिले और उनके बीच कई बातों को लेकर सहमति थी। इसके बाद वह युवती कुछ समय के लिए फ्लिकरब्रिज लौट गई, जहाँ अपने ही संघर्षों और प्रभावों के साथ जी

रही थी। मिस वेनहैम ने बचपन से ही उसकी देखभाल की थी तथा उस युवती का अपना नाम एडिलेड और उसके साथ-ही-साथ उपनाम पेरिस में मिला, जिस पर असाधारण अमेरिकी छाप थी। फिर उसने अपनी सहेली की हमशक्ल को एक शानदार संदेश, एक विनम्र चुनौती देने के साथ ही छोटी सी नहर को पार कर लिया था। वहीं वह भी उसे पूरी तरह संतुष्ट कर सकी। हमशक्ल ने मिस वेनहैम को बताया था कि वास्तव में वह कौन है। मिस वेनहैम, जिसकी व्यक्तिगत परंपरा में समय के साथ असंतोष की आग ठंडी पड़ने लगी थी, क्योंकि उसके लिए भयंकर मतभेद की कहानी अब पुरानी पड़ चुकी थी, जिसे रोमांटिक बनाने के लिए बस हलका सा अँधेरा चाहिए था, वह तुरंत उस चिट्ठी का जवाब लिखा, जिसके पीछे यह उम्मीद थी कि शायद पुराने तार फिर से जुड़ जाएँ। यह ऐसा संबंध था, जिसे दोनों को सुलझाना था और उसने दूसरे पक्ष को दिल से कहा था कि क्या एक बार वह आ सकती है। जवाब में एडी ने एक पक्का वादा किया था। वह जल्दी आएगी, जब भी फ्री होगी। वह जुलाई में आएगी, लेकिन उससे पहले उसने अपने डिप्टी को भेजा। फ्रैंक ने खुद से पूछा कि किस नाम से उसने बताया था? फ्लिकरब्रिज में उसे कैसे किरदार के रूप में दरशाया था? उसे मुख्य रूप से लगा, जैसे वह कुल मिलाकर यह पता लगाने जा रहा है कि क्या वह उसके साथ जुड़ सकता है? वह अब सच में समंदर के किनारे खड़ा था कि एडी के अपने विचार किस-किस तरह के होंगे! मिस वेनहैम को उसने जरूर बता दिया होगा और शायद मिस वेनहैम उसे बताएगी। यह उम्मीद असल में संभावित मनमर्जी के लिए उसका बहाना थी।

मिस वेनहैम, जिसकी व्यक्तिगत परंपरा में समय के साथ असंतोष की आग ठंडी पड़ने लगी थी, क्योंकि उसके लिए भयंकर मतभेद की कहानी अब पुरानी पड़ चुकी थी, जिसे रोमांटिक बनाने के लिए बस हलका सा अँधेरा चाहिए था, वह तुरंत उस चिट्ठी का जवाब लिखा, जिसके पीछे यह उम्मीद थी कि शायद पुराने तार फिर से जुड़ जाएँ।

(3)

वह जब पहुँचा, तब उसे पता चला कि उससे क्या वादा किया गया था; लेकिन वह इस हद तक उसकी पहली छवि का हिस्सा था कि उस विशेष सच को खुद से अलग करने में समय लगा। पहली सामान्य धारणा संभवतः इस प्रकार की थी कि उसे अपनी प्रतिक्रिया सारी बातों को समझते हुए देनी है। एक-दो दिन तक उसे ऐसा लगा, जैसे वह किसी व्यावहारिक मजाक, आत्मविश्वास के भयंकर दुरुपयोग का शिकार है। उसने अपने बारे में अच्छी-खासी हिचक के साथ बताया, जो मिलने से पहले के तनाव और तैयारी के कारण उसके भीतर पैदा हुई थी, लेकिन उसे यह पता लगा कि चाहे उसे पहले से कितनी बातें ही क्यों न बता दी गई हों और संकेत दे दिए गए हों, वह इसके लिए बिल्कुल भी तैयार नहीं था। उसने खुद से पूछा कि आखिर कैसे उससे इतना अलग, उसके जीवन से एकदम हटकर करने को कहा जाएगा। नवीनतम प्रभाववाद के तेज उत्तर प्रकाश में पूर्वकल्पित होने के लिए बहुत कम और इस घटना के बाद भी इतनी बात, उल्लेखनीय और स्वाद समेकित होगा? यह ऐसा मामला था, जिसे बता पाना उसके लिए भी मुश्किल था। शायद इसे पूरे साफ ब्रश, किसी हाव-भाव के खेल के साथ दरशाया जा सकता था। वैसे भी हमेशा से यह उसकी आदत रही है कि इस तरह के किसी भी अवसर को मुख्य रूप से एक तसवीर के रूप में देखे, ताकि वह उसे कहने की जरूरत न हो, बस उन्हें साथ मिलाकर रख दे। उसे अचानक ही इस सफर के

वह जब पहुँचा, तब उसे पता चला कि उससे क्या वादा किया गया था; लेकिन वह इस हद तक उसकी पहली छवि का हिस्सा था कि उस विशेष सच को खुद से अलग करने में समय लगा। पहली सामान्य धारणा संभवतः इस प्रकार की थी कि उसे अपनी प्रतिक्रिया सारी बातों को समझते हुए देनी है। एक-दो दिन तक उसे ऐसा लगा, जैसे वह किसी व्यावहारिक मजाक, आत्मविश्वास के भयंकर दुरुपयोग का शिकार है।

बाद जीवन के एक मधुरतम, सबसे अच्छे पल का आनंद मिला था, जो पहले ही दिन से दृश्य रूप से संपूर्ण और भरपूर था। अगर किसी को कुछ चाहिए तो बस यह वहीं था! यह 'वहीं' इतना था जैसा कि उसे इटली में, स्पेन में सड़क किनारे शाम का चर्च या समृद्ध संग्रहालय हो, जहाँ बड़ी-बड़ी चीजों के सपने देखे गए हों या बहुत बड़ी चीज अप्रत्याशित रूप से मिल जाए तो उसने इस डर से अपनी साँसें रोक लीं कि कहीं यह जादू खत्म न हो जाए। उसने सम्मान के प्रति त्वरित प्रतिक्रिया में उसे अधिक समय तक बनाए रखने के लिए अपनी आवाज को कम किया और सँभल-सँभलकर चलने लगा। सर्वोच्च सुंदरता अचानक सामने आ जाए तो हमारी इच्छाओं से खेलता एक संभव भ्रम जैसा ही लगता है, जिसमें हम पर संभव तेजी के साथ हमला करने की क्षमता होती है।

हालाँकि सौभाग्य से और कुछ इस कारण भी कि कुछ समय तक उसकी आजादी उससे छिन गई थी, उसकी मेजबान उस शाम को, जब वह आया था और यह सबकुछ नया-नया था, इस परिस्थिति को नहीं रोक सकी, जो विचित्र थी। वह अप्रत्याशित, असंभावित और उतनी ही खुश थी, जब रात आठ बजे रात्रि-भोजन के समय इन लंबे घंटों को पूरा करते हुए सामने आई, जैसी कि वह शाम पाँच बजे चाय के समय दिख रही थी।

हालाँकि सौभाग्य से और कुछ इस कारण भी कि कुछ समय तक उसकी आजादी उससे छिन गई थी, उसकी मेजबान उस शाम को, जब वह आया था और यह सबकुछ नया-नया था, इस परिस्थिति को नहीं रोक सकी, जो विचित्र थी। वह अप्रत्याशित, असंभावित और उतनी ही खुश थी, जब रात आठ बजे रात्रि-भोजन के समय इन लंबे घंटों को पूरा करते हुए सामने आई, जैसी कि वह शाम पाँच बजे चाय के समय दिख रही थी। सबसे स्वाभाविक रूप से वह इस संसार में सबसे विचित्र छाया के रूप में थी, लेकिन विशेष रूप का जहाँ तक मतलब है तो इस प्रकार का परिणाम स्वाभाविक हो सकता है, जिसका अनुमान लगाना कठिन होता है। दो दिनों तक तो उसे कुछ समझ ही नहीं था, हालाँकि तभी उसने विश्वास के साथ

बात की। इस समय तक वह सारी बातों को लेकर सौभाग्य से अपने आप को लेकर भी निश्चिंत था। यदि हम थोड़े खुले दिल से उसकी धारणा की तुलना उससे करें कि जिस अखलाक के साथ उसने महान् लोगों का स्वागत किया था तो इसका कारण बस यही होगा कि उसके सामने की छवि इतनी गोल और प्रमाण सहित थी। इसे पूरी उत्कृष्टता के साथ व्यक्त किया गया था, इसका स्वभाव भी नहीं रहा था। यह जितनी संपूर्ण थी, उतनी ही अचेतन। साफ व स्थिर बैकवाटर में वह तेजी से आती धारा में विचित्रतम संभावनाओं को लेकर जी रहा था। गहरा और शांत तालाब, जिसमें वस्तु स्पष्ट दिख रही थी। इससे पहले जीवन में उसने कभी उन चीजों को नहीं देखा, जो कुछ एक मूर्तियों और तसवीरों को छोड़कर इतनी पुरानी हों, लेकिन यहाँ सबकुछ पुराना था, न जाने कितना पुराना और उतना ही ताजा, जितना कि खुद ताजगी भी नहीं हो सकती। कभी सोचा भी नहीं था कि दुनिया का कोई कोना ऐसा भी होगा, जिसने इतना किया होगा, जिसे वह अब देख रहा था, जिसमें विपरीत बातों की चमक थी। उत्कृष्ट स्पर्श को ही वह देख रहा था और इन्हें देखने पर ही यकीन हो सकता है।

मिस वेनहैम पचपन साल की थीं और अप्रिय रूप से दब्बू, बेहिसाब विचित्र थीं तथा अपने घटे हुए पैमाने पर लगभग एक गॉथिक असंगति लिये हुए थीं, लेकिन उसके साथ-साथ वे इस प्रकार के काम करती थीं कि आखिर में कोई भी नतमस्तक हो जाए। ज्यादा जल्दी में ज्यादा प्रतिक्रिया करनेवाली, तुरंत क्षमा माँगनेवाली, इस पल पूरी तरह से शांत तो अगले ही पल खुशी से उछल पड़नेवाली, उसने अपने जीवन में कभी ऐसी अकेली महिला को नहीं देखा था।

मिस वेनहैम पचपन साल की थीं और अप्रिय रूप से दब्बू, बेहिसाब विचित्र थीं तथा अपने घटे हुए पैमाने पर लगभग एक गॉथिक असंगति लिये हुए थीं, लेकिन उसके साथ-साथ वे इस प्रकार के काम करती थीं कि आखिर में कोई भी नतमस्तक हो जाए। ज्यादा जल्दी में ज्यादा प्रतिक्रिया करनेवाली, तुरंत क्षमा माँगनेवाली, इस पल पूरी तरह से शांत तो अगले ही पल खुशी से उछल

पड़नेवाली, उसने अपने जीवन में कभी ऐसी अकेली महिला को नहीं देखा था। फिर भी ऐसी किसी अकेली महिला को नहीं देखा था, जिसके प्रति उसके मन में उत्साह का एक भाव था। उसकी आँखें निकली हुई थीं, ठुड्डी दबी हुई और उसकी नाक अलग ही दिशा में जाती दिखती थी। अपने सिर पर एकदम ऊपर वह खड़ी गोल टोपी पहना करती थीं, जिससे वे बोझ से मुक्त किसी स्त्री की प्रतिमा जैसी लगती थीं और उनके शरीर के दूसरे हिस्सों की बात करें तो विचित्र रंगों, चीजों एवं धातु, खनिज तथा पौधे के आकार का एक मेल था। उनकी आवाज का सुर उठता और गिरता था। उनके चेहरे के भाव बदलते रहते थे। वे क्या कहना चाहती थीं, शायद ही कोई समझ पाता था। कहना चाहती थीं या छिपाना, वह अपने ही नियम पर चलता था। वे किसी भी बात पर शरमाती नहीं थीं और फिर हर बात पर सकुचाती थीं। वे किसी बात से डरती नहीं थीं और फिर हर बात पर घबराती थीं। वे विषयों, वस्तुओं, सरलतम सवालों और जवाबों तथा पूरी बातचीत की ओर भय की परोक्षता या निराशा की हिंसा के साथ बढ़ती थीं। इन सबके बावजूद विचित्रताओं और रिवाजों की गहराई के प्रति उनके परिशोधन, परंपराओं के प्रति दृढ़ता, सरलता, सहजता एवं कष्ट, उनके गोल-मोल मामूली सुझाव व धारणाएँ ऐसे थे, जो उनके मेहमान को उनकी ओर आकर्षित करते थे। वह समझ नहीं पाता था कि इसे क्या कहे! वे समय के फल थे। उसकी विचित्र विशेषता थी। उन पर काफी खर्च किया गया था और उन्हें अभी बहुत कुछ मिलनेवाला था।

उसकी आँखें निकली हुई थीं, ठुड्डी दबी हुई और उसकी नाक अलग ही दिशा में जाती दिखती थी। अपने सिर पर एकदम ऊपर वह खड़ी गोल टोपी पहना करती थीं, जिससे वे बोझ से मुक्त किसी स्त्री की प्रतिमा जैसी लगती थीं और उनके शरीर के दूसरे हिस्सों की बात करें तो विचित्र रंगों, चीजों एवं धातु, खनिज तथा पौधे के आकार का एक मेल था।

किसी भी दर से उनके स्वागत की पूरी गुणवत्ता का परिणाम यह था कि पहली शाम को अपने कमरे में सोने जाने से पहले उसने अपने मन को

एडी को चिट्ठी लिखकर हलका किया। अगर अपने शब्दों में हम इसे कहें तो आमतौर पर यह किसी 'प्लेट' के दफ्तर की भूमिका अदा करेगा। यह हमें भरपूर ढंग से अपनी बात को कहने के काबिल बनाएगा, लेकिन जैसा कि हम कहते हैं कि फिर से बनाने की प्रक्रिया में लागत ज्यादा आती है। वह अपनी दोस्त को बताना चाहता था कि उसकी आवभगत कितनी जबरदस्त हुई। वे हर तरीके से उसे विशेष स्थान दे रही थीं। उसे पुराने घर में रखा था, जो अनछुआ, अवर्णनीय, पुराने कोने में रखा, जिसे कोई जान भी नहीं सकता और स्टूडियो की बातचीत से अलग एकदम शांति थी, जहाँ न रंग की गंध थी, न आलोचकों की देशी भाषा। कुल मिलाकर पेरिस जैसे भाव और आवाज बंदर के किसी विशाल पिंजड़े के कई लक्षणों को लिये हुए थी। वह बेचैन था और जब लिखने बैठा तो सिगरेट जलाई तथा फिर अचानक ही घबराहट के साथ उन्हें बुझा दिया। रात शांत थी और उसके ऊँचे विशाल कमरे की एक खिड़की खुली थी, जिसके सामने फुलवारी थी। वह अपने आस-पास की चीजों में खो गया, अपने कमरे के प्रकार, पिछली सदी में जब एक कुरसी तक नहीं हिली, किसी बात को आगे नहीं बढ़ाया गया। वह वस्तुओं व गहनों को देख रहा था, जो अच्छा था कि कम थे एवं अच्छे थे, सारे ही उम्दा थे और बदलाव के लिए ही सही एक भी फ्रेंच नहीं था। यह दृश्य किसी यादगार पुरानी तसवीर के जितना ही दुर्लभ था, जिसमें अच्छी चीजें कोनों पर रखी थीं। पुरानी किताबें और पुरानी तसवीरें उ पुरानी बातों और संकेतों को याद दिला रही थीं। वह नहीं जानता था कि चिंतित द्वीपवासी घरेलू महसूस करने के लिए पीछे लौटने की कितनी कोशिश कर रहे थे, लेकिन फ्लिकरब्रिज का घरेलू माहौल एकदम अलग ही शैली का था, भले

अगर अपने शब्दों में हम इसे कहें तो आमतौर पर यह किसी 'प्लेट' के दफ्तर की भूमिका अदा करेगा। यह हमें भरपूर ढंग से अपनी बात को कहने के काबिल बनाएगा, लेकिन जैसा कि हम कहते हैं कि फिर से बनाने की प्रक्रिया में लागत ज्यादा आती है। वह अपनी दोस्त को बताना चाहता था कि उसकी आवभगत कितनी जबरदस्त हुई।

ही वह शैली एकदम ईमानदार ही थी। व्यापक, अल्प अवधि का अतीत, वह नहीं जानता था कि उसे क्या पुकारे! सब उसके आस-पास इतने शांत थे कि उसने लिखा कि यहाँ आकर उसे अच्छा नहीं लग रहा है। कोई इसे कैसे प्यार कर सकता है! लेकिन कोई इसे कैसे बरबाद कर सकता है, इस पर कुछ ज्यादा ही गौर करना, सकारात्मक रूप से इसे चेतन बनाना था; और चेतन बनाने का मतलब था सकारात्मक रूप से इसे जगाना। सच्चाई को लेकर इसकी एकमात्र सुरक्षा यही थी कि इसे सोने दिया जाए, अपने विशाल कक्ष में अपनी ऊँची साफ छतरियों के नीचे सोने दिया जाए।

इस प्रकार उसने अपनी चिट्ठी में बेचैनी के साथ एक पंक्ति जोड़ दी तथा फिर से कमरे में टहलने लगा, कुछ देखा एवं उसे भी लिखा और फिर पुराने फूलदार सोफे पर, जिसमें आठ चौकोर कुशन थे, बैठते हुए नई सिगरेट जला ली, हिचका, घूरा, कुछ शब्द और लिखे। वह चाहता था कि एडी यह जान ले कि वह इस बात को सबसे ज्यादा महसूस कर रहा था, जब तक कि उसे यह नहीं लगा कि उसे और कितना जानने की इच्छा होगी। हाँ, उसने सबसे अधिक इस बात को देखा कि एडी इसका क्या मतलब निकालेगी। इसमें आकंठ डूबने के बाद यह ध्यान आते ही वह ठंडा पड़ गया कि दमित अवसर उसकी चिट्ठी में समस्या का जिक्र करने पर गुस्सा कितना होगा और किसी दैवी कारण से वह सहसा काँप उठा, जो लगभग प्रतिकार की भावना थी। खैर, जो हुआ, वह यह कि इस जान-पहचान की बात उसे बताई गई, जैसे किसी सामान को लिफाफे में डाला जाए और सील कर दिया जाए, जब तक कि उसका ध्यान मुक्त न हो। उसने उन्हें वहाँ देखा, सुना तथा महसूस किया, यह कि वह कैसा महसूस करेगी और कैसे वह, जैसा कि अकसर कहती है, 'शिकायत' करेगी। उनके समय के कुछ युवा इसे

इस प्रकार उसने अपनी चिट्ठी में बेचैनी के साथ एक पंक्ति जोड़ दी तथा फिर से कमरे में टहलने लगा, कुछ देखा एवं उसे भी लिखा और फिर पुराने फूलदार सोफे पर, जिसमें आठ चौकोर कुशन थे, बैठते हुए नई सिगरेट जला ली, हिचका, घूरा, कुछ शब्द और लिखे।

'चिल्लाना' कहते थे और इसके संदर्भ में अफसोस! उनके अर्थ को समझाता था। वह उस स्थान को किसी भी हिसाब से जड़ तक जानती थी।

इसमें रत्ती भर भी संदेह नहीं था। वह जो समझती थी, वही वह भी मानता था और वह इस आशा के साथ यह देख रहा था कि वह किस प्रकार की पहचान एवं ममता से भरी थी। वह जानता था कि वह विचित्र किसे कहती है, किसे बेस्वाद कहती है, किसे अजीब कहेगी, किसे असभ्य कहेगी। वह सारी बातों को उसकी बुद्धि से कहीं अधिक सटीक ढंग से कहती-समझती थी। वास्तव में वह भी मानता था कि उन बातों का साहित्यिक संबंध होता था, जिसका सम्मान उसे करना चाहिए। उन्होंने दम फुला देनेवाले अप्रचलित संस्मरण और उपन्यास पढ़े होंगे, जिससे कि उनके किरदारों एवं उनके समय के माहौल की याद आती होगी। वह पिछली पीढ़ियों के बारे में जानती थी—लकड़ी काटनेवाले रईस और पगड़ी पहननेवाली उनकी पत्नियाँ तथा गोल आँखोंवाली उनकी बेटियाँ, जो अन्य दिनों में नीरस, उबाऊ एवं व्यापारविहीन शहरों की रौनक बढ़ाती थीं। ठोस वर्गाकार मकान व चौड़ी दीवारवाले बगीचे, हरी-भरी गलियाँ, जिनमें चर्चाओं का बाजार गरम रहता था और स्थानीय 'सीजन' की ऐसी ही तसवीर दिखती थी। उनके पास सभाओं, डिनर, जमकर मद्यपान के निमंत्रण हुआ करते थे। अँधेरा ढलते ही चिरागों से रोशन होनेवाले पार्लर, धूल-धूसरित पुराने परिवार वाहन, 'पिस्तौलदान,' राजमार्गों पर चलनेवाले लोग। वह एक उँगली उसकी ही तरह से महत्त्वपूर्ण स्थान पर रखती थी, जो सारी चीजों की समृद्ध सौम्यता को दरशाती थी। इस सच्चाई को कि न तो सामान्य रूप से फ्लिकरब्रिज, न ही विशेष रूप

इसमें रत्ती भर भी संदेह नहीं था। वह जो समझती थी, वही वह भी मानता था और वह इस आशा के साथ यह देख रहा था कि वह किस प्रकार की पहचान एवं ममता से भरी थी। वह जानता था कि वह विचित्र किसे कहती है, किसे बेस्वाद कहती है, किसे अजीब कहेगी, किसे असभ्य कहेगी। वह सारी बातों को उसकी बुद्धि से कहीं अधिक सटीक ढंग से कहती-समझती थी।

से मिस वेनहैम, न ही कुछ और न ही किसी और को उनके चरित्र एवं उनकी योग्यता पर संदेह था। एडी और उसे रोशनी को लाने के लिए आना होगा।

तो फिर उसने उसे आने दिया, बिस्तर पर जाने से पहले उन आठ या दस पन्नों से, जिसे एडी के लिए उनके जरिये लिखा। उसे आश्वस्त किया कि यह दुनिया का सबसे खुश करनेवाला मामला है, एक छोटी सी तसवीर, फिर भी 'स्टाइल' से भरी, एकदम शांत व परंपरा के साथ कह देनेवाली और हर कदम पर परंपरा ही है, वह परंपरा, जो अब भी बिना शोर साँस ले रही है और चहल-पहल भरी दिखती है, लंबी महोगनी की घड़ियों में अजीब-अजीब समय बताती है, जिन घड़ियों में कभी चाबी नहीं भरी गई और जिसकी टिक-टिक सुनाई देती है। उसे उम्मीद थी कि जिन सारे तत्त्वों को वह देखना चाहता है, वे आकर्षण के साथ टँगे थे, उनकी मेजबान के बारे में बताते थे—एक विचित्र इंद्रधनुषी मछली, जो एक्वेरियम की रोशनी से चमकती थी, जो उसी तरह तैरती दिखती थी, जैसे अपने प्राकृतिक माहौल में हो। उसने अपनी चिट्ठी को मेज पर खुला ही छोड़ दिया, लेकिन अगली सुबह जब उसे देखा तो उसे अचानक भेजने को लेकर अनिच्छा हुई। वह इसमें कुछ और बातों को जोड़ने के लिए रखेगा, क्योंकि और भी बातें पता चलेंगी। फिर भी जब तीन दिन बीत गए, तब भी उसने इसे नहीं भेजा। उसने थोड़ी देरी के बाद भेजा, जब उसकी रिपोर्ट काफी छोटी हो गई, जिसे किसी कारण से उसे छोटा करना पड़ा, जो स्पष्ट नहीं था। इस बीच उसे मिस वेनहैम से पता चला कि कैसे एडी ने उन्हें उसके बारे में बताया था। उस बात को समझने में थोड़ा वक्त लगा, लेकिन जब उसने अपनी मेजबान का दिल जीत लिया था, तब दोनों के बीच खूब बातें हुईं।

तो फिर उसने उसे आने दिया, बिस्तर पर जाने से पहले उन आठ या दस पन्नों से, जिसे एडी के लिए उनके जरिये लिखा। उसे आश्वस्त किया कि यह दुनिया का सबसे खुश करनेवाला मामला है, एक छोटी सी तसवीर, फिर भी 'स्टाइल' से भरी, एकदम शांत व परंपरा के साथ कह देनेवाली और हर कदम पर परंपरा ही है...

(4)

"अरे हाँ, उसने कहा कि तुम्हारी उसके साथ सगाई हो चुकी है। इस वजह से ही तो मैं नाराज थी, इसलिए उसे लगा कि मैं तुमसे मिलना चाहूँगी। मैं बता दूँ कि मुझे बेहद खुशी हुई थी, लेकिन तुम खुश नहीं हो?" उस अच्छी महिला ने शायद उसके चेहरे पर संदेह को पढ़ लिया था, इसलिए पूछा।

"अगर वह ऐसा कहती है तो शायद, हाँ। आपको भी यह विचित्र लगेगा, लेकिन मैं जानता नहीं था और मुझे लगा कि मैं आपको सीधे तौर पर जानता भी नहीं। आपके ऊपर मुझे थोपे जाने के लिए मुझे कुछ वक्त चाहिए था।" हमने व युवक ने समझाया, "एक साल पहले सगाई की थी, लेकिन उसके बाद से ही (अगर आप इस तरह की बातों को बताने का बुरा न मानें तो ऐसा लग रहा है, जैसे मैं आपको कुछ बता ही दूँ!) मुझे समझ नहीं आया कि मैं किस लायक हूँ। ऐसा नहीं लगता था कि हम शादी करने की स्थिति में हैं। चीजें अब बेहतर हैं, लेकिन मैं नहीं जानता कि वह उन्हें कैसे देखेगी। छह महीने पहले सबकुछ इतना बुरा था कि मैंने उसे समझा और मुझे लगा कि मुझे सगाई तोड़ देनी चाहिए। मैंने तोड़ी नहीं, मैंने बस कुछ समय के लिए यह स्वीकार किया है, क्योंकि पुरुषों को स्त्रियों के साथ सहज होना चाहिए—'सबसे अच्छे दोस्त' के जैसा व्यवहार होना चाहिए। वैसे मैं कोशिश करता हूँ। अगर मैं ऐसा नहीं होता तो यहाँ नहीं आता। मुझे लगा, आपको जानना उसके लिए अच्छा होगा। मुझे जब उससे पता चला कि आपने कितने असाधारण रूप से उसे समझा और अगर मैं भी उसे यह बता सका तो उसे खुशी होगी तथा अगर मैं उसे समझने में आपकी मदद कर रहा हूँ," वह कहता गया, "तो क्या यह भी खुशी की बात नहीं है?"

"अगर वह ऐसा कहती है तो शायद, हाँ। आपको भी यह विचित्र लगेगा, लेकिन मैं जानता नहीं था और मुझे लगा कि मैं आपको सीधे तौर पर जानता भी नहीं। आपके ऊपर मुझे थोपे जाने के लिए मुझे कुछ वक्त चाहिए था।"

"ओह, मैं कितना चाहती हूँ!" मिस वेनहैम ने अपने अव्यावहारिक

अवैयक्तिक तरीके से खुसफुसाते हुए कहा।

"तुम कितने अलग हो!" वे उत्साह के साथ बोलीं।

"अगर मैं हर्षोन्माद, सम्मान के साथ कहूँ कि आप भी अलग हैं तो यही कहना काफी होगा कि मुझे लगता कि हमसे मिलकर आपको बहुत बुरा लगेगा।"

मिस वेनहैम ने कहा, "वैसे भी इस समय तक मैं तुम्हें थोड़ा-बहुत जानने लगी हूँ, है न? और मुझे कुछ भी बुरा नहीं लगता। मेरे लिए यह खुशी देनेवाला बदलाव है।"

"मुझे नहीं लगता कि यह बदलाव आपको खुशी देनेवाला है!"

"क्यों नहीं, अगर तुम चाहो?"

"मैं तो सह लूँगा। मुझे नहीं लगता कि आप सह सकेंगी! मैं बहुत बिगड़ गया हूँ। मैं बरबाद हो चुका हूँ। मैं कोई नहीं, संक्षेप में कहूँ तो कुछ भी नहीं। मैं किसी तरह का नहीं हूँ। आप सभी प्रकार की हैं। बरसों की सुरक्षा और एकरसता के बीच आप पली-बढ़ी हैं। आप उस साँचे में बेहतरीन ढंग से व्यवस्थित हैं, जिसकी तुलना उस पूर्णता से की जा सकती है, जिसमें वह साँचा आपके अनुसार है। इसलिए यह प्रशंसा के योग्य पुराना घर, समय के साथ अंदर का हलका हुआ सफेद रंग और बाहर से समय के कारण हुआ लाल रंग, इस प्रकार यहाँ आपके चारों ओर जो कुछ भी है, एक असाधारण कृपा के द्वारा शोषण की नियति से बचा हुआ है। इस प्रकार मैं कहता हूँ कि यह सबकुछ ऐसा है कि यह थोड़ा सा भी टुकड़े-टुकड़े होता तो फिर से कभी जुड़ नहीं पाता। प्रिय मिस वेनहैम, मैंने···" ग्रैंगर कहता गया, अपनी बेबाकी से खुश होकर, जो अब तक ईमानदार और जिसे वह खुशी से सुन रही

मैं तो सह लूँगा। मुझे नहीं लगता कि आप सह सकेंगी! मैं बहुत बिगड़ गया हूँ। मैं बरबाद हो चुका हूँ। मैं कोई नहीं, संक्षेप में कहूँ तो कुछ भी नहीं। मैं किसी तरह का नहीं हूँ। आप सभी प्रकार की हैं। बरसों की सुरक्षा और एकरसता के बीच आप पली-बढ़ी हैं। आप उस साँचे में बेहतरीन ढंग से व्यवस्थित हैं, जिसकी तुलना उस पूर्णता से की जा सकती है, जिसमें वह साँचा आपके अनुसार है।

थी, लेकिन थोड़ा संशय में भी थी, "मैंने आपको पाया और आप जानती हैं कि मैंने ऐसी एक ही चीज के बारे में सुना है, जिसके जैसी आप लगती हैं। आप जंगलों में सोती हुई सुंदर स्त्री हैं।"

उसे तब भी कोई अफसोस नहीं हुआ, जब उन्हें हैरानी से कहते हुए सुना, "अरे, तुम तो इतना खुश हो गए कि मेरी हँसी उड़ा दी!"

"नहीं, मैंने वही कहा, जो मैं देख रहा हूँ और मैंने भी थोड़ा जाना है। ईश्वर का शुक्रिया कि जो नहीं है, उसे मैं देख सका। चाहे कोई कुछ भी करे, मैं आपसे बिल्कुल सहमत हूँ। आप पर उस जादू का एक गहरा असर है, जिसने बरसों से आपको वश में कर रखा है और आपको जगाना एक शर्मनाक हरकत, एक अपराध होगा। बेशक मुझे पहले से ही लग रहा था कि हजारों संदेहों के साथ आपको घातक तरीके से झकझोर रहा हूँ। मैं ऐसा कह रहा हूँ, भले ही मेरी बात ऐसी लगे, जैसे मैंने खुद को जादुई राजकुमार समझ रखा है।"

नहीं, मैंने वही कहा, जो मैं देख रहा हूँ और मैंने भी थोड़ा जाना है। ईश्वर का शुक्रिया कि जो नहीं है, उसे मैं देख सका। चाहे कोई कुछ भी करे, मैं आपसे बिल्कुल सहमत हूँ। आप पर उस जादू का एक गहरा असर है, जिसने बरसों से आपको वश में कर रखा है और आपको जगाना एक शर्मनाक हरकत, एक अपराध होगा। बेशक मुझे पहले से ही लग रहा था कि हजारों संदेहों के साथ आपको घातक तरीके से झकझोर रहा हूँ।

वह उसकी तरफ अपनी सबसे अजीब कृपापूर्ण दृष्टि से देखने लगी, जिसकी मन के किसी कोने में एक हलके डर के साथ उसे अब आदत पड़ने लगी थी, जब वह विचित्र बातों के बारे में सोचता था, जो अकेली स्त्रियों के साथ होती हैं, चाहे वे कितनी ही परिपक्व क्यों न हों। परदेश से आए दिलचस्प युवाओं को इस नजर से देखने लगती हैं, मानो युवाओं में छेड़छाड़ की इच्छा है। उसने कहा, "यह कितनी अच्छी बात है कि तुम इतने अजीब भी हो और स्वभाव से बहुत अच्छे भी।" खैर, इन सबका मतलब तो एक ही है—यह इतना गजब का था कि वह इतनी सरल थीं और

फिर थोड़ी उबाऊ भी। उसने ग्लानि के साथ इस सिद्धांत को कृतज्ञता के साथ स्वीकार किया, जो वैसे भी काफी वास्तविक था और कुछ हद तक इस कारण ही वह इतना संवेदनशील था। उसने अपने आप को स्वास्थ्य लाभ लेनेवाला व्यक्ति रहने दिया, उसकी बातों को सुनता रहा कि बुखार के बाद कमजोरी रह जाती है। इससे उसे थोड़ा समय हासिल करने में मदद मिली, जिससे कि उस जादू को बचा पाया, जबकि उसे दौड़ने की बातें भी करता रहा। वह धीमी चाल से टहलता रहा और प्यारी बातें, लंबी गपशप, एकदम बेकार के सवालों पर बातें करता रहा। कहने को बहुत कुछ था, जिसे वह जितना चाहे, तोड़-मरोड़ सकती थी और सफाई भी बहादुरी और धैर्य के साथ दी जाती थी, ताकि वह समझ सके, न कि अच्छी किस्मत के साथ वह सच भी हो जाए। वे बड़ी अच्छी तरह अलग-अलग उद्देश्यों के साथ जी रहे थे और यह अच्छा भी था तथा वे साथ-साथ सारे संवादों के क्षीण पड़ जाने पर चमकीली रोशनी में भटक रहे थे।

उसके औपचारिक बगीचे में जब वे धूप में बैठे तो वह जानता था कि चाहे वह कितना ही छिपाने की कोशिश करे, लेकिन वह उन्हें सबसे विशिष्ट दिलचस्पियों में से एक के जैसा मानता था। तुलना करने के लिए जो चीज उसके सामने थी, वह कोई पुराने पड़ चुके वाद्य यंत्र के समान थी।

उसके औपचारिक बगीचे में जब वे धूप में बैठे तो वह जानता था कि चाहे वह कितना ही छिपाने की कोशिश करे, लेकिन वह उन्हें सबसे विशिष्ट दिलचस्पियों में से एक के जैसा मानता था। तुलना करने के लिए जो चीज उसके सामने थी, वह कोई पुराने पड़ चुके वाद्य यंत्र के समान थी। उनका पुराने जमाने का सोच और किसी रँगे गए पियानो की तरह स्थिर था, जिसे अच्छी तरह पोंछा गया है, प्यार से घिसा गया है, लेकिन कभी सुर में नहीं लाया गया, न ही बजाया गया। उनके विचार गुलाब की सूखी पत्तियों जैसे थे, उनका रवैया ब्रिटिश वास्तुकला के जैसा, उनकी आवाज ड्राइंग-रूम के किसी कोने में पड़ी वीणा के सुर जैसी थी, जिस पर चाँदी का पानी चढ़ा पुराना तार लगा हो। उनके जीवन के अकेले छोटे-छोटे शिष्टाचार और सामान्य प्रतिष्ठा, इसकी

रूढ़िवादिता की महीन बातें, मूर्खता की सारी नीरसता और आरोग्य, इसका ठंडा आलस्य एवं हलकी चमक उसके सामने थी। इस बीच उसके भीतर विचित्र चीजें हुईं। यह बिल्कुल सच है कि एक शांत अवधि के बाद उसकी धारणा फिर से बनने लगी, जिससे वह घबराया या चिंतित हुआ और अजीब कारणों के भ्रम से लगभग विचित्र रूप से मिश्रित या हास्यास्पद रूप से उसमें तेजी आई। विशेष रूप से वह एक उथल-पुथल के बीच और नई दिलचस्पी के साथ था, जिसे वह देख सकता था तथा इस उत्साह से बहुत पहले ही वह एडी के सोच से पहले ही समझ चुकी थी, एक छवि, जो करीबी पारिवारिक संबंध के कारण गहरी और स्पष्ट हो चुकी थी, जिसमें उसकी डॉक्टर दोस्त की बेटी ने काफी इजाफा किया। कुछ दिनों बाद उसने कहा, "आप जानती हैं कि वह बिना इंतजार किए आना चाहती है ? वह मेरे रहते यहाँ आना चाहती है। आज सुबह ही मुझे उसकी चिट्ठी मिली है, जिसमें उसने ऐसा लिखा है, लेकिन मैं इस पर विचार कर रहा था और आपसे बात करने के इंतजार में था। देखिए, बात ऐसी है कि अगर वह आपको इसे प्रस्तावित करती हुई लिखती है—अरे, मुझे बेहद खुशी होगी!"

कुछ दिनों बाद उसने कहा, "आप जानती हैं कि वह बिना इंतजार किए आना चाहती है ? वह मेरे रहते यहाँ आना चाहती है। आज सुबह ही मुझे उसकी चिट्ठी मिली है, जिसमें उसने ऐसा लिखा है, लेकिन मैं इस पर विचार कर रहा था और आपसे बात करने के इंतजार में था। देखिए, बात ऐसी है कि अगर वह आपको इसे प्रस्तावित करती हुई लिखती है—अरे, मुझे बेहद खुशी होगी!"

(5)

हमेशा की तरह वे बगीचे में थे और उसके दिमाग में यह बात अब तक नहीं आई थी कि अगर वह कोई खुश व्यक्ति नीच होता तो उसे सुरक्षा की जरूरत पड़ जाती। चूँकि अब तक उसने यह नहीं सुना था कि उसे अब सावधानी बरतने की जरूरत नहीं, इसलिए वह उसके लिए वह विशेष चादर लाने घर के

अंदर गई, जो उसके घुटने के लिए जरूरी थी और फीकी धूप में आँखें मीचती हुई, छोटे से सुंदर घास के मैदान से होती हुई लौट आई थी। वह न तो मूर्ख था, न ही बुद्धिहीन, लेकिन उसे उनके साथ अपनी समझ के विचित्र लाभ को दिखाने से बचने के लिए एक छोटे से काम की तरह करना पड़ रहा था। यह उसे भय और विचित्रता से भर देता था, उसे सोचने पर मजबूर करता था कि उसे कुछ भी नहीं आता तथा उसे मेपसेट के प्यार में पागल मिस हैरियट एवं उसकी दुःखद किस्मत की याद आ गई। एक ऊटपटाँग संभावना थी और हाँ, उसने बागडोर अपने हाथों में ले रखी थी, ताकि उस खजाने को अपने पास रख सके। जीवन की कला यही थी, जैसा कि वास्तविक कलाकार लगातार करेगा। वह अपनी धारणा पर दरवाजे बंद करता था, उसे निजी संग्रहालय के जैसा मानता था। वह देखता था कि वहाँ ठहरे और रुका रहे, वहाँ की शानदार चीजों के साथ जिए, आराम करने और तरोताजा होने के लिए वहाँ लेट जाए। अपने लिए वह निश्चिंत था कि कुछ देर बाद वह वहाँ पेंट कर सकेगा, कुछ ऐसी चीजें कर सकेगा, जिनके बारे में उसने कभी सोचा तक नहीं था। वह जब चादर लेकर आई तो उसने उसे उनसे ले लिया और उन्हें बेंच पर बैठने तथा बुनाई को फिर से जारी रखने दिया। फिर उनके पीछे से हँसी के साथ उसे अपने कंधे पर रख लिया। इसके बाद वह उनके सामने उनसे दूर व पास जाने लगा, उसके हाथ उसकी जेबों में थे और दाँतों के बीच सिगरेट थी। सिगरेट को लेकर वह शर्मिंदा था किसी खलनायक की गलत हरकत की तरह, लेकिन वह इजाजत दे चुकी थी, पसंद करती थी, उससे सिगरेट पीने की मिन्नत कर चुकी थी और उसने दुआ-सलाम के दौरान जो बात कही, उसने वह दयालुता के साथ भुला चुकी थी। बात यह थी कि वह और भी बुरा न कर बैठने

यह उसे भय और विचित्रता से भर देता था, उसे सोचने पर मजबूर करता था कि उसे कुछ भी नहीं आता तथा उसे मेपसेट के प्यार में पागल मिस हैरियट एवं उसकी दुःखद किस्मत की याद आ गई। एक ऊटपटाँग संभावना थी और हाँ, उसने बागडोर अपने हाथों में ले रखी थी, ताकि उस खजाने को अपने पास रख सके।

के डर से ऐसा करता था। इसी से पता चलता था कि अंत कितना करीब है। "मैं जो कहने जा रहा हूँ, मुझे डर है कि वह आपको बहुत बुरा लगेगा, लेकिन मैं चुप नहीं रह सकता। आपके प्रति अगाध सम्मान के साथ मैं यह कह रहा हूँ। यह आपको बेचारी एडी के प्रति भयंकर नमकहरामी लगेगी। हाँ, हम ऐसे ही हैं, कम-से-कम अपनी दुष्टता में मैं तो ऐसा हूँ ही।" वह चुप हो गया और तब तक उन्हें देखता रहा, जब तक कि वह भयभीत नहीं हो गई। "उसे आने मत दीजिए। कह दीजिए, न आए। मैंने रोकने की कोशिश की, लेकिन उसे संदेह है।"

यह छवि मैंने ही उसे चिट्ठी लिखकर बनाई है, जिसे मैंने जहाँ तक संभव था, सौम्य रखा था, जब मैं रात को इस आशंका के साथ लिखता था कि आगे क्या हो सकता है। कुछ था, जो मुझे कह रहा था कि मैं अपनी पहली चिट्ठी को रोक लूँ, जिसमें पहले मत के अनुसार मैंने खुद ही उतावलेपन में 'अंट का शंट' लिख दिया था और इसे झूठी व छिपी हुई बातों की बजाय मनगढ़ंत बना दिया था।

बेचारी हैरान रह गई। "संदेह ?"

"यह छवि मैंने ही उसे चिट्ठी लिखकर बनाई है, जिसे मैंने जहाँ तक संभव था, सौम्य रखा था, जब मैं रात को इस आशंका के साथ लिखता था कि आगे क्या हो सकता है। कुछ था, जो मुझे कह रहा था कि मैं अपनी पहली चिट्ठी को रोक लूँ, जिसमें पहले मत के अनुसार मैंने खुद ही उतावलेपन में 'अंट का शंट' लिख दिया था और इसे झूठी व छिपी हुई बातों की बजाय मनगढ़ंत बना दिया था। लेकिन बातों को छिपाने की मंशा के बावजूद जैसा कहते हैं न, वैसा आपको मैंने ज्यादा 'नीचा' नहीं दिखाया। चाहे मैं कितनी ही लीपा-पोती कर आपको बुजुर्ग दिखाने की कोशिश करता, मैंने सच्चाई बता दी होगी और पूरा कहानी सामने रख दी होगी। वह संघर्ष को दूर से भाँप लेती है, जिससे मेरा मतलब है, वह 'अनोखेपन' को सूँघ लेती है, लेकिन उसे दूर रखिए। मैं जो कह रहा हूँ, वह भयंकर है, लेकिन मुझ पर आपके एहसान हैं। दुनिया के एहसान हैं। वह आपको मार डालेगी।"

"तुम्हारा मतलब है कि मुझे उसके साथ मिलकर नहीं रहना चाहिए?"

"अरे, यह घातक है! मुझे ही देख लीजिए और देखिए आप मेरे लिए कैसी रही हैं। वह होशियार है। वैसे भी वह काफी सुंदर, काफी अच्छी है और वह आपसे प्रेम करेगी।"

"तो फिर?"

"अरे, यही तो वह करनेवाली है।"

"मैं अपना खयाल रख सकती हूँ!" मिस वेनहैम ने उसी अंदाज में कहा, जैसे कोई घोड़ा जोर-जोर से सिर हिलाकर बिना पहिएवाली गाड़ी की घंटी को ठंडी हवा में नचाता है।

ओह, लेकिन आप उसे नहीं रोक सकेंगी! वह आपके बारे में कुछ भी कहेगी। वह आपके बारे में लिखेगी। आप पहले गोरे यात्री के सामने नियाग्रा के जैसी हैं और आप जानती हैं या आप जान नहीं सकती हैं कि उस सज्जन के बाद नियाग्रा का क्या हुआ। एडी नियाग्रा की खोज कर लेगी। वह आपको आपकी पूर्णता के साथ समझेगी। वह आपको जड़ तक महसूस करेगी, आपकी एक भी कोमल छाया को वह नहीं छोड़ेगी या किसी अन्य को छोड़ने नहीं देगी।

"ओह, लेकिन आप उसे नहीं रोक सकेंगी! वह आपके बारे में कुछ भी कहेगी। वह आपके बारे में लिखेगी। आप पहले गोरे यात्री के सामने नियाग्रा के जैसी हैं और आप जानती हैं या आप जान नहीं सकती हैं कि उस सज्जन के बाद नियाग्रा का क्या हुआ। एडी नियाग्रा की खोज कर लेगी। वह आपको आपकी पूर्णता के साथ समझेगी। वह आपको जड़ तक महसूस करेगी, आपकी एक भी कोमल छाया को वह नहीं छोड़ेगी या किसी अन्य को छोड़ने नहीं देगी। आप कुछ कहने लायक नहीं रहेंगी, लेकिन कहना तो फिर भी होगा ही। आप कुछ ज्यादा ही वास्तविक चीज बन जाएँगी और जैसी हैं, वैसी ही छोड़ दी जाएँगी तथा एडी के सारे दोस्त, उसके के सारे संपादक व सहयोगकर्ता तथा पाठक अटलांटिक को पार कर फ्लिकरब्रिज में महज इस कारण से भीड़ लगा देंगे, ताकि आपको एकमत से, सार्वभौमिक रूप से, जोर-शोर से छोड़ दें। आप पत्रिकाओं और तसवीरों में होंगी, आप अखबारों की सुर्खियों में होंगी, आप हर

जगह हर चीज के साथ होंगी। आप समझती नहीं हैं। आपको लगता है कि आप सोचती हैं, लेकिन आप सोचती नहीं। ईश्वर न करे कि आप समझ जाएँ! यही आपकी खूबसूरती है—आपकी 'सोती' हुई खूबसूरती, लेकिन आपको समझने की जरूरत भी नहीं है। आप मुझ पर भरोसा कीजिए। उसे मत बुलाइए। बहाने के लिए कारण के तौर पर कुछ भी कह दीजिए, जो आपको ठीक लगे। उससे झूठ बोलिए, डरा दीजिए। मैं चला जाऊँगा और आपको छोड़ दूँगा। मैं खुद अपना सबकुछ कुरबान कर दूँगा।" ग्रैंगर अपनी बात को आगे बढ़ाता गया और अपने आप को ज्यादा-से-ज्यादा संतुष्ट करता गया। "अगर मैं इससे निकलने का रास्ता देखता, इससे पूरी तरह निकल जाता तो मैं उसे कोई भी गढ़ी हुई कहानी सुना देता, बस मैं यह निश्चित करता कि यह अपनी जगह पर बनी रहे। देखिए, मैं सबकुछ ठीक रखने के लिए ऐसा करता, पर मैं उसकी आँखों में धूल झोंकता। मैं उससे कहता कि तुम किसी काम के लायक नहीं, सच कहूँ तो तुम्हारी मुझे जरूरत नहीं है। मैं उससे कहता कि तुम ओछी, बेढंगी, दागी हो। मैं उससे कहता कि तुम भाड़े की टट्टू, साजिश रचनेवाली और खतरनाक हो। मैं उससे कहता कि मेरे लिए यही अच्छा होगा कि मैं तुम्हें तुरंत दूर कर दूँ। मैं आपको बस बहकी हुई कर्तव्यनिष्ठता की अभेद्य कहानी में घेर देता, पाक-साफ फरेब के घेरे में और इन सबके बीच आपको सिर्फ अपने लिए रखता।"

आपकी 'सोती' हुई खूबसूरती, लेकिन आपको समझने की जरूरत भी नहीं है। आप मुझ पर भरोसा कीजिए। उसे मत बुलाइए। बहाने के लिए कारण के तौर पर कुछ भी कह दीजिए, जो आपको ठीक लगे। उससे झूठ बोलिए, डरा दीजिए। मैं चला जाऊँगा और आपको छोड़ दूँगा। मैं खुद अपना सबकुछ कुरबान कर दूँगा।

वह उसकी बातों को ऐसे सुन रही थी, जैसे वह म्यूजिक का कोई बैंड हो और वह खुद एक छोटी सी शरमीली बगीचे की पार्टी। "मैं नहीं चाहूँगी कि तुम जाओ। मैं बिल्कुल भी नहीं चाहूँगी कि तुम दोबारा न आओ।"

"ओह, यही तो बात है!" उसने पलटकर कहा, "अगर एडी आपको

बरबाद कर देगी तो मैं लौटकर कैसे आऊँगा?"

"लेकिन वह मुझे बरबाद कैसे करेगी? और अगर कर भी देगी, जैसा तुम कहते हो तो फिर? मैं अब उस उम्र की हूँ कि बदल नहीं सकती और किसी भी असाधारण तरीके से किसी को खुश करने लायक नहीं, जैसा कि तुम कहते हो। अगर बात मुझसे सवाल-जवाब करने की है तो मुझे नहीं लगता कि मेरे सगे-संबंधी या कोई और भी ऐसा करेगा, जैसा कि तुम्हें लगता है। इसलिए अगर तुम मुझे बरबाद नहीं कर सके…"

"लेकिन मैं कर चुका हूँ, यही मैं कहना चाहता हूँ!" ग्रैंगर ने जोर देकर कहा, "कम-से-कम मैंने आपका महत्त्व कम किया है। मैंने एडी के करने के लिए शायद ही कुछ छोड़ा है।"

नहीं, वह तो एक सबसे डरावनी बात है। जो होनेवाला है, वह आपको अच्छा लगेगा। आप पैगंबर की तरह जलते रथ में फँस जाएँगी, ऐसा ही था न? पुराना रथ, और यही बात है कि अगर फिर कोई ऐसा करता है तो उससे आपको अनभिज्ञ व असहाय रखना होगा। लैटिन में एक ऐसी ही बात है, जिसमें कहा गया है कि बदकिस्मती के लिए किया जाने वाला यह सबसे अच्छा काम है।

वह खुलकर पर हँसने लगी। "अच्छा, अगर ऐसा है तो फिर हम स्वीकार कर लेंगे कि तुमने सबकुछ कर लिया, लेकिन मुझे डरा न सके।"

वह उनकी तरफ आश्चर्यजनक उदासी के साथ देखने लगा। "नहीं, वह तो एक सबसे डरावनी बात है। जो होनेवाला है, वह आपको अच्छा लगेगा। आप पैगंबर की तरह जलते रथ में फँस जाएँगी, ऐसा ही था न? पुराना रथ, और यही बात है कि अगर फिर कोई ऐसा करता है तो उससे आपको अनभिज्ञ व असहाय रखना होगा। लैटिन में एक ऐसी ही बात है, जिसमें कहा गया है कि बदकिस्मती के लिए किया जाने वाला यह सबसे अच्छा काम है। आप अभी से अपने अपमान का मजा ले रही हैं और शर्म से खुश हैं। बहुत देर हो चुकी है, आप हार चुकी हैं!"

(6)

यह सबकुछ किसी भी अन्य साधन की तुलना में समय बिताने का सुखद तरीका था, क्योंकि यह उसके बीते दिनों के डर को उस पर फिर से हावी होने देने से रोकता था, न ही उसे हर दिन कोई-न-कोई नए स्रोत को उसकी खूबियों के साथ नया प्रभाव जमाने से रोकता था। बातचीत में वह जितना खुल जाता था, उससे वह सही में यह सोचकर डर जाता था कि वह कितना परिचित हो गया है। वैसे भी इस जगह को लेकर सबसे बड़ी बात यही थी कि नए समय की एक सुविधाजनक स्थिति अपने दायरे को लाँघकर आ चुकी थी और इस माहौल में तुरंत अंतरंग हो जाना और भूल जाना नई बात नहीं थी। इतने दिनों से न कोई रूखा बरताव हुआ, न ही चीख-चिल्लाहट। अधिकांश समसामयिक बातों के प्रति शांति से बेसुध रहना। यह उस भागमभाग से एकदम अलग थी, जिसमें अस्त-व्यस्त सामाजिक माहौल में व्यक्ति जूझता रहता है। ग्रैंगर ने यह सोचने के लिए अपनी साँस रोक ली कि एडी कैसे भागमभाग मचाएगी। ऐसे भी पल थे, जब किसी कारण से वह सीढ़ियों पर उसके कदमों के निशान और हॉल में उसकी रुलाई को सुना करता था। हमने उसे जिस विचार के साथ व्यस्त दिखाया है, अगर वह उसके साथ खुलकर आगे बढ़ रहा है तो सभी स्पष्ट तरीकों से उसने इस तरह का त्याग नहीं किया था, जैसी स्थिरता प्राणघातक रूप से संभव होती है। उसने अपने सूत्रों को फिर से जोड़ने के लिए अब तक हलके ढंग से बस विचार किया था। वह उन्हें छोड़ने को लेकर कुछ नहीं सुनेगी, सफर करने को लेकर उसके अस्वस्थ होने

यह सबकुछ किसी भी अन्य साधन की तुलना में समय बिताने का सुखद तरीका था, क्योंकि यह उसके बीते दिनों के डर को उस पर फिर से हावी होने देने से रोकता था, न ही उसे हर दिन कोई-न-कोई नए स्रोत को उसकी खूबियों के साथ नया प्रभाव जमाने से रोकता था। बातचीत में वह जितना खुल जाता था, उससे वह सही में यह सोचकर डर जाता था कि वह कितना परिचित हो गया है।

की बात भी नहीं मानेगी। वह बता रही थी कि लंदन तक का सफर कई घंटे का होगा, जो सच में लंबा होगा, जिसमें कई तरह की मुश्किलें दिख रही थीं। फिर उसने दिन-ब-दिन जैसे-जैसे उसके बारे में उन्हें याद दिलाना शुरू किया, वैसे-वैसे दूसरी मुश्किलें कई गुना बढ़ती गईं। जब करने को कुछ नहीं था तो उसने उनके सामने इन बातों को रख दिया, जिन पर उन्हें जरूर सोचना चाहिए। उसके बाद अकसर इस बात को लेकर शंका में रहता था कि क्या वे उसके लिए यह त्याग करेंगी।

वह जानता था कि उन्होंने फिर से एक चिट्ठी पेरिस भेजी है और यह भी जानता था कि उसे फिर से लिखना चाहिए। दोनों के लिए मुश्किल भरी एक परिस्थिति पैदा हो रही थी। यदि वह इतने दिनों तक रहा तो अब तक ठीक क्यों नहीं हुआ और अगर वह ठीक नहीं हुआ तो एडी इस बात पर सोचने लग जाएगी। उन्हें बता देना होगा कि वह ठीक है, ताकि शंका से और इस बात को सोचकर कि उससे कुछ छिपाया जा रहा है, वह उसकी देखभाल करने के लिए अचानक धमक न पड़े। हालाँकि अगर वह ठीक है तो इतने दिनों तक वहाँ क्यों रुका है? अगर वह केवल आकर्षण की भावना के लिए रुका है तो यह आकर्षण जरूर संक्रमण जैसा होगा। आखिरकार यह बात उसे अच्छी तरह समझ आ गई, इसलिए उसके पास सुकून के कुछ और पल थे, जिनमें वह तेजी से आगे आनेवाले समय पर विचार कर सकता था। यह बात उसकी कल्पना के अनुकूल थी कि उसकी दोस्त को यह समझ आ जाए कि इस समय तक उसके जवान साथी को कड़ी चेतावनी दी जा चुकी है, लेकिन इससे ज्यादा सीधी बात और कुछ नहीं हो सकती थी कि जब तक वह स्वयं इस संकट से नहीं लड़ता, तब तक कोई फर्क पड़नेवाला नहीं है। अगर

वह जानता था कि उन्होंने फिर से एक चिट्ठी पेरिस भेजी है और यह भी जानता था कि उसे फिर से लिखना चाहिए। दोनों के लिए मुश्किल भरी एक परिस्थिति पैदा हो रही थी। यदि वह इतने दिनों तक रहा तो अब तक ठीक क्यों नहीं हुआ और अगर वह ठीक नहीं हुआ तो एडी इस बात पर सोचने लग जाएगी।

वह इतना कमजोर है कि चल-फिर नहीं सकता तो एडी उसे अपनी ताकत देगी, जिसका कि जब वह वहाँ पहुँचेगी तो कई बार उदाहरण देगी। एक दिन सुबह-सुबह नाश्ते के समय वह बेहद भावुक होकर रोने लगा। वे जान गए थे कि वह रवाना होनेवाली है। दोपहर तक उन्हें एक तार मिलनेवाला था। उन्हें वह मिला नहीं, लेकिन उसके सोच के मुताबिक इसकी संभावना बहुत अधिक थी। यही नहीं, इसका एक गंभीर और खुशनुमा पहलू भी था। चूँकि ग्रैंगर के विरोधाभास और खुशी ही एकमात्र साधन थे, जो उसे बताते थे कि उसे कैसा महसूस हो रहा है। उसने सच में कील ठोंके जाने की आवाज सुनी और मिस वेनहैम को यह बताने के लिए उसने खुलकर होनेवाली बातचीत का रास्ता चुना, जिससे साफ हो जाता था कि वह किस संकट में है। वह कभी नहीं लौट सकेगा और भले ही उसने उदासी के साथ यह बात कही, जो किसी मजाक के जैसी लग सकती थी, हालाँकि उसने देखा कि आखिर में वह समझ गई, उस पर यकीन भी कर लिया। इसके बाद जहाँ तक उसे जानकारी थी, उन्होंने फिर से एडी को खत लिखा और उस खत की बातों ने उसकी जिज्ञासा को बढ़ा दिया। उसका मन भले ही शांत नहीं किया गया था, लेकिन एक दिन बाद तब बैठ गया, जब उन्होंने उसे बताया कि एक घंटे पहले उन्हें एक तार मिला है।

एक दिन सुबह-सुबह नाश्ते के समय वह बेहद भावुक होकर रोने लगा। वे जान गए थे कि वह रवाना होनेवाली है। दोपहर तक उन्हें एक तार मिलनेवाला था। उन्हें वह मिला नहीं, लेकिन उसके सोच के मुताबिक इसकी संभावना बहुत अधिक थी। यही नहीं, इसका एक गंभीर और खुशनुमा पहलू भी था।

"वह गुरुवार को आ रही है।"

उसने रत्ती भर भी आश्चर्य नहीं व्यक्त किया। यह भाग्यवादी की गहरी चुप्पी थी। यह तो होना ही था।

"तो फिर मैं कल ही आपको छोड़कर चला जाऊँगा।"

यह सुनकर वह उसे ऐसे देखने लगी, जैसा उसने उन्हें पहले कभी नहीं देखा था। यह कह पाना मुश्किल था कि जो उनके चेहरे पर दिखा, वह कुछ कर

पाने की आखिरी विफलता थी या उसे करने का पहला प्रयास। "और सच में कभी लौटकर नहीं आओगे?"

"कभी नहीं, कभी नहीं, प्यारी महिला। मैं क्यों लौटूँगा? आप जैसी हैं, वैसी कभी नहीं रहेंगी। मैंने आपको आपके रूप में आखिरी बार देख लिया है।"

"ओह!" वे दिल को छू लेने के अंदाज में बोलीं।

"हाँ, क्योंकि अगली बार जब मैं आपको देखूँगा तो आप अपने होश में आ चुकी रहेंगी। आप वही रहेंगी, जो हैं। मैं खुलकर स्वीकार करता हूँ, न कम, न ज्यादा, एकदम अलग भी नहीं होंगी, लेकिन आप यह सबकुछ एकदम अलग तरीके से होंगी। हम अद्भुत मशीनरी के युग में रह रहे हैं, जहाँ सबकुछ एक ही उद्देश्य के लिए संगठित किया गया है। वह उद्देश्य है—प्रचार; ऐसा प्रचार, जो किसी आदमखोर जितना खूँखार है। इसलिए जो बात है, वह यह कि किसी तरह का भ्रम नहीं होना चाहिए तथा उथल-पुथल भरे पल में अपने आप को खुश करने के लिए कि वह आदमखोर आपको बख्श देगा। वह किसी को नहीं छोड़ता। वह कुछ भी नहीं छोड़ता। सब ठीक हो जाएगा। आपका समय बहुत अच्छा बीतेगा। आप बस एक सार्वजनिक व्यक्ति रह जाएँगी और दुनिया में आपकी चर्चा इस बात को लेकर होगी कि आप किस काबिल हैं? और यह कहा जाएगा कि आप घर की छत पर रहने के काबिल हैं। मैं जानता हूँ कि इस मामले में एडी बहुत आगे है, जबकि आप नहीं हैं। इसलिए अलविदा!"

हाँ, क्योंकि अगली बार जब मैं आपको देखूँगा तो आप अपने होश में आ चुकी रहेंगी। आप वही रहेंगी, जो हैं। मैं खुलकर स्वीकार करता हूँ, न कम, न ज्यादा, एकदम अलग भी नहीं होंगी, लेकिन आप यह सबकुछ एकदम अलग तरीके से होंगी। हम अद्भुत मशीनरी के युग में रह रहे हैं, जहाँ सबकुछ एक ही उद्देश्य के लिए संगठित किया गया है।

हालाँकि, वह अगले दिन तक वहीं रहा और बीच-बीच में अपनी दोस्त के सफर के विभिन्न चरणों पर गौर किया। इस समय, इस घंटे वह सच में निकल चुकी होगी। जिस समय पर डोवर पहुँचेगी, जिस समय वह शहर में पहुँचेगी,

वह मिसेज डुन के घर के पास कहाँ उतरेगी। शायद वह मिसेज डुन को साथ लेकर आएगी, क्योंकि मिसेज डुन उसकी हाँ-में-हाँ मिलाएँगी। आखिर में अगले दिन जैसे किसी पूर्वानुमान की तरह दोनों के बीच एक शांति छा गई। वह अपनी मेजबान जितना ही खामोश हो गया, लेकिन इससे पहले कि वह जाता, उन्होंने सकुचाते हुए और चिंता के साथ उस अपील को सामने रखा, जो सवाल की शक्ल में कई घंटे से उनके दिमाग में घूम रहा था। "तो फिर तुम आज रात लंदन में उससे मिलोगे?"

"नहीं तो। अफसोस, मैं इस हालत में कहाँ हूँ कि ऐसा कर सकूँ? क्या मैं कभी उससे फिर मिल पाऊँगा?" उसने फिर से उन बातों को शुरू कर दिया। "अगर इसके बाद मैं एडी से मिला तो आप जान लीजिए कि मैं आपसे भी मिलूँगा और अगर मैं एडी से मिला," उसने स्पष्टता से कहा, "तो उसी के साथ-साथ मैं आपसे भी मिलूँगा और मैंने आपसे अभी-अभी कहा था कि मुझे इसी बात का डर है।"

"नहीं तो। अफसोस, मैं इस हालत में कहाँ हूँ कि ऐसा कर सकूँ? क्या मैं कभी उससे फिर मिल पाऊँगा?" उसने फिर से उन बातों को शुरू कर दिया। "अगर इसके बाद मैं एडी से मिला तो आप जान लीजिए कि मैं आपसे भी मिलूँगा और अगर मैं एडी से मिला," उसने स्पष्टता से कहा, "तो उसी के साथ-साथ मैं आपसे भी मिलूँगा और मैंने आपसे अभी-अभी कहा था कि मुझे इसी बात का डर है।"

"तुम्हारा मतलब है कि मुझे और उसे अलग नहीं किया जा सकेगा?"

वह हिचकिचाने लगा।

"मेरा मतलब है, वह आपके बारे में मुझे सबकुछ बता देगी। मैं अब उसे और उसकी बक-बक को सुन सकूँगा।"

एक बार फिर हलके से हिनहिनानेवाली उनकी हँसी सुनाई पड़ी और इसमें अंतहीन उदासी थी। "लेकिन तुम जो कह रहे हो, वह सच है तो तुम्हें पता चल जाएगा।"

"ओह, लेकिन एडी नहीं मानेगी! नहीं मानेगी, मतलब मैं जानता हूँ, या कम-से-कम इतना कह सकता हूँ कि वह इस पर यकीन नहीं करेगी। एडी,"

उसने अजीब ढंग से साँस छोड़ते हुए कहा, "ऐसी है। आप जानती हैं," उसने अपनी बात पूरी की, "कि जो एकदम निश्चित तौर पर हुआ है कि आपके कारण मैं उसे इस नजर से देखने लगा हूँ, जैसे पहले कभी नहीं देखा था?"

वह आँखें मटकाने लगी और हाँफने लगी। वह हैरान थी और हताश भी। "अरे नहीं, यह तुम हो। मेरा इससे कोई लेना-देना नहीं है। सबकुछ तुम ही हो!"

लेकिन अब सबकुछ मायने रख रहा था! "आप देखना," उसने कहा, "कि वह मोहक है। मैं आज रात ऑक्सफोर्ड जाऊँगा। मैं रास्ते में लगभग उसे पार करता हुआ जाऊँगा।"

"अगर वह मोहक है तो मैं तुम्हारे इस विचित्र व्यवहार को लेकर क्या कहूँगी, जब वह पहुँचेगी और तुम भाग चुके होगे?"

"ओह, आपको उसकी परवाह करने की जरूरत नहीं है। आप उसे कुछ मत कहिएगा।"

वह उसे ऐसे देख रही थी, जैसे पहले कभी नहीं देखा था। "बेशक, मुझे भी लगता है कि यह बताना मेरा काम नहीं है, लेकिन तुम्हारी सगाई हो चुकी है तो यह थोड़ा क्रूर नहीं लगता?"

ग्रैंगर उसी विचित्र ढंग से ठहाके लगाने लगा, जैसे कि वह खुद लगाती थी। "अरे, आपने तो मेरी बलि ही चढ़ा दी!" और उसने अपना हाथ उनके हाथ में रख दिया।

उसका हाथ पकड़ते हुए उन्होंने आश्चर्य से पूछा। "तुम्हारी बलि चढ़ा दी?"

"हमारी सगाई नहीं हुई है। गुडबाय!"

□

मिसेज मेडविन

(1)

"वैसे हम एक जोड़ी हैं!" उस महिला के मेहमान ने उसकी सफाई के आखिर में इस अंदाज में कहा, जो काफी परेशान करनेवाला था। वह बेचारी महिला मिस कटर थीं, जो साउथ ऑडले स्ट्रीट पर रहती थीं, जहाँ उनका 'ऊपरी आधा हिस्सा' इतना छोटा था कि उसे सुविधाजनक बताने का साहस करना पड़ता था और वह मेहमान उनका सौतेला भाई था, जिसे बीते तीन साल में उन्होंने एक बार भी नहीं देखा था।

उनमें गजब की परिपक्वता थी, जिसका हर लक्षण प्रशंसनीय रूप से नियंत्रित कहा गया होगा, जिनमें वीरता दिखाने की कोई प्रवृत्ति नहीं थी, जो बस इसकी स्वतंत्रता की पुष्टि करता था। उनका वर्तमान बेशक उनके अतीत पर काफी हद तक निर्भर था, लेकिन इस बहाने के साथ काफी हद तक सही था कि तब वह काफी सुंदर रही होगी। एक बार सुंदर हो जाने से वह संतुष्ट नहीं थी, वह फिर से और भी सुंदर दिखना चाहती थी। वह ऐसी किसी बात को नजरअंदाज नहीं करती थी, जो उस भ्रम को बढ़ाए और गोरी के साथ ही मोटी होने के कारण अकसर पूरी तरह से काले लिबास में रहती थीं। वह थोड़ा-बहुत रंग शामिल भी करती थी तो वह किसी भी हाल में उनके परिधानों का हिस्सा नहीं होता था। उनके छोटे-छोटे कमरों की विशेषता यह थी कि उनमें जो कुछ भी था, वह समाज में उनकी स्थिति का साफ सबूत था, बिल्कुल ऐसा, मानो उन्हें प्रशंसा करनेवाले मित्रों के पैसे से जुटाया गया है। बेशक उन्हें ऐसी विशेष वस्तुओं से

सजाया गया था, जिन्हें कोई भी नहीं खरीदता, जैसा कि महिलाओं ने उन्हें देखने के बाद अकसर कहा था और वे शान-शौकतवाले होते, बशर्ते यह सुख मुख्य रूप से फोटो-चित्रों में होता, जिन पर इस तरफ से उस तरफ तक दस्तखत किए गए थे। फूलों का गुलदस्ता रिबन से बाँधा गया था, जिसके साथ गुजरनेवाले हमवतनों के कार्ड लगे थे और लाल खंडों, नीले खंडों, वर्णमालावाले खंडों, लंदन की चमक-दमक को दिखानेवाली हर तरह की चीजें पते और मौके के साथ सजी थीं। संक्षेप में कहें तो मिस कटर के बेहद छोटे से ड्राइंग-रूम में अगर आपको मिस कटर के साथ अकेले रहने का मौका मिल जाए तो आपको लगेगा कि आप किसी भीड़ के बीच खड़े हैं। यह किसी एजेंसी के जैसा था, जहाँ विवरणों का अंबार लगा था।

इन सबको ही उसके सामने खड़ा लंबा-पतला, ढीला-ढाला व्यक्ति वहाँ खड़ा होकर निहार रहा था और किसी दृश्य को पढ़ रहा था, जब वह उससे बात कर रही थी, जबकि उसकी आँखें बिना हड़बड़ और बिना आराम के घूम रही थीं। "अरे, छोड़ो भी, मेमी!" बीच-बीच में वह भड़क उठता था और उसके शब्द साफ तौर पर उन चीजों को देखने के बाद बनी छवि से जुड़े थे।

इन सबको ही उसके सामने खड़ा लंबा-पतला, ढीला-ढाला व्यक्ति वहाँ खड़ा होकर निहार रहा था और किसी दृश्य को पढ़ रहा था, जब वह उससे बात कर रही थी, जबकि उसकी आँखें बिना हड़बड़ और बिना आराम के घूम रही थीं। "अरे, छोड़ो भी, मेमी!" बीच-बीच में वह भड़क उठता था और उसके शब्द साफ तौर पर उन चीजों को देखने के बाद बनी छवि से जुड़े थे। तुलनात्मक रूप से उसकी कम उम्र बरबादी की बातें करती थी, जबकि वह कुछ ज्यादा ही सकारात्मक होकर बचत की बात कर रही थी। हाँ, बस एक चीज उसमें थी, जो अब तक उसकी ओर से गँवाई गई हर चीज की भरपाई कर रही थी, भले ही वह काफी अलग थी, लेकिन कभी-न-कभी काम आ सकती थी। यह उदासीनता की पूर्णता में थी। ऐसी उदासीनता, जो इस समय उस याचना के लिए थी, याचना अक्षमता की, विशुद्ध अभावग्रस्तता, जिसके साथ उसकी बहन

उससे मिली थी। इसके बावजूद अब भी यह अपने आप में बहुत कुछ समेटे था, जिसमें विचित्रता के सारे नतीजे पूरी तरह शामिल थे, जिसे इस गलतफहमी के साथ पहले ही स्वीकार कर लिया गया था कि इस तरह की स्थिति में उसका रूप मर्मांतक है। उसे इस बात की जरा भी परवाह नहीं थी कि वह अवसरों को अपनी पूरी ढिठाई के साथ वैसे ही देखता है, जैसे वह अपनी पूरी फटेहाली, अपनी सारी चालाकी, अपने सारे इतिहास को देखता है। सारी चीजें उसके रंग-रूप में दिखती थीं—समय से पहले का गंजापन, झुर्रीदार तनावपूर्ण चेहरा, पीलापन लिये लंबी मूँछों का साहस को छोड़ देना और इन सबसे भी अधिक उसकी सुलभ मित्रवत् पूरी दुनिया से परिचित आँखें, जो किसी बातचीत के लिए घुलने-मिलने को आतुर दिखती थीं। उसके पैमाने पर खरा उतरने के लिए किस प्रकार का संबंध स्वाभाविक हो सकता था? उसने छोटी सी बिना बाजू वाली बंडी और काली पैंट पहनी थी, जो औसत स्तर की और समय की मार से घिस चुकी थी, जिसे वह शायद शाम के वक्त इस्तेमाल कर चुका था। वह धीमे-धीमे बोलता था, जिसकी इजाजत असहाय होकर अमेरिकियों को दी जाती थी, जो इतनी धीमी थी कि चुप करा दिया जाए और वह बार-बार कह रहा था कि उसका मिस कटर के साथ सौहार्दपूर्ण संबंध था, जो आश्चर्यजनक था। वह उससे न केवल यह कह रही थी कि वह उसे दस पाउंड नहीं दे सकेगी, बल्कि यह भी कि अचानक उसका आना और फिर इतनी देर तक रहना, उसके अपने ही निर्वाह से जुड़ी व्यवस्था में गंभीर हस्तक्षेप है, जिस पर उसने कहना शुरू किया कि वह जानता है कि उसने अपने पैसे बहुत पहले ही खर्च कर दिए हैं, लेकिन अब वह उसके पास सिर्फ

> ***सारी चीजें उसके रंग-रूप में दिखती थीं—समय से पहले का गंजापन, झुर्रीदार तनावपूर्ण चेहरा, पीलापन लिये लंबी मूँछों का साहस को छोड़ देना और इन सबसे भी अधिक उसकी सुलभ मित्रवत् पूरी दुनिया से परिचित आँखें, जो किसी बातचीत के लिए घुलने-मिलने को आतुर दिखती थीं। उसके पैमाने पर खरा उतरने के लिए किस प्रकार का संबंध स्वाभाविक हो सकता था?***

इस वजह से आया है, क्योंकि उस सुविधा के बिना भी वह जीवन की कला में महारत हासिल कर चुकी थी।

"तुम अगर मुझे पाँच पाउंड दे दो, मेरी प्यारी तो मैं सच में चला जाऊँगा, बस मुझे यह बता दो कि तुम यह करती कैसे हो? यह कहने की आवश्यकता नहीं, क्योंकि तुम पहले ही कह चुकी हो कि लोग तुम्हारे प्रति काफी दयालु हैं। भला वे किस कारण तुम्हारे प्रति दयालु हैं?

"वैसे एक कारण तो कम-से-कम यही है कि मेरे साथ कोई मुसीबत नहीं जुड़ी है। मैं जो हूँ, सो हूँ," मैमी कटर ने कहा, "न कम, न ज्यादा। तुम्हें सफाई देते अजीब लग रहा है, जिसकी सच में मुझे जरा भी जरूरत नहीं है। मैं चालाक, दिलचस्प तथा आकर्षक हूँ।" वह घबरा रही थी और डरी हुई भी थी, लेकिन उसने गुस्से को काबू में रखा और अपनी ही सौम्यता के साथ मिली। "मुझे नहीं लगता कि तुम्हें मुझसे और कुछ नहीं पूछना चाहिए, जैसे कि मैं भी नहीं पूछ रही हूँ।"

"वैसे एक कारण तो कम-से-कम यही है कि मेरे साथ कोई मुसीबत नहीं जुड़ी है। मैं जो हूँ, सो हूँ," मैमी कटर ने कहा, "न कम, न ज्यादा। तुम्हें सफाई देते अजीब लग रहा है, जिसकी सच में मुझे जरा भी जरूरत नहीं है। मैं चालाक, दिलचस्प तथा आकर्षक हूँ।" वह घबरा रही थी और डरी हुई भी थी, लेकिन उसने गुस्से को काबू में रखा और अपनी ही सौम्यता के साथ मिली।

"अरे, मेरी प्यारी," उस विचित्र युवक ने कहा, "मेरे साथ कोई रहस्य नहीं जुड़ा है। इस दुनिया में तुम आई ही क्यों और अपना इतना सारा वक्त क्यों लगाया, जब तुम किसी काम के लायक ही नहीं तो तुमने शादी क्यों नहीं की?"

"तुमने क्यों नहीं की?" उसने पलटकर पूछा, "तुम्हें नहीं लगता कि मैं कर लेती तो तुम्हारे लिए अच्छा होता कि मेरा पति तुमसे निपट लेता? अब तुम यहाँ से अभी जाने का कष्ट करोगे?" उसने घड़ी पर नजर दौड़ाई। "मेरी एक सहेली आनेवाली है, जिनसे मैं अकेले में बात करना चाहती हूँ, विषय बेहद जरूरी है और तुम्हारे यहाँ रहने से हो सकता है कि तुम्हारे सम्मान को चोट पहुँचे

या तुम्हें बुरा लगे?" वह बड़े आराम से अपनी जगह पर फैल गया और अपने लंबे-काले पैरों को पसारा तो छोटे जूते के ऊपर से गंदी सी रंग-बिरंगी जुराब दिखने लगी। "मैं तुम्हारी बात बहुत अच्छी तरह समझ गया, लेकिन क्या तुम पूरी तरह गलत नहीं हो सकती हो? अगर तुम मेरे लिए कुछ नहीं कर सकती तो कम-से-कम मेरे साथ कर लो? अगर ऐसा है तो मैं चालाक, दिलचस्प तथा आकर्षक हूँ! मैं इतना बुरा रहा हूँ कि तुम मुझे पसंद नहीं करती, लेकिन लोग मुझे पसंद करते हैं। तुम मान लो, वे करते हैं। आमतौर पर वे नहीं जानते कि मैं कितना बदमाश रहा हूँ। वे बस ऊपर-ऊपर देखते हैं, जो···" और जब वह उसे ऊपर से नीचे तक देख रही थी, तब उसने एक बार खुद को फैला लिया, "तुम उनके बारे में कल्पना कर सकती हो, है न, बल्कि मान ही रही हो? मैं भी 'जो हूँ, सो हूँ', न कम, न ज्यादा। यह बात हमारे परिवार पर ही लागू होती है। हम सब एक जैसे ही हैं!" उसने अपनी बात शांति से कही। उसकी आवाज कोमल और शांत थी। उसकी खुशनुमा आँखें, उसके सरल सुर, जो गंभीर लग रहे थे और. कभी-कभी उस अनोखेपन का प्रभाव आ रहा था, जो कुछ मामलों में सामाजिक तौर पर परिचित और मजेदार होता है। "अंग्रेजों में मेरे लिए एक कमजोरी सी है, जो शायद ही किसी में हो। मैं उनके साथ बड़ी अच्छी तरह घुल-मिल जाता हूँ। मैं अकसर उनके साथ विदेश गया हूँ। वे मुझे···" युवक ने समझाया, "शैतान अमेरिकी मानते हैं।"

मैं तुम्हारी बात बहुत अच्छी तरह समझ गया, लेकिन क्या तुम पूरी तरह गलत नहीं हो सकती हो? अगर तुम मेरे लिए कुछ नहीं कर सकती तो कम-से-कम मेरे साथ कर लो? अगर ऐसा है तो मैं चालाक, दिलचस्प तथा आकर्षक हूँ! मैं इतना बुरा रहा हूँ कि तुम मुझे पसंद नहीं करती, लेकिन लोग मुझे पसंद करते हैं। तुम मान लो, वे करते हैं।

"तुम!" इस प्रकार की मूर्खता पर दया भाव से उसने गहरी साँस छोड़ी।

उसकी करुणा ने इसे अच्छी तरह समझ लिया था। "क्या तुम्हें घर की याद आती है, मैमी?" उसने हैरान करनेवाली अप्रासंगिकता के साथ पूछा।

यह सवाल इस ढंग से पूछा गया कि न जाने क्यों कुछ और सोचते हुए भी वह ठहाके लगाकर हँसने लगी। एक बार फिर उसके मन में अनुराग, कुछ दूसरी बातों का खयाल आ गया। "तुम बड़े मजाकिया हो, स्कॉट!"

"देखो," स्कॉट ने कहा, "यही तो मैं कह रहा था, पर क्या तुम्हें घर की इतनी याद आती है?" उसने विस्तार से पूछा, जिसका कोई व्यावहारिक मतलब नहीं था, बल्कि सहज बुद्धिमानी थी।

"मैं तो बस मरी जा रही हूँ!" मैमी कटर ने कहा।

"मैं भी तो!" उसके भाई ने प्यार से हाँ-में-हाँ मिलाई।

"बस हम ही विनम्र लोग हैं," मिस कटर ने कहा, "और मैं जानती हूँ कि तुम जो नहीं कर पा रहे हो, वह नहीं कर सकते और मैं बता नहीं सकती।" उसे एक बार फिर व्यग्रता और निर्णय की बढ़ी क्षमता के साथ करो, "ऐसा करो, ठीक सात बजे आओ।"

"मैं तो बस मरी जा रही हूँ!" मैमी कटर ने कहा। "मैं भी तो!" उसके भाई ने प्यार से हाँ-में-हाँ मिलाई। "बस हम ही विनम्र लोग हैं," मिस कटर ने कहा, "और मैं जानती हूँ कि तुम जो नहीं कर पा रहे हो, वह नहीं कर सकते और मैं बता नहीं सकती।" उसे एक बार फिर व्यग्रता और निर्णय की बढ़ी क्षमता के साथ करो, "ऐसा करो, ठीक सात बजे आओ।"

वह अपनी जगह से थोड़ी देर पहले ही उठ चुकी थी और अब उसे उठाने के लिए उसके सामने खड़ी थी, जो अब भी निढाल था और उसे देख रहा था। उस खामोशी में दोनों के बीच कुछ अंतरंग आदान-प्रदान सा होता लगा, शायद यह थकान एवं विफलता का और इन सबसे कहीं अधिक बुद्धि का प्रभाव था। अंत में इसमें सनक भरा व्यंग्य था। खैर, इससे उसका इरादा पक्का हो गया तथा वह धीरे-धीरे उठा और उठने के दौरान मानो उस कमरे को साक्षी बना रहा हो। वह तसवीरों को गिन रहा होगा, लेकिन फूलों की तरफ विरक्ति से देख रहा था। "कौन आ रहा है?"

"मिसेज मेडविन।"

"अमेरिकी?"

"अरे, नहीं।"

"फिर तुम उनके लिए क्या कर रही हो ?"

"मैं हर किसी के लिए काम करती हूँ।" उसने तपाक से कहा।

"हर किसी के लिए, जो पैसे देता है ? मुझे ऐसा ही लगता है। फिर भी क्या केवल हम नहीं, जो पैसे देते हैं ?"

इसमें एक परिहास था, जिसे वह उसकी इस बात से समझ गई, जिसमें उसने हम शब्द पर जोर दिया।

"तुम्हें लगता है कि तुम करते हो ?"

इस पर अपनी बात के साथ वह फिर से इस दिलचस्प आइडिया पर लौट आया। "मुझे आजमाकर देखो, फिर देखना, मुझसे ऐसा कराया जा सकता है या नहीं! मुझे शामिल कर लो।" उसने पीठ फेर ली, जिसके बाद उसने एक नजर घड़ी पर डाली। "अगर मैं ठीक सात बजे आऊँ तो डिनर के लिए रुक सकता हूँ ?"

इस पर अपनी बात के साथ वह फिर से इस दिलचस्प आइडिया पर लौट आया। "मुझे आजमाकर देखो, फिर देखना, मुझसे ऐसा कराया जा सकता है या नहीं! मुझे शामिल कर लो।" उसने पीठ फेर ली, जिसके बाद उसने एक नजर घड़ी पर डाली। "अगर मैं ठीक सात बजे आऊँ तो डिनर के लिए रुक सकता हूँ ?"

वह फिर से अपने अंदाज में लौट आई। "असंभव, मैं बाहर खाना खानेवाली हूँ।"

"किसके साथ ?"

उसे सोचना पड़ा। "लॉर्ड कॉन्सीडाइन के साथ।"

"क्या बात है !" स्कॉट हैरान रह गया।

वह उसे उदासी से देख रही थी। "क्या यही अंदाज है तुम्हारा, जिसके तुम्हें पैसे मिलते हैं ? मुझे लगा कि तुम समझ जाओगे," वह कहती जा रही थी, "कि अगर तुम्हें कामयाबी से मुझसे पैसे निकलवाने हैं तो मुझे कंगाल नहीं करना होगा। मैं दूर से ही सही, लेकिन कम-से-कम एक महिला जैसी दिखूँ।"

"हाँ, लेकिन मैं ऐसा करूँ क्यों ?" उसकी हताशा भरी चुप्पी जवाबों से भरी

थी, जिस पर उसके अनुकरणीय व्यवहार ने कोई ध्यान नहीं दिया।

"तुम्हें मेरी सच्ची ताकत का अंदाजा नहीं है। मुझे तो शक है कि तुम्हें अपनी शक्ति का भी पता है या नहीं! तुम चालाक हो, मैमी, लेकिन उतनी भी नहीं, जितना मैंने सोचा था।" उसने आगे कहा, "हालाँकि मिसेज मेडविन से तुम्हें वह मिलेगा।"

"क्या मिलेगा?"

"अरे, वही चेक, जिससे तुम मेरी मदद कर सकोगी।"

"अरे, वही चेक, जिससे तुम मेरी मदद कर सकोगी।" यह सुनते ही पलभर के लिए दोनों की नजरें मिलीं। "अगर तुम ठीक सात बजे आओगे, न एक मिनट पहले, न ही एक मिनट बाद, तो मैं तुम्हें दो पाँच पाउंड के नोट दूँगी।" उसने इस पर विचार किया। "एक मिनट बाद तुम्हें किसके आने की उम्मीद है?"

यह सुनते ही पलभर के लिए दोनों की नजरें मिलीं। "अगर तुम ठीक सात बजे आओगे, न एक मिनट पहले, न ही एक मिनट बाद, तो मैं तुम्हें दो पाँच पाउंड के नोट दूँगी।"

उसने इस पर विचार किया। "एक मिनट बाद तुम्हें किसके आने की उम्मीद है?"

यह सुनकर वह लगभग चिंता के साथ कराहती हुई खिड़की के पास गई और जब तक उसे सड़क पर देख नहीं लिया, तब तक कोई जवाब नहीं दिया। "स्कॉट, तुम जानते हो न, अगर तुमने मुझे चोट पहुँचाई तो तुम्हें बड़ा अफसोस होगा।"

"मैं तुम्हें कोई चोट नहीं पहुँचाऊँगा। सच तो यह है कि मैं तुम्हारी मदद करना चाहता हूँ और मैं तुमसे वादा करता हूँ कि मैं तुम्हें नहीं छोड़ूँगा, जिससे मेरा मतलब है कि मैं लंदन छोड़कर तब तक नहीं जाऊँगा, जब तक कि तुम्हारे लिए सचमुच कुछ अच्छा न कर जाऊँ। मैं तुम्हें पसंद करता हूँ, मैमी, क्योंकि मैं हिम्मत को पसंद करता हूँ। मैं तुम्हें उससे ज्यादा पसंद करता हूँ, जितना तुम मुझे करती हो। मैं तुम्हें बहुत-बहुत पसंद करता हूँ।" इसके साथ ही वह दरवाजे तक जा चुका था और उसे खोल लिया था, लेकिन उसका हाथ अब भी हैंडल

पर ही था। "मिसेज मेडविन तुमसे क्या चाहती है ?" आखिरकार उससे रहा नहीं गया। वह उसे जाते देखने के लिए आई थी और इस राहत की उम्मीद में उसने उसे फिर से एक मौका दे दिया था।

"जो असंभव है।"

वह एक मिनट और रुका। "और तुम वह करनेवाली हो ?"

"मैं उसे करनेवाली हूँ।" मैमी कटर ने कहा।

"अच्छा, तब तो कोई बहुत बड़ा फायदा होनेवाला होगा! चलो, तीन पाँच-पाँच के कर दो!" वह हँसने लगा।

"ठीक सात बजे।" और आखिर में वह चला गया।

(2)

मिस कटर तब तक इंतजार करती रहीं, जब तक कि घर का दरवाजा बंद न हो गया, जिसके बाद आँख मूँदकर मशीन की तरह कमरे में उन कई सारी चीजों को व्यवस्थित करने लगीं, जिन्हें उसने छुआ नहीं था। ऐसा लग रहा था, मानो महज उसकी आवाज और उच्चारण ने उसकी हालत खराब कर दी थी, लेकिन इन बातों को समझने के लिए उसे ज्यादा देर तक नहीं छोड़ा गया, क्योंकि मिसेज मेडविन ने जल्दी ही दस्तक दे दी थी। यह महिला भी अपनी मेजबान की तरह ही जवानी की पहली उमंग को पार कर चुकी थी। उसका चेहरा-मोहरा, बिखरी हुई सुंदरता का बचा-खुचा रूप था, जिसे इस तरह सँवारा जा रहा था, जैसे थोड़ा-बहुत खाना पिछली रात के डिनर से बच गया

मिस कटर तब तक इंतजार करती रहीं, जब तक कि घर का दरवाजा बंद न हो गया, जिसके बाद आँख मूँदकर मशीन की तरह कमरे में उन कई सारी चीजों को व्यवस्थित करने लगीं, जिन्हें उसने छुआ नहीं था। ऐसा लग रहा था, मानो महज उसकी आवाज और उच्चारण ने उसकी हालत खराब कर दी थी, लेकिन इन बातों को समझने के लिए उसे ज्यादा देर तक नहीं छोड़ा गया, क्योंकि मिसेज मेडविन ने जल्दी ही दस्तक दे दी थी।

और उसे आज के खाने के साथ बड़ी आसानी से परोस दिया जाता है। वह ऐसी नहीं थी, जिसे तुरंत दिलचस्प कह दिया जाए, लेकिन वह बेबाक, सौम्य और हैरान थी, पर थकान से भरी हैरानी नहीं, बस उपयुक्त सीमा तक ही तथा उसका गोरा चेहरा, कुछ ज्यादा ही गोरा था, जिसमें आँखें अचल थीं, बाल कुछ हद तक बिखरे हुए और लुइस सीज हैट, जो काफी लंबी गरदन के आखिर में इस तरह के लगते थे, मानो किसी राजकुमारी की गुर्दन क्रांति के दौरान बरछी लेकर चल रही हो। उसे उस समय के लक्षण ज्यादा समझ नहीं आ रहे थे, फिर भी उसने तुरंत उस काम को करना शुरू किया, जो उसे करना था। मुश्किल इस बात में छिपी थी कि अगर लक्षणों को बताना मैमी की जिम्मेदारी थी तो फिर उस महिला को उन्हें ऐसा रूप देना था कि लगे, जैसे वह बहुत बड़ा काम कर रही है। संभवत: वह उन्हें कुछ ज्यादा ही गंभीर बना दिया करती थी, क्योंकि उसकी सहेली कभी-कभी हताशा से भर जाती थी।

लेकिन वह बेबाक, सौम्य और हैरान थी, पर थकान से भरी हैरानी नहीं, बस उपयुक्त सीमा तक ही तथा उसका गोरा चेहरा, कुछ ज्यादा ही गोरा था, जिसमें आँखें अचल थीं, बाल कुछ हद तक बिखरे हुए और लुइस सीज हैट, जो काफी लंबी गरदन के आखिर में इस तरह के लगते थे, मानो किसी राजकुमारी की गुर्दन क्रांति के दौरान बरछी लेकर चल रही हो।

"तुम्हारा क्या मतलब है कि यह संभव ही नहीं है?"

"अरे नहीं," मैमी ने समझदारी दिखाते हुए कहा, "यह संभव है।"

"लेकिन हताश करने जितना मुश्किल?"

"उतना ही कठिन, जितना आप चाहें।"

"तो मैं क्या कर सकती हूँ, जो मैंने किया नहीं है?"

"आपको बस कुछ दिन और इंतजार करना होगा।"

"लेकिन मैंने यही तो किया है। कुछ और किया ही नहीं है। मैं हमेशा ही कुछ दिन और इंतजार करती हूँ!"

इस करुणा के बावजूद मिस कटर ने विषय पर पकड़ को बनाए रखा।

“मैंने आपको बताया है कि पहले आपको समझना होगा।”

“लेकिन लोग अगर मेरी तरफ देखना बंद कर दें तो?”

“वे देखेंगे।”

“देखेंगे?” मिसेज मेडविन उत्सुक थीं।

“उन्हें देखना चाहिए,” उनकी मेजबान ने कहा, “उन्हें देखे ही बिना केवल सुनना चाहिए।”

“लेकिन उन्होंने सीधे दूसरी तरफ देखा तो?” मिसेज मेडविन अब भी विरोध कर रही थीं। “आप ऐसा नहीं कर सकते कि उनके पास जाएँ और उनका चेहरा अपनी तरफ मोड़ दें।”

“बस यही तो मैं कर सकती हूँ।” मिस कटर ने कहा।

लेकिन उसकी खूबसूरत मेहमान इस दुर्बल करनेवाले पल में कुछ सुनने को तैयार नहीं थी। उसने इसे दूसरे तरीके से रखा। “पुरानी कहावत है कि ‘जब तक आप पानी में नहीं उतरते, तब तक आप तैरना नहीं सीख सकते हैं।’ मैं तब तक बात नहीं कर सकती, जब तक कोई मुझे न देखे। लेकिन जब तक मैं बोलूँ नहीं, तब तक कोई मेरी तरफ देखेगा नहीं।”

“बस यही तो मैं कर सकती हूँ।” मिस कटर ने कहा। लेकिन उसकी खूबसूरत मेहमान इस दुर्बल करनेवाले पल में कुछ सुनने को तैयार नहीं थी। उसने इसे दूसरे तरीके से रखा। “पुरानी कहावत है कि ‘जब तक आप पानी में नहीं उतरते, तब तक आप तैरना नहीं सीख सकते हैं।’ मैं तब तक बात नहीं कर सकती, जब तक कोई मुझे न देखे। लेकिन जब तक मैं बोलूँ नहीं, तब तक कोई मेरी तरफ देखेगा नहीं।”

उसकी बात एकदम साफ थी, लेकिन मिस कटर ने तुरंत ही जवाब दिया। “आपका कहना है कि मैं लोगों के सिर घुमा नहीं सकती, लेकिन मैंने उन्हें घुमाया है।” यह शांत लहजे में कही गई थी, लेकिन उसकी साथी इस पर चौंक गई। “वे कहते हैं—‘हाँ’?”

उसने इसका सार कह दिया। “सबको छोड़कर सिर्फ एक। वह ‘नहीं’ कहती हैं।”

मिसेज मेडविन सोचने लगी, फिर अचानक कहा, "लेडी वांट्रिज?"

मिस कटर ने ज्यादा कोमल होते हुए बस इस बात को स्वीकार कर लिया। "वह मुझसे आज दोपहर मिलने आ रही हैं या कल आ सकती हैं; लेकिन उन्होंने मुझे चिट्ठी लिखी है।"

उसकी मेहमान फिर से हैरान हुई। "क्या मैं उनकी चिट्ठी देख सकती हूँ?"

मिसेज मेडविन उसे देख रही थी, वह आकर्षक लग रहा था। "और वे तुम्हारे पास आएँगे, जो दूसरे हैं?" इस सवाल से वह बात निकलकर आई कि वे आएँगी, जहाँ तक उनमें लेडी एडवर्ड, लेडी बेलहाउस और मिसेज पाउंसर शामिल थीं, जिन्हें 14वीं को चाय पर बुलाया गया था और ऐसे संकेत दिए गए थे, मानो बहुत बुरा होनेवाला है।

"नहीं।" उसने फैसला सुनाते हुआ कहा, "लेकिन मैं उन्हें ठीक कर दूँगी।"

"कैसे?"

"बताऊँ!" और मिस कटर ऊपर की तरफ देखने लगीं, मानो किसी से पूछना चाहती हों, फिर अपनी आँखें कुछ देर तक छत पर टिका दीं। "बताऊँ, तो यह मुझे अपने आप ही आएगा।"

मिसेज मेडविन उसे देख रही थी, वह आकर्षक लग रहा था। "और वे तुम्हारे पास आएँगे, जो दूसरे हैं?" इस सवाल से वह बात निकलकर आई कि वे आएँगी, जहाँ तक उनमें लेडी एडवर्ड, लेडी बेलहाउस और मिसेज पाउंसर शामिल थीं, जिन्हें 14वीं को चाय पर बुलाया गया था और ऐसे संकेत दिए गए थे, मानो बहुत बुरा होनेवाला है। इस बात की आशंका बहुत अधिक थी कि लेडी वांट्रिज इस ताकत के साथ मोरचा सँभालें कि वे असहाय रह जाएँ, हालाँकि वह खतरा उसके समझाए जाने के साथ तारतम्य नहीं लग रहा था। शायद यह सबकुछ आदर्श नहीं था, लेकिन सच यह भी था कि अगर मिसेज मेडविन के लिए वह इतना कुछ कर सकती थी तो उन सभी के लिए भी कुछ-न-कुछ जरूर कर सकती थी। इस प्रकार यह कुछ वैसा ही होगा, जिसे हमारे दोस्त 'कॉलर वर्क' कहते थे। इन सारी बातों का मतलब यह था कि मैमी ने इस बात पर सहमति दे दी, जिसमें उसकी क्लाइंट ने खुश होकर कहा

कि उसे इसके लिए 'एडवांस' भी मिलेगा। मिस कटर ने कबूल किया था कि कभी-कभी ऐसा लगता था कि न जाएँ तो अच्छा रहे, लेकिन इस नाजुक पल के अलावा जो एडवांस था, वह भी कम नाजुक नहीं था, जिसे बैंकनोट, तरह-तरह के संप्रभु उपहार, कुछ चाँदी के तो दो ताँबे के होते थे, जिन्हें सफाई के साथ किसी छोटी सी टेबल पर एक पर्स में मिसेज मेडविन रख दिया करती थीं। यह गहरी अंतरंगता क रास्ता साफ करती थी और इसका प्रभाव यह होता था कि उस भीड़ में अकेली होने के बावजूद हमेशा ज्यादा मददगार साबित होती थी और इससे यह बात भी साबित होती थी कि स्कॉट जिस तरह की जिंदगी काट रहा था, वह पल भर के लिए उसके ऐसा करने की ताकत पर असर दिखा रहा था। "मेरा उससे परिवार का रिश्ता है।" लेकिन उसे समझाना पड़ा। "वही मेरा सौतेला भाई स्कॉट होमर, जो नीच है।"

मिस कटर ने कबूल किया था कि कभी-कभी ऐसा लगता था कि न जाएँ तो अच्छा रहे, लेकिन इस नाजुक पल के अलावा जो एडवांस था, वह भी कम नाजुक नहीं था, जिसे बैंकनोट, तरह-तरह के संप्रभु उपहार, कुछ चाँदी के तो दो ताँबे के होते थे, जिन्हें सफाई के साथ किसी छोटी सी टेबल पर एक पर्स में मिसेज मेडविन रख दिया करती थीं।

"किस तरह का नीच है ?"

"हर तरह का। कभी-कभी वह दिखाई नहीं पड़ता, विदेश जाकर गायब हो जाता है। लेकिन वह हमेशा लौटकर आता है और पहले ज्यादा बुरे हाल में रहता है।"

"हिंसक है ?"

"नहीं।"

"भावुक ?"

"नहीं।"

"सिर्फ अप्रिय ?"

"नहीं, बल्कि प्रिय। गजब का धूर्त, गजब की यात्रा करनेवाला और सहज।"

“तो फिर उसके साथ समस्या क्या है ?”

मेमी सोचने लगी, हिचकिचाई, लगा जैसे अतीत को देख रही हो। “मैं नहीं जानती।”

“कोई पुरानी बात है ?” फिर जब उसकी सहेली चुप थी, “पत्तों को लेकर कुछ विचित्र ?” मिसेज मेडविन ने कहा।

“मैं नहीं जानती और जानना भी नहीं चाहती!”

“अच्छा, जानना तो मैं भी नहीं चाहती।” मिसेज मेडविन ने पुराने जोश के साथ कहा। वह जब जाने के लिए तैयार होने लगी, तब जिस बात पर वह गौर कर रही थी, उससे उनकी बात में थोड़ी तेजी सी आई। “कुछ बोलूँ, बुरा तो नहीं मानोगी ?”

मैमी ने छोटे से स्टैंड पर रखे पैसे से तुरंत अपनी नजर हटाई। “कहो, जो भी कहना है।”

“अच्छा, जानना तो मैं भी नहीं चाहती।” मिसेज मेडविन ने पुराने जोश के साथ कहा। वह जब जाने के लिए तैयार होने लगी, तब जिस बात पर वह गौर कर रही थी, उससे उनकी बात में थोड़ी तेजी सी आई। “कुछ बोलूँ, बुरा तो नहीं मानोगी ?”
मैमी ने छोटे से स्टैंड पर रखे पैसे से तुरंत अपनी नजर हटाई। “कहो, जो भी कहना है।”

“मेरा मतलब बस इतना है कि तुम जिस अजीब सी स्थिति से दूर रहना चाहती हो, वह ज्यादा अच्छी लगने लगती है, है कि नहीं? फिर लगता है कि तुम्हें वही मिला, जो तुम्हें चाहिए था? मुझे लगता है कि तुम इस बात को समझती हो!”

“मैं समझती हूँ।” मिस कटर ने कुछ हद तक ठंडी मुसकान से कहा, “अपनी शक्ति से।”

“जो किसी अमेरिकी में विचित्र रूप से देखने लायक होता है।”

“हाँ, आप हमें ऐसा कह सकती हैं।”

मिसेज मेडविन ने बेबाकी से विचार किया। “लेकिन हम नहीं कहते, मेरी सबसे प्यारी सहेली।”

उसकी सहेली की मुसकान खिल गई। "तो फिर तुम मेरे पास क्यों आती हो?"

"अरे, मैं तुम्हें पसंद करती हूँ!" मिसेज मेडविन ने कहा।

"तो फिर बात पक्की है। यहाँ कोई अमेरिकी नहीं, हमेशा तुम हो।"

"मैं?" मिसेज मेडविन खुश दिखीं, लेकिन थोड़ी उलझन में भी।

"मैं!" मैमी कटर हँसने लगी। "लेकिन तुम मुझे अगर पसंद करती हो तो तुम यह भी समझ सकती हो कि मैं तुम्हें चाहती हूँ।" उसने उसे विदा करने के लिए चूमा। "मैं जब उससे मिल लूँगी तो फिर तुमसे मुलाकात होगी।"

*"मैं?" मिसेज मेडविन खुश दिखीं, लेकिन थोड़ी उलझन में भी।
"मैं!" मैमी कटर हँसने लगी। "लेकिन तुम मुझे अगर पसंद करती हो तो तुम यह भी समझ सकती हो कि मैं तुम्हें चाहती हूँ।" उसने उसे विदा करने के लिए चूमा। "मैं जब उससे मिल लूँगी तो फिर तुमसे मुलाकात होगी।"*

"लेडी वांट्रिज? बेशक मुझे लगता है। मैं कल देरी से आऊँगी, अगर तुम मुझे पहले नहीं बुलाती हो। तुम पर खबर आ गई है?" उसकी मेहमान, जो अब दरवाजे तक आ चुकी थी, उसने कहा।

"नहीं, पर आ जाएगी। अभी कुछ समय है।"

"अरे हाँ, थोड़ा समय तो है!"

मिस कटर टेबल के पास गईं और एक बार फिर सोने और चाँदी तथा नोट पर नजर डालीं, जबकि दो ताँबे के सिक्कों को नहीं देखा। "बाकी," उसने कहा, "अगले दिन?"

"उसी रात अगर तुम चाहो।"

"तो फिर मैं आ रही हूँ।"

"अगर मैं नहीं आई तो!" इस बुरे खयाल के साथ दरवाजा बंद हो गया। उसी इच्छा के साथ और जब मन बना लिया तो मिस कटर ने पैसे उठा लिये।

दस मिनट बाद वह इसके साथ बाहर निकल गई। उसे इतने लोगों से मिलना-जुलना था कि साढ़े छह बज चुके थे, लेकिन वह अब तक वापस नहीं लौटी थी। दूसरी तरफ, उस समय स्कॉट होमर उसके दरवाजे पर दस्तक दे रहा

था, जहाँ उसकी मेड ने इस अभिनय के साथ दरवाजा खोला कि उसने उसे कसकर पकड़ रखा है और उसे सबके सामने दोहराया, जिसे अच्छी तरह सीखा था कि उसे सात बजे आना था, न कि उससे पहले। उसके ठेठ अंदाज के आगे कोई भी सबक टिकनेवाला नहीं था। उसने बताया कि वह बेहद थका हुआ है और उनका, यानी मेड का लंदन भयंकर रूप से अवसाद में डालनेवाला है और उसे कहीं भी थोड़ी देर लेटने की जरूरत थी। अगर वह उसे आधे घंटे के लिए अकेला छोड़ दे तो ऊपर रखा पुराना सोफा काफी होगा, जिस पर उसने इतना जबरदस्त कब्जा जमाया कि जब पाँच मिनट बाद वह इस घबराहट के साथ झाँककर देख रही थी कि उसका प्रण टूट गया था, तब उस बिना भरोसे के लायक युवती ने पाया कि उसने पूरे पैर पसार लिये थे और शांति से सो रहा था।

उसके ठेठ अंदाज के आगे कोई भी सबक टिकनेवाला नहीं था। उसने बताया कि वह बेहद थका हुआ है और उनका, यानी मेड का लंदन भयंकर रूप से अवसाद में डालनेवाला है और उसे कहीं भी थोड़ी देर लेटने की जरूरत थी।

(3)

मिस कटर के आने तक कि परिस्थिति दूसरा मोड़ ले चुकी थी और जब सात बजे के कुछ मिनट बाद वह घटना घटी तो हालात ऐसे थे कि सीढ़ी के नीचे मालकिन एवं मेड के बीच पूछताछ का दृश्य था, जिसमें तकलीफ भरे सवाल थे और डरे हुए कबूलनामे। लेडी वांट्रिज उस घुसपैठिए के आने के कुछ ही देर बाद आ गई थीं तथा इच्छा जताई कि वे इंतजार कर लेंगी और फिर सीधे ऊपर चली गईं, जबकि उन्हें बताया गया था कि वह ऊपर लेटा है।

"वे अच्छी तरह समझ गई थीं कि वह ऊपर है?"

"अरे हाँ, मैडम! मुझे लगा कि बता देना ठीक होगा।"

"और तुमने उसके बारे में क्या बताया?"

"मैडम, मुझे लगा कि आपको अच्छा नहीं लगेगा, अगर मैं उन्हें सज्जन के अलावा कुछ और कहूँ।"

मैमी ने सारी बातों को स्वीकार कर लिया, भले ही कई बातें वह कबूल करने के लिए तैयार नहीं थी। "लेकिन उसके पास इतना समय था," वह झट से बोली, "कि वे जान सकें कि वह वही तो नहीं है ?"

"अरे मैडम, उनके पास पंद्रह मिनट थे।"

"इस वक्त भी वह उसके पास तो नहीं है ?"

"नहीं मैडम! आखिर में वे नीचे आ गईं। उन्होंने घंटी बजाई और मैंने देखा कि वे यहाँ हैं तो उन्होंने कहा कि वे और इंतजार नहीं कर सकती हैं।"

मिस कटर ने बुझे मन से विचार किया। "फिर भी इतना इंतजार किया ?"

"पूरे पंद्रह मिनट।"

"ईश्वर दया करे!" वह सीढ़ियाँ चढ़ने लगी। हालाँकि ऊपर पहुँचने से पहले वह सोच रही थी कि पंद्रह मिनट काफी होते हैं और अच्छा हो कि लेडी वांट्रिज को बस सदमा लगा हो। दूसरी तरफ, वे खुश हुईं कि पंद्रह मिनट काफी छोटा होगा, लेकिन उन्हें खुशी कैसे हो सकती थी ? उनके सामने ऐसा संकट था कि उनके खुश होने की कोई संभावना नहीं थी। आखिरकार मैमी को न चाहते हुए भी ड्राइंग-रूम का दरवाजा खोलना पड़ा, ताकि वह समझ सके कि स्कॉट होमर को लेकर कही गई बात सच्ची नहीं, जो पूर्ण रूप से खुश था।

ईश्वर दया करे!" वह सीढ़ियाँ चढ़ने लगी। हालाँकि ऊपर पहुँचने से पहले वह सोच रही थी कि पंद्रह मिनट काफी होते हैं और अच्छा हो कि लेडी वांट्रिज को बस सदमा लगा हो। दूसरी तरफ, वे खुश हुईं कि पंद्रह मिनट काफी छोटा होगा, लेकिन उन्हें खुशी कैसे हो सकती थी ? उनके सामने ऐसा संकट था कि उनके खुश होने की कोई संभावना नहीं थी।

मिस कटर ने बिना संकोच अपने भाई से उसके स्वाभाविक, क्रूर स्वार्थीपन की बात कह दी, जिसके चलते वह असमय लौट आया था। यह उनके समझौते का उल्लंघन था, जो ठीक उस समय हुआ, जब उसके आ जाने से उसके साथ बहुत बुरा हुआ और अब उसे पूरी तरह से उससे पीछा छुड़ा लेना चाहिए, जिसके लिए वह उसकी शुक्रगुजार होगी। वह बेहद गुस्से में आई थी। कुछ

समय के लिए बहुत चीखी-चिल्लाई भी, लेकिन यह बात हैरान करनेवाली थी कि जिस तरीके से उसने उसका स्वागत किया, उससे हालात गंभीर नहीं हुए। उसने ऐसा कुछ किया कि उनका संबंध ठीक रहे। उसमें उन लोगों को उलझा देने की एक कला थी, जो उससे झगड़ने आते थे। वह उनमें एक नई जिज्ञासा को जगाकर विनम्र बना दिया करता था। "तुम्हें देखकर उसने क्या सोचा होगा?" मैमी ने पूछा।

"मेरी प्यारी बच्ची, वह ऐसी महिला नहीं, जो किसी चीज को बहुत समझना चाहती है। किसी चीज से मेरा मतलब है, जो उसे उसकी मर्जी का काम करने से रोके, जिस पर उसे सोचना पड़े। बेशक," वह समझा रहा था, "अगर वह किसी काम को न करना चाहे तो मूसा जितना ही समझेगी।"

मैमी सोच रही थी कि क्या वह उनकी मेहमान से भी ऐसे ही बात कर रहा था? लेकिन उसकी सटीक बातों को उसे मानना पड़ा। वह लेडी वांट्रिज के बारे में बिल्कुल सही बात बता रहा था और वह इसे भविष्य के किसी अवसर पर इस्तेमाल के लिए अपनी तमाम बातों से भरे छोटे दिमाग में बिठा रही थी। हालाँकि उसने अभी किसी तरह का आभार प्रकट नहीं किया, बस उससे अगला सवाल कर दिया, "तुम सच में उनके साथ घुल-मिल गए थे?"

मैमी सोच रही थी कि क्या वह उनकी मेहमान से भी ऐसे ही बात कर रहा था? लेकिन उसकी सटीक बातों को उसे मानना पड़ा। वह लेडी वांट्रिज के बारे में बिल्कुल सही बात बता रहा था और वह इसे भविष्य के किसी अवसर पर इस्तेमाल के लिए अपनी तमाम बातों से भरे छोटे दिमाग में बिठा रही थी। हालाँकि उसने अभी किसी तरह का आभार प्रकट नहीं किया, बस उससे अगला सवाल कर दिया, "तुम सच में उनके साथ घुल-मिल गए थे?"

"प्यारी बच्ची, क्या तुम्हें अब भी बताना पड़ेगा कि मैं हर किसी के साथ घुल-मिल जाता हूँ? बस यही बात मैं तुम्हें समझा नहीं पा रहा हूँ। देखो तो मैं तुम्हारे साथ कितना घुल-मिल जाता हूँ।"

वह अब सँभल चुकी थी। "मेरा मतलब है कि क्या…"

"क्या उन्होंने मुझसे प्यार किया शरमाते हुए, या शायद शर्म के साथ? वह सच में रुकना चाहती थी।"

"तो फिर रुकी क्यों नहीं?"

"चूँकि उन्हें कोई दूसरा काम था और मुझे लगा कि वे सच कह रही थीं कि उनके पास वक्त नहीं था। वे बीस मिनट या उससे भी कम समय तक यहाँ थीं। वह समय उन्होंने तुमसे मिलने के लिए निकाला था, इसलिए घबराओ मत कि मैंने उन्हें डराकर भगा दिया है। वे लौटकर आएँगी।"

मैमी सोचने लगी। "फिर भी तुम दरवाजे तक उन्हें छोड़ने नहीं गए?"

"उन्होंने मुझे ऐसा करने नहीं दिया और मैं जानता हूँ कि जो कहा जाए, उसे करना है, वैसे ही, जैसे मुझे कहा जाता कि नहीं करना है। वह मेरे बारे में जानना चाहती थी। मेरा मतलब है, तुम्हारे छोटे जीव से, जो वैसे भी ईमानदारी का रत्न है।"

"लेकिन वह किस काम से आई थी?" मैमी एक बार फिर गुहार लगाती दिखी तो लगा कि उसे मदद चाहिए।

"क्योंकि वह हमेशा ऊपर जाती है।" फिर इस तेजी से सामान्यीकरण के साथ जब इसके जवाब में कुछ कहा नहीं जा सकता था, मिस कटर जवाब में बस भौचक्की थीं, "मेरा मतलब है, वे जानती हैं कि कब ऊपर जाना है और कब नीचे आना है। वे समझ जाती हैं। वे नहीं जानती थीं कि यहाँ तुमने ऊपर किसको बिठाया है। वैसे भी यह तुम्हारी तारीफ है। वैसे मेमी,"

"क्योंकि वह हमेशा ऊपर जाती है।" फिर इस तेजी से सामान्यीकरण के साथ जब इसके जवाब में कुछ कहा नहीं जा सकता था, मिस कटर जवाब में बस भौचक्की थीं, "मेरा मतलब है, वे जानती हैं कि कब ऊपर जाना है और कब नीचे आना है। वे समझ जाती हैं। वे नहीं जानती थीं कि यहाँ तुमने ऊपर किसको बिठाया है। वैसे भी यह तुम्हारी तारीफ है। वैसे मेमी," स्कॉट कहता गया, "तुम भी तो जानती हो कि हम सब किस जिज्ञासा से प्रेरित रहते हैं। मैंने जो देखा है, तुम्हें यकीन नहीं होगा। उनके पास जितना पैसा है, वे उतना तलाश में रहते हैं।"

मैमी अब भी उसकी बातें सुन रही थी, लेकिन पूरी तरह से समझ नहीं रही थी। "किस चीज की तलाश?"

"अरे, किसी भी चीज की, जिससे उनका जीवन आसान हो। तुम इतने वर्षों से यहाँ रह रही हो, फिर भी तुम उनके बारे में जान न सकी कि मैं तुम्हें बताऊँ। तुम देखती नहीं, वे मरे हुए हैं हम जिंदा।"

"लेडी वांट्रिज बिल्कुल भी नहीं डरी। यही तो मैं कह रहा था कि उन्होंने मुझसे प्यार किया। वह जो चाहती है, करती है। याद करो, तुम भी तो यह जानती हो।" इस समय तक वह बड़े अच्छे तरीके से उसकी सबसे अच्छी सहेलियों में से एक के बारे में पढ़ा रहा था और इसके बाद वह अपने सबक के सबसे महत्त्वपूर्ण बिंदु पर आया—स्त्रियों की हीनता के माध्यम से उनकी विफलता पर, जिसमें सही मायने में इस सच को सामने रखा कि वे दोनों अगर साथ रहें तो सच में इस चाल को चल सकते हैं।

"तुम भी न, ओफ!" मैमी यह सुनकर लगभग हँसनेवाली थी।

"वैसे भी वे घिसे-पिटे बूढ़े लोग हैं। अपने संसाधन खर्च कर चुके हैं। वे तलाश में रहते हैं और मैं उनसे यह कहकर इनसाफ करता हूँ कि डरो मत, मुझे भी नहीं…!" वह कहता गया, जबकि उसकी बहन उसी विडंबना को दिखाती रही।

"लेडी वांट्रिज बिल्कुल भी नहीं डरी। यही तो मैं कह रहा था कि उन्होंने मुझसे प्यार किया। वह जो चाहती है, करती है। याद करो, तुम भी तो यह जानती हो।" इस समय तक वह बड़े अच्छे तरीके से उसकी सबसे अच्छी सहेलियों में से एक के बारे में पढ़ा रहा था और इसके बाद वह अपने सबक के सबसे महत्त्वपूर्ण बिंदु पर आया—स्त्रियों की हीनता के माध्यम से उनकी विफलता पर, जिसमें सही मायने में इस सच को सामने रखा कि वे दोनों अगर साथ रहें तो सच में इस चाल को चल सकते हैं। जब वह अपनी बात पूरी कर चुका था, तक वह पूरी तरह से उस पर निर्भर हो जाने की दशा में आ चुकी थी। लेडी वांट्रिज के विषय में और जानने की इच्छा कम हो चुकी थी। उसे

ऐसा लग रहा था कि जो कुछ हुआ था, उससे कुछ-न-कुछ अच्छा ही होगा। वह एक प्रकार से निराश थी, लेकिन इस बात से उसे अगली सुबह तक सुकून से रहने में मदद मिली, जब स्कॉट की भविष्यवाणी के अनुसार उसकी नई-नई परिचित फिर से हाजिर हो गई। वह मिस कटर को सफाई दे रही थी कि समय काटने के लिए उसने अभिनय किया और अब वह नहीं चाहती कि उसका समय बरबाद हो। जो बात उसने तुरंत बताई, वह वही थी, जो उसने खुद से पूछी थी कि उसकी दोस्त क्या सोच रही होगी! इससे पहले कि बात बहुत बढ़ जाए, उसे बताना होगा कि बात क्या है ? अगर वह सोच रही थी कि उसे अपना जवाब देरी से देना होगा तो अब उसे तुरंत देना पड़ेगा। मिसेज मेडविन, कभी नहीं! "नहीं, मेरी प्यारी दोस्त, मैंने नहीं बताया। मैं वहाँ चुप ही रहती हूँ।"

मैमी जानती थी कि यह मुश्किल काम होगा, लेकिन इस समय, शुरुआत में उसका दिल बैठा जा रहा था। ऐसा नहीं था कि उसे इस स्थिति की आशंका फौरन थी, लेकिन अकसर ही ऐसा होता था कि उससे मिलनेवालों का विरोध थोड़े समय बाद बढ़ जाता था और ठीक उसी तरह पैसों को लेकर उनकी भूख बहुत बड़ी होती थी। अकसर वह उनके साथ गलियारे के बीचोबीच बैठती थी, कुछ उसी तरह, जैसे कोई व्यक्ति थिएटर में गलत जगह पर बैठ जाता है।

मैमी जानती थी कि यह मुश्किल काम होगा, लेकिन इस समय, शुरुआत में उसका दिल बैठा जा रहा था। ऐसा नहीं था कि उसे इस स्थिति की आशंका फौरन थी, लेकिन अकसर ही ऐसा होता था कि उससे मिलनेवालों का विरोध थोड़े समय बाद बढ़ जाता था और ठीक उसी तरह पैसों को लेकर उनकी भूख बहुत बड़ी होती थी। अकसर वह उनके साथ गलियारे के बीचोबीच बैठती थी, कुछ उसी तरह, जैसे कोई व्यक्ति थिएटर में गलत जगह पर बैठ जाता है। वह अपनी जगह से हिलेगा नहीं और आप वहाँ से निकल नहीं सकते। मैमी के जोड़-घटाव बेशक निकलने के नहीं थे। उसे उनकी बात एकदम मूर्खता और प्यार से स्वीकार करनी पड़ती थी, जब उसे एकदम हथियार डाल देने का

नाटक करना पड़ता था। उसका सपना उसकी आवश्यकता का फल होता था, लेकिन इस बात को वह भी जानती थी कि अब तक वह दबाव झेलने के लिए तैयार नहीं है। इसलिए जीवन में पहली बार उसे लगा, जैसे वह दिखावटी और असभ्य है। उसे पैसे चुकाए जाने थे, लेकिन उसके बदले उसे क्या देना था? वह इस सवाल का जवाब ढूँढ़ने में लगी रहती थी, लेकिन उसके वादे के मुताबिक इसका जवाब नहीं मिला था तथा इस बीच लेडी वांट्रिज आकर जम गई थी और उसे देखकर जरा भी नहीं लग रहा था कि किसी भी तरीके से उसकी बातों को समझा जा सकता है। वह जवान नहीं थी, नई-नई नहीं थी और उनमें से किसी से मजबूत नहीं थी। उसकी फिटनेस बस पतले-दुबले होने में ही थी, जिसमें जीवन को लेकर इच्छा थी, जबकि उसके आगे-पीछे बहुत सारी बातें थीं, जो जितनी हलकी व अनैतिक थीं, वह उतनी ही हठी और मुँहजोर थी। उसने दो बातें कहीं। एक, यह कि उसने सीधे इनकार कर दिया। दूसरा, यह कि उसे इस बात पर शक था कि मैमी को काम का अंदाजा है। यह काम नहीं हो सकता था, फिर भी मान लें कि हो जाएगा तो क्या मैमी इसके लिए सही व्यक्ति थी? इस पर मिस कटर ने मीठी मुसकान के साथ कहा कि उसे चाहे कितना ही छोटा क्यों न समझा जाए, वह जानती है कि क्या करना है! "केवल मैं ही हूँ, जिसे यह पता चला कि तुम हो।"

> *उसने दो बातें कहीं। एक, यह कि उसने सीधे इनकार कर दिया। दूसरा, यह कि उसे इस बात पर शक था कि मैमी को काम का अंदाजा है। यह काम नहीं हो सकता था, फिर भी मान लें कि हो जाएगा तो क्या मैमी इसके लिए सही व्यक्ति थी? इस पर मिस कटर ने मीठी मुसकान के साथ कहा कि उसे चाहे कितना ही छोटा क्यों न समझा जाए, वह जानती है कि क्या करना है! "केवल मैं ही हूँ, जिसे यह पता चला कि तुम हो।"*

"तो बाकी कौन हैं?"

"शुरुआत करूँ तो लेडी एडवर्ड, लेडी बेलहाउस और मिसेज पाउंसर।"

"तुम्हारा मतलब है, वे उससे मिलने आएँगी?"

"मैं उनसे मिल चुकी हूँ और उन्होंने वादा किया है।"

"आएँगी, बेशक," लेडी वांट्रिज ने कहा, "अगर मैं आई तो!"

उसकी मेजबान इस पर सोचने लगी। "बेशक, तुम उन्हें रोक सकती हो, लेकिन तुम इतनी निर्दयी न बनो। मेरी खातिर ऐसा नहीं कर सकती तुम!" मैमी ने मिन्नत की। उसकी सहेली कमरे के चारों ओर उसी तरह देखने लगी, जैसे स्कॉट ने देखा था। "क्या वे सच में जानती हैं कि यह किसलिए है?"

"बिल्कुल, ताकि वह आ सके।"

"और इससे उसे क्या फायदा होगा?"

मिस कटर लड़खड़ा गईं, लेकिन बात को सँभाल लिया। "किसी को क्या चाहिए, यह तुम उससे ही पूछ लेना।"

"आने के लिए कहूँ?"

"साथ खाने के लिए कहना। कैचमोर में रविवार को आने के लिए कहना। अगर तुम सच में इतनी अच्छी हो तो इसी तरह से कुछ कहना, भले ही तुम्हारी पार्टी मिली-जुली हो।"

उसकी मेजबान इस पर सोचने लगी। "बेशक, तुम उन्हें रोक सकती हो, लेकिन तुम इतनी निर्दयी न बनो। मेरी खातिर ऐसा नहीं कर सकती तुम!" मैमी ने मिन्नत की। उसकी सहेली कमरे के चारों ओर उसी तरह देखने लगी, जैसे स्कॉट ने देखा था। "क्या वे सच में जानती हैं कि यह किसलिए है?"

उनकी सहेली ने जब विचित्र ढंग से अच्छा व्यवहार किया तो मिस कटर की उम्मीद थोड़ी कम होने लगी और यह परिहासपूर्ण मित्रता नहीं थी तो भी मजेदार थी। "मिसेज मेडविन को अपने परिवार में शामिल कर लूँ?"

"किसी दिन, जब तुम चालीस अन्य लोगों को शामिल करोगी।"

"अरे, लेकिन मुझे नहीं समझ आता कि इससे तुम्हें क्या मिलेगा! तुम पहले ही से ही हम सबके बीच इतनी घुली-मिली हो कि हम सबके बीच सबसे सुखद संबंध बनाकर भी तुम अपनी स्थिति बेहतर नहीं कर सकोगी।"

"वैसे मैं जानता हूँ कि तुम कितनी अच्छी हो," मैमी कटर ने कहा, "लेकिन किसी में भी एक से ज्यादा पक्ष और एक से ज्यादा सहानुभूति होती है। तुम जानती हो न कि मैं उसे पसंद करती हूँ।" और यह सुनकर भी लेडी

वांट्रिज को सदमा नहीं लगा। उसने वही सहजता और सौम्यता दिखाई, जो उसका तरीका था, जो दुर्भाग्य से सबसे असंभव तरीका था। वह बोली कि उसे इस तरह की बातें सुनने को मिलेंगी, क्योंकि वह इतनी चालाक है कि उनसे उसे फर्क नहीं पड़ता। केवल मैमी को ध्यान रखना है कि वह उनके बारे में क्या-क्या कहती है। हालाँकि एक मिनट बाद, जब सार्वजनिक तथ्यों को लेकर वह निश्चित हुई तो मिस कटर को लगा कि अब वह अपनी तरफ से भी रियायत के लिए तैयार है। बेशक, वह उनसे कोई विवाद नहीं चाहती। दुर्भाग्य से सारी बातें सामने थीं और उनका कुछ किया नहीं जा सकता था, लेकिन मैमी को लगा कि इस समय सच बोलना थोड़ा मुश्किल है।

"ऐसे मामले नहीं, जो इतने बुरे हों। वैसे भी जब वे आते हैं, तब कोई भी उनका सामना कर लेता है। कुछ से आप निपट सकते हैं, कुछ से नहीं। कोई फायदा नहीं। तुम्हें उन्हें छोड़ देना चाहिए। वे अतीत के पैबंद हैं। उनका कुछ नहीं हो सकता। मिसेज मेडविन का इसके सिवाय कुछ नहीं किया जा सकता कि उन्हें छोड़ दिया जाए।" और लेडी वांट्रिज उठ खड़ी हुईं।
"खैर, तुम जानती हो, मैं कुछ चीजें करती हूँ!" मैमी इतनी कृत्रिम मुसकान के साथ काँपने लगी, जैसे बेहद खुश हो।

"अर्थात् क्या यह नाटक करें कि उन्हें भूल चुके हैं?"

"क्यों नहीं, जब तुम कई मामलों में ऐसा कर चुकी हो?"

"ऐसे मामले नहीं, जो इतने बुरे हों। वैसे भी जब वे आते हैं, तब कोई भी उनका सामना कर लेता है। कुछ से आप निपट सकते हैं, कुछ से नहीं। कोई फायदा नहीं। तुम्हें उन्हें छोड़ देना चाहिए। वे अतीत के पैबंद हैं। उनका कुछ नहीं हो सकता। मिसेज मेडविन का इसके सिवाय कुछ नहीं किया जा सकता कि उन्हें छोड़ दिया जाए।" और लेडी वांट्रिज उठ खड़ी हुईं।

"खैर, तुम जानती हो, मैं कुछ चीजें करती हूँ!" मैमी इतनी कृत्रिम मुसकान के साथ काँपने लगी, जैसे बेहद खुश हो।

"तुम लोगों की मदद करती हो? अरे हाँ, मैं जानती हूँ कि तुम कमाल करती हो। लेकिन," लेडी वांट्रिज ने पुरजोर और खुशी के साथ जोर दिया, "अपने अमेरिकियों तक ही सीमित रहो!"

मिस कटर उसे घूरती हुई खड़ी हुई। "लेडी वांट्रिज, तुम अपने साथियों से न्याय नहीं करती। उनमें से कुछ सच में अच्छे हैं। इसके अलावा," मैमी ने कहा, "जहाँ तक प्रेरणा और जोश की बात है तो तुम जानती नहीं कि अपनों के लिए काम करना मुझे अच्छा लगता है? एकदम सहज रहो, जैसा कि मैं बार-बार कहती हूँ, तुम सभी एक-दूसरे को पसंद करती हो!"

मिस कटर उसे घूरती हुई खड़ी हुई। "लेडी वांट्रिज, तुम अपने साथियों से न्याय नहीं करती। उनमें से कुछ सच में अच्छे हैं। इसके अलावा," मैमी ने कहा, "जहाँ तक प्रेरणा और जोश की बात है तो तुम जानती नहीं कि अपनों के लिए काम करना मुझे अच्छा लगता है? एकदम सहज रहो, जैसा कि मैं बार-बार कहती हूँ, तुम सभी एक-दूसरे को पसंद करती हो!"

उसकी सहेली इस पर गंभीरता से विचार करने लगी। "हाँ, तुम्हारे बात पर सोचना पड़ता है। चाहे जो भी हो, मैंने तुम्हारे बारे में अकसर सोचा है कि उनके फायदे के लिए तुम लगातार एजेंसी में काम करती हो। वे तुम्हारे पास आती हैं और तुम्हें उन्हें सही जगह दिलानी हो।" उसकी सहेली ने इसी जोश के साथ कहा, "मैं मानती हूँ कि एक बड़ा चमत्कार है।"

"इसमें कि इस गरीब ने कैसे अपनी जिंदगी चलाई! हाँ," मैमी ने साहस के साथ स्वीकार किया, "मैंने जब काम करना शुरू किया, तब कोई एजेंसी नहीं थी। मैं बस अपना काम करती थी। मैं तुम्हारे पास भी नहीं आई थी; नहीं आई थी न? तुमने तब तक मुझ पर गौर नहीं किया, जैसा कि मिसेज शॉर्ट स्टोक्स कहती हैं कि मैं बहुत, बहुत ऊपर थी, मिसेज मेडविन," उसने कहा, "और मैं उसे भूल नहीं सकी।" फिर जब उसकी सहेली भ्रम में दिखी, "मेरी सामाजिक स्थिति ऐसी ही थी।"

"खैर, ऐसा कहना तुम्हारी बहुत बड़ी तारीफ नहीं," लेडी वांट्रिज ने खुश

होते हुए कहा, "वह इससे ज्यादा उम्मीद नहीं कर सकती थी।" फिर भी यह बात उनके सामने आ गई। "तुमने मिसेज शॉर्ट स्टोक्स की जिंदगी बना दी।"

"उनके नाम के बावजूद!" मैमी मुसकराई।

"ओह, तुम्हारे नाम भी न···! सबकुछ के बावजूद।"

"मैं भी कलाकार हूँ।" इसके साथ ही इस मामले की गंभीरता को लेकर थोड़ा ठहराव उसकी उदास आँखों में दिख रहा था, जो उसकी सहेली पर टिकी थीं। उसे लगा कि वह अपनी जरूरतों की सीमा को किस हद तक अनदेखा कर रही है और इस हद के कारण ही उसका आकर्षण बरकरार है। "तो मैं तुम पर भरोसा कर सकती हूँ न? मेरे लिए यह काफी मायने रखता है।"

"मैं भी कलाकार हूँ।" इसके साथ ही इस मामले की गंभीरता को लेकर थोड़ा ठहराव उसकी उदास आँखों में दिख रहा था, जो उसकी सहेली पर टिकी थीं। उसे लगा कि वह अपनी जरूरतों की सीमा को किस हद तक अनदेखा कर रही है और इस हद के कारण ही उसका आकर्षण बरकरार है। "तो मैं तुम पर भरोसा कर सकती हूँ न? मेरे लिए यह काफी मायने रखता है।"

लेडी वांट्रिज अब सीधे मुद्दे पर आ गईं। "तुम्हारा मतलब है कि तुम इस पर निर्भर हो?"

"आशंका तो यही है!"

"बस यही है तुम्हारे पास?"

"अभी तो सबकुछ यही है।"

"लेकिन मिसेज स्टोक्स और अन्य नाचनेवाले नहीं हैं, वे पैसे नहीं देते?"

"ओह!" मैमी ने आह भरी, "अगर वे नहीं होतीं तो!"

लेडी वांट्रिज समझ गईं। "तुमने बहुत कुछ झेला है?"

"मैं जी नहीं पाती।"

"तो फिर तुम इन सबसे क्या करती हो?"

"इनमें से ज्यादातर तो उनके पास ही चला जाता है। सभी तरह के लोग हैं और सबकी मदद करनी पड़ती है। कुछ के पास कुछ भी नहीं है।"

"अच्छा तो तुम अगर भूखों को खिलाती हो," लेडी वांट्रिज हँसते हुए

बोली, "तो तुम सच में बहुत अच्छा काम कर रही हो क्या मिसेज मेडविन?" उसके भाव तुरंत बदल गए, "सच में अमीर हैं?"

"सच में, वे उनके लिए सबकुछ छोड़ गए।"

"तो फिर मैं अगर 'हाँ' कह दूँ तो..."

"मेरा काम बन जाएगा।"

"अच्छा और इससे कोई कितना जिम्मेदार बन जाएगा! तो फिर मैं ही तुम्हें पैसे दे दूँ।"

"ओह!" मैमी ने बुझे मन से भुनभुनाकर कहा।

"तुम्हारा मतलब है कि मुझे तुम्हारी कीमत का अंदाजा नहीं है? ठीक है, मैं कहती हूँ कि नहीं है! लेकिन मैं तुम्हें दस पाउंड दे सकती हूँ।"

"अच्छा और इससे कोई कितना जिम्मेदार बन जाएगा! तो फिर मैं ही तुम्हें पैसे दे दूँ।" "ओह!" मैमी ने बुझे मन से भुनभुनाकर कहा। "तुम्हारा मतलब है कि मुझे तुम्हारी कीमत का अंदाजा नहीं है? ठीक है, मैं कहती हूँ कि नहीं है! लेकिन मैं तुम्हें दस पाउंड दे सकती हूँ।"

"ओह!" मैमी ने उस अंदाज में दोहराया, जिससे उसकी कीमत काफी हद तक तय हो गई। यह सवाल हर तरीके से बड़ा था। "तुम कभी माफ नहीं करती?" उसने निंदा करते हुए पूछा। हालाँकि जैसे ही उसने कहा, वैसे ही दरवाजा खुला और स्कॉट होमर हाजिर था।

(4)

अपनी बहन की नजरों में स्कॉट होमर के लिए वही जगह थी, जैसी जगह एक दिन पहले बनी थी और उसे उसका निष्पक्ष भाव से अभिवादन करना भी बहुत बड़ी विशेषता दिखने लगी।

"कैसी हो, मैमी? आप कैसी हैं, लेडी वांट्रिज?"

"आप फिर से बताएँ कैसे हैं?" लेडी वांट्रिज ने जिस समान भाव से जवाब दिया, उस पर उनकी मेजबान ने गौर किया। ऐसा लग रहा था, मानो स्कॉट अपने आप में ही उनसे खुद को जोड़ चुका था। उसे ऐसा लग रहा था, जैसे वह उससे

पहले भी मिल चुकी है। क्या बीते कल के अलावा भी वह स्कॉट से मिल चुकी है? मिस कटर ने जहाँ खुद से यह सवाल किया, वहीं उसकी मेहमान ने उसके पिछले सवाल पर कहा, "कभी माफ नहीं करती?" यह बात इस तरह सुनाई पड़ी, जैसे बीच में पड़े खलल का कोई प्रभाव नहीं पड़ा था। "मैं कहूँगी, हाँ! कुछ लोग हैं, जिन्हें मैंने माफ किया है!" वह हँसने लगी, शायद थोड़ा घबराहट के साथ और अब वह स्कॉट की तरफ देख रही थी। वह जिस तरह से उसे देख रही थी, उसका प्रभाव उसकी बहन पर पहले ही पड़ चुका था। "वे लोग, जिन्हें मैं माफ कर सकती हूँ···!"

उसे एक बात सूझी थी, जो दुनिया में सबसे अजूबी है। "उसे तंग मत करो!" वह उन दोनों की साथी की तरफ मुड़ी। वह गंभीर, उदास एवं विचित्र दिख रही थी। "रहने भी दो।" हाँ, यह थोड़ी अलग बात थी, जिसे वह बता नहीं सकी, लेकिन इस बात को जिस हद तक समझने के लिहाज से व्यक्त किया गया था, उसे लेडी वांट्रिज के चेहरे पर पढ़ लिया था।

"क्या आप मुझे माफ कर सकती हैं?" स्कॉट होमर ने पूछा।

उसने इसे काफी सहजता से लिया। "लेकिन किस बात के लिए?"

मैमी बीच में कूद पड़ी। वह अपने भाई की तरफ मुड़ी। "उसे तंग मत करो। रहने दो।"

उसे एक बात सूझी थी, जो दुनिया में सबसे अजूबी है। "उसे तंग मत करो!" वह उन दोनों की साथी की तरफ मुड़ी। वह गंभीर, उदास एवं विचित्र दिख रही थी। "रहने भी दो।" हाँ, यह थोड़ी अलग बात थी, जिसे वह बता नहीं सकी, लेकिन इस बात को जिस हद तक समझने के लिहाज से व्यक्त किया गया था, उसे लेडी वांट्रिज के चेहरे पर पढ़ लिया था। यह अचानक ही उसके सामने खड़े दो लोगों के विरोध से सीधे निकल कर उसी प्रकार आया था, मानो किसी रोशनी पर चोट कर दी गई हो। वह रोशनी उसकी इस सोच से और तेज हो गई थी कि उसकी सहेली पिछले दिन की घटना पर चुप थी, जिसके पीछे कोई-न-कोई बात लग रही थी। वह हैरानी से देख रही थी। "तुम मेरे भाई को जानती हो?"

"मैं तुम्हें जानती हूँ?" लेडी वांट्रिज ने उससे पूछा।

"नहीं, लेडी वांट्रिज," स्कॉट ने खुशी के साथ कबूल किया, "बिल्कुल भी नहीं!"

"अच्छा तो फिर तुम जाओ।" और मैमी ने अपना हाथ उसकी तरफ बढ़ा दिया। "लेकिन मैं तुम्हारे साथ चलूँगी। तुम नहीं जाओगे!" उसने अपने भाई से कहा, जिसने खुद को रोक लिया। उसका इस तरह से करना और जैसा कि उसने लेडी वांट्रिज के लिए पहले ही किया था अपनी पिछली मुलाकात में, वह भी उसके दिमाग में उसी तरह से तुरंत आया, मानो उसके मन में कुछ चल रहा है और इस वजह से ही जल्दबाजी में ही सही, लेकिन वह उसे पसंद करने लगी तथा दोनों की खुशमिजाजी के चलते उसने वहीं उसकी विचित्रता को माफ कर दिया। वह सही था। वह जितना चाहे, उतना विचित्र हो सकता था! जिनता विचित्र हो, उतना ही अच्छा! नीचे सीढ़ियों पर जब वह अपनी मेहमान के साथ उतरी तो वह भरोसा दे चुकी थी कि मिसेज मेडविन जरूर आएँगी। "क्या कल तुम उससे यहाँ मिली थी?"

"हाँ, वह मजेदार नहीं है?"

"हाँ," मैमी ने उदासी से कहा, "वह मजेदार है, पर क्या तुम उससे पहले भी मिली हो?"

"नहीं!"

"ओ!" और मैमी का अंदाज बहुत कुछ कह गया।

हालाँकि लेडी वांट्रिज ने सारी बातों को आसानी से नजरअंदाज कर दिया। "मुझे बस इतना पता था कि वह तुम्हारा कोई अमेरिकी परिचित होगा। इसलिए कल मैंने जब सुना कि वह ऊपर बैठा तुम्हारा इंतजार कर रहा है तो मैं खुद को रोक न सकी। मुझे लगा कि वह जरूर, निश्चित ही…" और वह हँसने लगी, "है।"

"हाँ, वह अमेरिकी ही है।" मैमी ने उसी अंदाज में कहा।

"जैसा कि तुम कहती हो कि हम तुम्हें चाहते हैं। गुड-बाय!" लेडी वांट्रिज ने कहा।

लेकिन मैमी अभी उससे पूरी बात नहीं कर सकी थी। उसे बार-बार लग रहा था या कम-से-कम उसे उम्मीद थी कि वह विचित्र व्यवहार कर रही थी। इसमें शक नहीं कि वह विचित्र ही लग रही थी। "लेडी वांट्रिज," वह अचानक

ही बोल पड़ी, "मैं नहीं जानती, तुम मुझे समझ पाओगी या नहीं, लेकिन मुझे लगता है कि मुझे तुम्हारे साथ काम करना चाहिए। पता नहीं, मैं इसे क्या कहूँ— जिम्मेदारी! वह मेरा भाई है।"

"निश्चित रूप से और क्यों नहीं?" लेडी वांट्रिज घूरने लगी। "वह तुम्हारे जैसा दिखता है!"

"शुक्रिया!" और मैमी पहले से भी कहीं ज्यादा अजनबी बन चुकी थी।

"अरे, वह अच्छा दिखता है। मेरी दोस्त, वह हैंडसम है। अजीब, लेकिन अलग ढंग से!" उसकी दोस्त इसे काफी हद तक मजाक में ले रही थी।

"शुक्रिया!" और मैमी पहले से भी कहीं ज्यादा अजनबी बन चुकी थी।
"अरे, वह अच्छा दिखता है। मेरी दोस्त, वह हैंडसम है। अजीब, लेकिन अलग ढंग से!" उसकी दोस्त इसे काफी हद तक मजाक में ले रही थी। लेकिन मैमी, पूरी तरह गंभीर थी और उसे अच्छा नहीं लग रहा था। उसने साफ-साफ कह दिया। "मुझे लगता है, वह बहुत बुरा है।"

लेकिन मैमी, पूरी तरह गंभीर थी और उसे अच्छा नहीं लग रहा था। उसने साफ-साफ कह दिया। "मुझे लगता है, वह बहुत बुरा है।"

"बेशक, वह है खुशी के साथ और इस तरह की बातें तुम कैसे कहती हो? यह कुछ भी नहीं है और जो है, वह कुछ नहीं है, लेकिन यह कितना मजेदार है।"

मैमी लगातार अपनी बात पर कायम थी, "तुम अपने आप को इसके चक्कर में मत डालो। आसानी से यह नहीं हो सकता।"

लेडी वांट्रिज हैरान थी। "आसानी से नहीं हो सकता?"

"बिल्कुल भी नहीं।"

"लेकिन क्या नहीं हो सकता?"

"क्यों, उसकी खुशी के बारे में तुम क्या सोचती हो। उसने तुम्हारे लिए क्या करने की बात कही?"

लेडी वांट्रिज ने याद किया। "उसे माफ करने की बात?"

"उसने पूछा कि क्या तुम नहीं कर सकती? लेकिन तुम नहीं कर सकती।

मेरे लिए यह बहुत डरावना है कि इतना करीबी संबंधी तुमसे वफादारी, इतनी वफादारी से यह कहे, लेकिन वह बेहद टेढ़ा है।"

यह बात इतने अनिष्टकारी ढंग से कही गई थी कि उसकी सहेली को पूछना पड़ा। "उसके साथ ऐसी क्या बात है ?"

"मैं नहीं जानती।"

"तो तुम्हारे साथ क्या दिक्कत है ?" लेडी वांट्रिज ने पूछा।

"कारण यह है कि मैं जान नहीं पाऊँगी।" मैमी ने बिना सम्मान के बताया।

"तो मैं भी नहीं जान सकती।"

"बिल्कुल, मत जानो। यह कुछ ऐसा है," मैमी ने किसी नतीजे पर पहुँचे बिना कहा, "कि कहीं-न-कहीं, किसी-न-किसी वक्त पर वह कुछ ऐसा कर गया है; ऐसा, जिससे उसके जीवन में बदलाव आया है।"

"कुछ ?" लेडी वांट्रिज ने दोहराया। "किस तरह की चीज ?"

मैमी दरवाजे के ऊपर की रोशनी को देखने लगी, जिससे लंदन का आसमान दोगुना धुँधला दिख रहा था। "मुझे कुछ भी पता नहीं।"

"तो फिर किस तरह का बदलाव ?"

मैमी की नजर अब भी लाइट पर ही थी। "बदलाव तुम देखो।"

लेडी वांट्रिज ने कुछ हद तक उसकी बात मानते हुए उससे वह पूछना चाहा, जो देखा था। "लेकिन मुझे कुछ दिखा नहीं! ऐसा लगता है कि कम-से-कम ऐसी चीज, जो दिलचस्प हो और उसकी आँखें इतनी खूबसूरत हैं।" उसने कहा।

"हाँ, उसकी प्यारी आँखें!" मैमी ने माना, लेकिन उस पल इतनी उदासी के साथ, जो इस विषय पर बहुत कुछ कहता था।

इसने उसकी साथी को पल भर बाद कुछ और पूछने के लिए मजबूर कर दिया। "तुम्हार मतलब है, वह घर नहीं जा सकता ?"

वह अपनी जिम्मेदारी को तौलने लगी। "मैं जितना सोचती हूँ, उतना ही तरस आता है! वह नहीं जा सकता।"

"तो क्या कुछ बहुत भयंकर सी बात है ?"

वह फिर से सोचने लगी, 'मैं नहीं जानती, पुरुषों के लिए यह काफी भयंकर है।'

"खैर, कोई महिलाओं के लिए भी नहीं कह सकता कि क्या है! गुड-बाय!" उसकी सहेली हँसने लगी।

हालाँकि इससे बातचीत समाप्त हो गई, जो हवा में एक हलचल पर आकर समाप्त हुई, जो ऐसा लग रहा था कि मिस कटर को कई दिनों तक हवा में रहने का एहसास दिला रहा था। वह जिस हद तक शुरुआत में चली गई थी या शायद धकेली गई थी, जिसमें स्कॉट से उसकी करीबी हुई, वह बोलचाल की भाषा में कहें तो उसकी सहेली के चले जाने के बाद स्कॉट पर लागू हो रही थी। "तुम देखना, अगर वह मुझे नहीं बुलाती हो तो...।"

"इतनी जल्दी?"

"अरे, मैंने कई जगहों पर देखा है—कान, पाउ, शंघाई में, जहाँ इससे भी जल्दी करते हैं। मैं हमेशा जान लेता था कि वे कब करेंगे! तुम जान नहीं सकोगी कि वे मुझे प्यार नहीं करते!" वह लगभग शोकपूर्ण ढंग से बोल रहा था, मानो वह चाहता था कि वह भी उदास होती।

"फिर भी मैं नहीं समझ पाया कि इससे तुम्हारा भला क्यों नहीं हुआ?"

उसने धैर्य के साथ तर्क किया, "क्यों मैमी, इससे अच्छा और क्या हो सकता है? जैसा कि मैं तुम्हें कहता हूँ।" उसने बताया, "मेरा जीवन ऐसा ही रहा है।"

"अरे, मैंने कई जगहों पर देखा है—कान, पाउ, शंघाई में, जहाँ इससे भी जल्दी करते हैं। मैं हमेशा जान लेता था कि वे कब करेंगे! तुम जान नहीं सकोगी कि वे मुझे प्यार नहीं करते!" वह लगभग शोकपूर्ण ढंग से बोल रहा था, मानो वह चाहता था कि वह भी उदास होती।
"फिर भी मैं नहीं समझ पाया कि इससे तुम्हारा भला क्यों नहीं हुआ?"

"फिर तुम पैसे माँगने मेरे पास क्यों आते हो?"

"अरे, वे मुझे वह नहीं देते!" स्कॉट ने जवाब दिया।

"तो इसका मतलब है कि कुल मिलाकर मैं ही तुम्हें बरदाश्त करूँ?"

उसने अपनी उन सुंदर आँखों को उस पर जमा दिया, जिनकी लेडी वांट्रिज ने तारीफ की थी। "तुम मुझे कहना चाहती हो कि इस समय मैं तुम्हें बरदाश्त नहीं कर रहा हूँ?"

वह भी उसे उसी अंदाज में देख रही थी। मैमी ने कहा, "रुको जरा, वह तुमसे कहे और फिर मना कर दे।"

स्कॉट को इस पर ज्यादा हैरानी नहीं हुई। "जैसे कि तुम करती हो?"

मैमी की अगली बात से पूरा जवाब मिल गया। "लेकिन उससे पहले, हाँ, माँगो।"

वह समझ गया। "माँगा, लेकिन मना हो जाए। ठीक है!"

वह बोली, "बाकी मैं तुम पर छोड़ती हूँ।" और उसने इस बात को इतने विश्वास के साथ समाप्त किया कि दो दिनों तक वह इस बात को लेकर निश्चिंत थी कि उसे मिसेज मेडविन को चाबी भरने की जरूरत नहीं, लेकिन अपने ही धैर्य के साथ वह उस महिला के दोबारा आने से बची रही। जब चौथा दिन बीता, तब जाकर वह उनका इंतजार करने लगी और पाया कि वह तनाव में थी।

"स्कॉट के जरिये, जिससे वह चाहती है।"
"तुम्हारा बुरा भाई!" मिसेज मेडविन घूर रही थी। "उससे वह क्या चाहती है?"
"कैचमोर में अपने मनोरंजन के लिए, उसके लिए कुछ भी करेगी और वह भी करेगा; लेकिन उसे नहीं करना चाहिए!" मैमी ने ऐलान किया। "वह जब तक नहीं आती, तब तक उसे जाना नहीं चाहिए। वह आपसे मिलेगी, यही मेरी शर्त है।"

"लेडी वांट्रिज आएँगी?"

"हाँ, भले ही वह कहती है कि नहीं आएगी।"

"वह कहती है कि नहीं आएगी? ओ···ओह!" मिसेज मेडविन कराह उठी।

"आप निश्चिंत रहिए, मैं उसे बुलाऊँगी!"

"लेकिन कैसे?"

"स्कॉट के जरिये, जिससे वह चाहती है।"

"तुम्हारा बुरा भाई!" मिसेज मेडविन घूर रही थी। "उससे वह क्या चाहती है?"

"कैचमोर में अपने मनोरंजन के लिए, उसके लिए कुछ भी करेगी और

वह भी करेगा; लेकिन उसे नहीं करना चाहिए!" मैमी ने ऐलान किया। "वह जब तक नहीं आती, तब तक उसे जाना नहीं चाहिए। वह आपसे मिलेगी, यही मेरी शर्त है।"

"ओ-ओ-ओह!" मिसेज मेडविन की आवाज में उम्मीद से भरी खुशी और डर था। "पर क्या वह जाना नहीं चाहता?"

"वह वही चाहता है, जो मैं चाहती हूँ। वह आपके लिए राजी नहीं। मैं उसके लिए नहीं।"

"पर वह नहीं मानती कि वह बुरा है?"

यह इस तरह कहा गया कि मैमी हँस पड़ी। "नहीं, इससे उसे फर्क नहीं पड़ता, शायद वह बुरा है भी नहीं। यह आपके लिए नहीं है, उन लोगों के लिए, जो नहीं जानते। उसने सबकुछ निपटा लिया है, सारे काम, ताकि उससे मिलने जा सके। उसके लिए वह ऐसी चीज है, जिसे वह अपने साथ रखना चाहती है।"

"साथ रखना चाहती है?"

"रविवार को दूर किसी इलाके में···। एक खूबी, वैसी खूबी···।"

लेडी वांट्रिज जरूर आई। वह चौदह तारीख को चाय पर साउथ ऑडले स्ट्रीट पर उन महिलाओं से मिलीं, जिनके नाम मैमी ने बताए थे, जिनके साथ तीन या चार अन्य महिलाएँ भी थीं और मिस कटर के लिए यह एक मास्टर-स्ट्रोक था कि मिसेज मेडविन जहाँ सौम्यता के साथ मौजूद थीं, वहीं स्कॉट होमर खास तौर पर मौजूद नहीं था।

"तो उसने उसे बुलाया है?"

"हाँ, और उसने इनकार कर दिया है।"

"मेरे लिए?" मिसेज मेडविन हाँफने लगीं।

"मेरे लिए," मैमी ने दरवाजे पर कहा, "लेकिन मैं ज्यादा समय के लिए उसे नहीं छोड़ूँगी।" उसका हैंडसम इंतजार करेगा। "वह जरूर आएगी।"

लेडी वांट्रिज जरूर आई। वह चौदह तारीख को चाय पर साउथ ऑडले स्ट्रीट पर उन महिलाओं से मिलीं, जिनके नाम मैमी ने बताए थे, जिनके साथ तीन या चार अन्य महिलाएँ भी थीं और मिस कटर के लिए यह एक मास्टर-स्ट्रोक था कि मिसेज मेडविन जहाँ सौम्यता के साथ मौजूद थीं, वहीं स्कॉट होमर

खास तौर पर मौजूद नहीं था। हालाँकि यह अवसर एक मेडल था, जिसे दुर्लभ तरीके से ढाला गया था और इस कारण मिसेज मेडविन ने आभारस्वरूप जो थोड़ी सी भी रोशनी और छाया, हलकी सी राहत धन के रूप में दी, वह उस मुलाकात को समाप्त होने पर बड़ी दानवीरता लग रही थी। उसी जगह पर इससे एक नई समझ विकसित हुई, जिसकी अवधारणा मैमी के दिमाग में तुरंत खिल गई। "उसे अब नहीं जाना चाहिए, जब तक वह तुम्हें न ले जाए।" फिर उसकी कल्पना जिस प्रकार उसके क्लाइंट के बारे में खुद क्लाइंट से भी ज्यादा तेजी से आगे बढ़ती थी, "अपने साथ कैचमोर तक! जहाँ वह तुम्हारा मनोरंजन करने जा रहा है," उसने सफाई से कहा, "वहाँ उन्हें भी उसे खुश करना चाहिए।" एक बार फिर मिसेज मेडविन की प्रतिक्रिया विचित्र रूप से बँटी हुई थी, लेकिन जब यह संकेत मिला कि बाद में दिया गया प्रस्ताव इस हद तक सफल हो रहा कि अलग से पैसे देने पड़ेंगे तो उनका दिमाग काफी होशियारी से चला। "कह दो," मैमी ने सुझाया, "यही बात।"

"बिल्कुल ठीक, वही बात।"

इस बात की जानकारी कि वह वैसा ही होगा, शायद उस आभार जतानेवाली भावना से जुड़ा था, जिसके साथ आखिरकार स्कॉट गया। आखिर में सबकुछ ज्यादा ही जल्दबाजी से हुआ, ग्रैंड ड्यूक के लिए पार्टी झटपट तैयार हुई, जो उस समय इंग्लैंड में थे, जिन्होंने अच्छे स्वभाव के साथ अपना प्रस्ताव पेश किया था और जो अपनी पार्टियों को छोटी, अंतरंग व दिलचस्प रखना चाहते थे। यह एक सबसे छोटी और ऐसी थी, जिसे आखिरकार यह कहा गया कि अन्य परिस्थितियों के बहुत ज्यादा, न ही कम अनुकूल थी, जिसमें तार एवं जवाब में लिखे तारों का तूफान खड़ा हुआ और विभिन्न दरवाजों पर बाँके जवान बार-बार जा रहे थे, जिनमें मिसेज मेडविन का घर भी शामिल था। कैचमोर में ही रविवार की शानदार दोपहर के बाद एक पल में ही इस महिला के मन में यह सुविचार आया कि एक नया चेक भेज दिया जाए। वे बेहद खुश थीं, लेकिन इसके बावजूद उनके लेख ने बताया कि उनका सबसे ज्यादा मनोरंजन स्कॉट ने किया। वही आकर्षण के केंद्र में था।

□□□

भारतवर्ष की लोककथाएँ

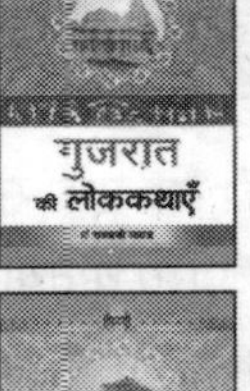